KB109925

조국과 민족을 위해 모든 것을 바친

애국지사들의 이야기·6

– The story of Korean patriots

애국지사 기념 사업회 (캐나다)
Canadian Association for Honouring Korean Patriots

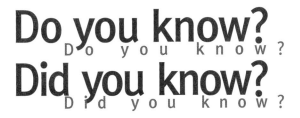

Do you know?
Did you know?

2022
신세림출판사

조국과 민족을 위해 모든 것을 바친

애국지사들의 이야기·6

– The story of Korean patriots

『애국지사들의 이야기·6』호를 발간하며

김 대억
애국지사기념사업회(캐나다) 회장

본 애국지사기념사업회(캐나다)는 2010년 3월 15일, 토론토 동포사회를 대표하는 여러 지도자들이 참석한 가운데 당당하게 결성되어 출발했다. 하지만 초창기에는 외롭고 초라하고 미약했다. 애국지사들을 기념하는 일이 이역 땅 캐나다에서 필요한 사업이라고 여기고 동참하는 동포들은 많지 않았기 때문이었다.

그러나 시간이 지나면서 애국지사기념사업은 국내에서 보다 해외에 나와 있는 사람들이 더욱 힘써야 할 일이라고 인식하는 동포들이 하나 둘 늘어나기 시작했다. 아울러 본 사업회를 지지하며 후원하기 시작했음은 물론 고국에서도 우리 사업회의 활동을 주시하며 격려해 주시는 분들이 늘어나게 되었다.

이와 같은 국내외 동포들의 기대와 관심 속에 본 사업회는 단단한 기반을 형성하고 성장해 나갈 수 있게 되었다. 그 성장 배경에는 『애국지사들의 이야기』의 발간에 힘입은 바 크다.

『애국지사들의 이야기』는 2014년의 제1호를 시작으로 지금까지 다섯 권을 발행했다. 국내외 동포들은 본회가 발행한『애국지사들의 이야기』를 통해 그동안 모르고 있었거나 잊어버리고 있었던 애국지사들의 숭고하고 고귀한 민족애와 조국애를 알게 되었다. 아울러 우리들이 지금 자랑스러운 대한민국의 국민으로 살 수 있게 된 것도 그 분들이 흘린 피의 대가임을 깨닫기 시작한 것 같다.

본 사업회가 시리즈로 발행해오고 있는『애국지사들의 이야기』에는 지금까지 잘 알려지지 않았거나 묻혀있던 애국지사들의 이야기가 상당수에 이른다.『애국지사들의 이야기』는 그 분들이 조국의 광복을 위해 어떻게 일제와 투쟁했는가를 선명하게 조명하기 위해 최대의 노력을 경주하고 있다.

이번 6호에는 저항시인 이육사 선생, 한글로 나라를 지킨 주시경 선생, 아나키스트 독립운동가 백정기 의사, 애국지사 뒤바보 계봉우 선생, 전설의 영화 〈아리랑〉과 나운규 선생, 유관순 열사의 스승 김란사 선생 등 여섯 분 애국지사들의 생애를 다루었다. 필진으로 김원희 시인, 김종휘 시인, 박정순 시인, 손정숙 수필가 등이 수고를 해주셨다.

특집으로는 제1부에 이윤옥 시인의 〈인물로 보는 여성 독립운동가〉와 심종숙 시인의 〈독립운동과 만해 한용운의 "님"〉을 수록했다.

　제2부에는 토론토 동포사회의 지도자들의 〈후손들에게 들려주고 싶은 애국지사들의 이야기〉 여섯 편을, 제3부에서는 〈독립유공자 후손과 캐나다 한인 2세들의 애국지사 이야기〉 여섯 편을 각각 실었다.

　마지막 제4부에는 캐나다 선교사 전시관(Vision Fellowship)의 황환영 장로가 들려주는 〈조선 여성의 빛이 된 평양의 오마니 닥터 로제타 홀〉을 게재했다.

　어렵고 힘든 상황 가운데서도 시간을 할애하여 귀한 글을 써주신 모든 분들에게 머리 숙여 감사드린다. 특별히 제6호 발행 축사를 써주신 연아 마틴 캐나다 상원의원님, 알리 에사시 연방국회의원님, 김득환 주 캐나다 토론토 총영사님, 김정희 토론토 한인회장님, 김연수 민주평통 토론토협의회 회장님, 송선호 재향군인회 캐나다동부지회장님, 조준상 애국지사기념사업회 자문위원님께 감사한 마음을 전해드린다. 아울러 정성들여 좋은 책으로 발행해 주시는 신세림 출판사의 이시환 사장님에게도 심심한 사의(謝意)를 표한다.

　모쪼록 『애국지사들의 이야기·6』호를 읽는 사람마다 애국지사들이 지녔던 나라와 민족을 사랑하는 마음을 본받아 대한민국의 번영과 발전에 기여할 수 있게 되시기를 바라는 마음 간절하다.

SENATE · SÉNAT

The Honourable Yonah Martin · L'honorable Yonah Martin

CANADA

February 2022

A MESSAGE FROM THE HONOURABLE YONAH MARTIN

I am honoured to extend my warmest greetings to the readers of *The Story of Korean Patriots 6*, and to congratulate the team of writers and editors on this successful publication.

The Story of Korean Patriots 6, depicts stories of bravery, courage, selflessness and the immense contribution that independence activists played in paving the way for freedom and democracy. We stand on the shoulders of these brave patriots and all those who have fought to protect the people of South Korea.

I would like to commend the Patriot Association President, Rev. Dae Eock Kim for his leadership and dedication. I would also like to acknowledge the talented authors and editors for their passion and tireless work to ensure that future generations of readers are reminded of these important stories and profound legacy.

On behalf of the Senate of Canada, congratulations on the successful publication of the *The Story of Korean Patriots 6*, and best wishes for the year ahead.

Sincerely,

The Honourable Yonah Martin
Senator

SENATE · **SÉNAT**

The Honourable Yonah Martin · L'honorable Yonah Martin

CANADA

2022 년 2 월

연아 마틴 상원의원의 축사

*애국지사들의 이야기·6*호의 독자분들께 인사드리고 집필진께 성공적인 출간을 축하드리게 되어 영광입니다.

*애국지사들의 이야기·6*호는 독립운동가들이 대한민국의 자유와 민주주의를 향한 길을 걸으며 행했던 용기와 자신을 돌보지 않은 마음 그리고 수많은 헌신의 이야기를 담고 있습니다. 우리는 당시 대한민국 국민들을 지키기 위해 싸운 용감한 애국지사들 덕분에 이 자리에 있습니다.

애국지사 기념회의 회장님이신 김대억 목사님의 리더십과 헌신에 감사드립니다. 또한 차세대 독자들이 이러한 중요한 이야기들과 거룩한 유산을 기억하도록 열정과 성심을 다한 집필진께도 감사드립니다.

캐나다 상원을 대표해, *애국지사들의 이야기·6*호의 성공적인 출간을 축하드리며 앞으로 축복이 가득하시길 기원합니다.

진심을 담아,

연아 마틴 상원의원

HOUSE OF COMMONS
CHAMBRE DES COMMUNES
CANADA

Ali Ehsassi

Member of Parliament
Willowdale

Dear Canadian Association for Honouring Korean Patriots (애국지사기념사업회),

It is my great honour to congratulate Reverend Dae Eock (David) Kim and the Canadian Association for Honouring Korean Patriots by publishing "The Story of Korean Patriots—Volume 6." Thank you for your remarkable achievement of producing this sixth volume, but permit me to wish you continued success for many additional volumes in the years ahead.

Let us take a moment to highlight the bilateral relations between Canada and the Republic of Korea. Since the 19th century, Canadians and Koreans have worked on a people-to-people basis to address common challenges. From missionary work to military action, Canadians and Koreans have stood shoulder-to-shoulder as close friends and allies.

In the tragic period of the Korean War, for example, Canadians and Koreans fought and died to uphold freedom and peace on the Korean peninsula. This affirmation of our shared history of sacrifice proved a stepping stone for expanding our cooperation and shaping our shared future in accordance with the democratic values of pluralism and a strong commitment to multilateralism.

To this day, we continue to work together to strengthen our alliance and to address global challenges. Here in Canada, we have benefitted greatly from the great fortune of having one of the largest Korean diaspora communities, and by ensuring that the number of South Korean immigrants to Canada continue to grow.

As history shows, the Korea-Canada alliance contributes to greater peace and broader prosperity beyond the Korean peninsula. Together, we will continue to forge ahead to expand our cooperation with respect to global health, climate change, and peace. From a war-torn nation to one of the most respected members of the international community, Canada is truly proud to have Korea as a cherished friend and ally.

Yours truly,

Ali Ehsassi

Ottawa	Constituency Office
Room 502, Wellington Building, Ottawa, Ontario K1A 0A6	115 Sheppard Avenue West , Toronto, Ontario, M2N 1M7
Tel.: 613-992-4964 Fax.: 613-992-1158	Tel.: 416-223-2858 Fax: 416-223-9715

Ali.Ehsassi@parl.gc.ca
http://aehsassi.liberal.ca

한국을 소중한 친구로 가지게 된 것을 자랑스럽게 생각합니다

알리 에사시
캐나다 토론토 윌로우데일 국회의원

애국지사기념 사업회(회장 김대억 목사)가 발행하는 『애국지사들의 이야기』 제6호를 위한 축사를 쓰게 된 것을 큰 영광으로 생각합니다. 여섯 번째로 이 획기적인 일을 하시는 것을 감사드리며, 앞으로도 계속하여 이 책자를 발간하실 수 있기를 바라는 마음 간절합니다.

캐나다와 한국이 맺어온 유대관계의 중요성을 잠시 살펴보도록 하겠습니다. 19세기 이후로 캐나다와 한국은 양국의 공동 목표를 위해 피차 밀접한 관계를 유지하며 협력해 왔습니다. 선교 사업으로부터 군사행동에 이르기까지 양국 국민들은 어깨를 나란히 하여 친밀한 친구와 동맹국으로서의 관계를 지속해 왔습니다.

비극적인 한국전쟁 기간 중에도 두 나라의 국민들은 한반도의 자유와 평화를 위하여 함께 싸웠고 또 죽었습니다. 이 같은 상호 희생은 양국 간의 협력관계를 확장하는 징검다리의 역할을 함과 동시에 복합주의와 이질적인 요소들을 화합하는 민주주의적인 가치위에서 서로의 미래를 구축할 수 있게 해 줄 것입니다.

지금까지 우리는 우리들의 동맹을 강화하며 지구촌의 모든 문제들을 함께 논의하며 협의해 왔습니다. 이곳 캐나다에 형성된 한인사회는 세계 여러 곳에 산재한 집단 중 가장 큰 규모 중의 하나로 성장했으며, 우리는 그들로부터 많은 유익을 얻고 있기에 한국에서 캐나다로 이민 오는 사람들의 수를 증가시키는 조처를 취하고 있습니다.

지금까지의 역사가 보여주듯이 한카동맹은 한반도를 넘어선 평화와 번영에 크게 기여하고 있습니다. 지구촌 모든 사람들의 건강문제와 기후변화 그리고 평화에 관해서도 우리는 큰 역할을 담당할 것입니다. 캐나다는 전쟁으로 입은 상처를 디디고 일어서서 국제사회에서 가장 존경받는 나라 중의 하나로 우뚝 선 한국을 소중한 친구이며 우방국으로 가지게 된 것을 자랑스럽게 생각합니다.

감사의 말씀을 드립니다

김 득환

주 캐나다 토론토 총영사

안녕하십니까. 『애국지사들의 이야기』 제
6호 발간을 진심으로 축하드립니다.

금년 들어 코로나-19 상황이 다시 악화된 가운데 지금까지 잘
견뎌내시고 계신 우리 동포 분들에게 진심으로 존경과 감사의
마음을 전합니다. 그리고 힘든 시기를 당당히 극복하고 『애국
지사들의 이야기』 제6호를 발간하시는데 수고를 아끼지 않으신
김대억 회장님을 비롯한 회원님들께 감사의 말씀을 드립니다.

『애국지사들의 이야기』는 우리 동포사회에 매우 의미 있는
출판물입니다. 오늘날 한국은 세계 10위권의 선진경제강국으
로 성장하였고, K-pop, 오징어 게임 등 한국문화의 우수성을
전 세계에 떨치고 있습니다. 대한민국이 민주주의와 경제대국
으로 성장할 수 있었던 배경은 우리나라를 위기에서 구하고자
헌신하셨던 애국지사들의 활동이 없었다면 불가능하였을 것입
니다. 애국지사들의 희생과 헌신덕분에 우리는 독립을 이뤘으

며, 한인동포들이 세계 곳곳에 진출하여 한국인의 뿌리를 내릴 수 있었던 것입니다. 우리는 후손들에게 애국지사들의 이야기를 길이 전수하여 그분들의 활동을 잊지 말아야 할 것이며, 이를 바탕으로 더욱 성장해 나아가야 할 것입니다.

또한 우리는 현지인들에게도 애국지사의 활동을 비롯하여 한국의 역사를 알릴 필요가 있습니다. 토론토는 대표적인 다문화, 다민족 도시로서 캐나다 전역에는 많은 한인이 이주해 왔으며, 현재는 25만여 명 한인 동포가 캐나다를 고향 삼아 성공적인 정착을 이룩하였습니다.

한인 커뮤니티는 캐나다 내에서도 모범적인 커뮤니티로 성장하고 있고, 나아가 한인 동포들은 정치, 경제, 문화, 예술 등 다양한 분야에서 주류사회에 진출하는 성과를 거두었습니다. 우리나라의 위상이 높아지고, 한인 커뮤니티가 성장할수록 현지인들도 한국에 대하여 더 많은 관심을 가지고 있습니다. 이러한 상황에서 『애국지사들의 이야기』 출판은 한인 동포뿐만이 아니라 현지인들에게도 한국을 알릴 수 있는 가교역할을 할 수 있을 것입니다.

『애국지사들의 이야기』의 계속되는 출판은 우리 후손들에게 애국지사들의 활동을 대대로 기억하고 전수하는 한편, 현지인들에게 한국의 역사를 알리는 좋은 기회를 제공할 것입니다. 다시 한 번 『애국지사들의 이야기』 출판을 축하드립니다.

감사합니다.

『애국지사들의 이야기·6』호 발간을 축하합니다

김 정희

토론토한인회장

　　애국지사기념사업회의 『애국지사들의 이야기·6』호 발간을 진심으로 축하드립니다. 지난 2014년부터 발간하기 시작한 『애국지사들의 이야기』는 지난 2021년까지 총 5권의 책자를 발간하였습니다.

　　김구 선생, 안창호 선생, 안중근 의사 등 독립운동가 18인을 소개했던 애국지사들의 이야기·1호에 이어, 2호, 3호, 4호 그리고 5호까지 그동안 잘 알려지지 않은 독립운동가들의 일대기와 공적을 담은 『애국지사들의 이야기』 시리즈는 국내외 동포들과 자라나는 2세들에게 독립투사들의 나라를 사랑하는 마음과 고귀한 희생정신을 잘 보여주고 있습니다.

　　『애국지사들의 이야기·6』호에는 그동안 많이 알려지지 않은 독립투사들의 이야기로 구성되었습니다. 저항시인 이육사, 한글로 일제와 싸운 주시경 선생, 김란사 선생, 구파 백정기 선생, 북우 계봉우 선생, 나운규 선생 등 6인의 애국지사들의 생애와 업적들을 다루었습니다.

아울러 동포사회의 지도자들과 단체장들의 "후손들에게 들려주고 싶은 애국지사들의 이야기"가 수록 되었습니다. 이곳 캐나다에서 자라나는 우리 동포들의 2세, 3세들이 한국인으로의 정체성을 잃지 않고, 한국인으로 자긍심을 고취하는데 큰 도움이 될 것이라 생각합니다.

그동안 우리는 『애국지사들의 이야기』를 통하여 애국지사들의 고귀한 희생정신을 기리고, 우리 후손들에게는 조국 대한민국에 대한 긍지와 자부심을 심어주는 귀한 계기가 되었습니다. 이를 위하여 물심양면으로 헌신하여 주신 애국지사기념사업회의 김대억 회장님을 비롯하여 이사님들, 그리고 집필에 참여하신 모든 분들에게 존경을 표합니다.

우리는 애국지사들의 이야기를 통하여 "애국지사들이 꿈꾸었던 나라"는 과연 어떤 나라였을까를 생각해 봅니다. 아마도 지금과 같은 분단된 나라는 아닐 것이라는 생각을 해 봅니다. 일제 강점기에 나라를 찾기 위하여 투쟁하셨던 분들은, 독립 이후에 분단에 반대하는 활동에 나섰고, 분단 이후에는 통일을 위해 한평생을 바치셨습니다. 독립운동가, 애국지사로부터 이어지는 우리 민족의 염원인 통일을 위하여, 그리고 평화를 위하여 우리는 함께 노력해야 할 것입니다.

오늘의 대한민국이 존재할 수 있도록 헌신과 희생으로 함께 해 주신 애국지사들에게 존경과 감사의 뜻을 전하며, 다시 한 번 『애국지사들의 이야기·6』호의 발간을 진심으로 축하드립니다. 감사합니다.

토론토 한인회장 김정희

『애국지사들의 이야기·6』호 발간을
진심으로 축하합니다

김 연수

민주평화통일 토론토협의회 회장

조국과 민족을 위해 몸과 마음을 다 바친 애국지사들의 삶을 통해 그들의 고귀한 민족정신을 재조명한 애국지사들의 이야기를 2014년 이후 지속적인 발간을 위해 노력해 온 '캐나다 토론토 애국지사기념사업회'의 노고를 치하하는 바이다.

이 책을 통해 잊혀져가는 조국과 민족을 위해 몸과 마음을 다 바친 애국지사들의 삶과 그들의 고귀한 민족정신을 재조명하여 자라나는 한인동포들에게 대한민국의 정체성을 각인 시키는 데에 일익을 담당하였으리라 확신한다.

지난 『애국지사들의 이야기·5』에서 다루었던 연약한 조선여인으로만 비추었던 여성들의 강인한 애국정신을 상기한 여성독립운동가의 발굴, 청년들의 애국애족정신을 계승키 위한 2020년 보훈문예공모전 학생부 입상작 수록은 특별한 의미가 담겨져 있다고 생각한다.

아직도 조명을 받지 못하고 있는 숱한 애국지사들의 이야기를 밝혀내어 화려하지는 않지만 질긴 생명력으로 우리 가슴에 잔잔히 피어난 독립운동가들의 이야기를 계속해서 캐나다동포들과 후손들에게 알려주기를 바라는 바이다.

코로나19 상태에서도 기념사업회에서 이 책을 펴낸 것을 다시 한 번 진심으로 치하하는 바이다.

애국지사들의 이야기 제 6호 발행을 축하하며

송 선호

재향군인회 캐나다 동부지회 회장

애국지사 기념사업회의 『애국지사들의 이야기』 제 6호 발행을 축하 합니다.

벌써 애국지사 기념사업회의 발족이 12년이 되었다니! 김대억 회장님이하 사업회의 모든 분께 감사의 말씀을 전합니다.

현재 대한민국은 어려운 역경 속에서도 굳건히 발전하여 세계 10대 경제대국이 되었습니다. 36년간 일제침략의 수탈과 6.25전쟁 이라는 동족간의 전쟁을 겪으며 나라가 폐허가 되었으나, 온 국민이 허리띠를 졸라매고 합심하여 노력한 결과 빈민국에서 선진국으로 우뚝 서게 되었습니다. 이것은 어려운 환경 속에서도 나라를 사랑하고 자기를 희생하는 애국지사분들이 있었기에 오늘이 있는 것입니다.

현 세대들은 오늘의 대한민국이 거저 이루어진 것으로 알고 있습니다. 왜냐? 역사를 안 배우고 과거를 모르기 때문입니다.

'과거를 망각한 민족은 미래도 없다'는 명언이 있습니다. 나라를 위해 목숨과 자신과 가족을 희생한 분들을 한 분이라도 찾아내어 후세들에게 알려야겠습니다. 더욱이 캐나다에 사는 젊은이들은 지난세월에 나라를 위해 희생한 애국지사들의 이야기를 접할 기회가 없습니다. 이사업은 계속해서 이루어져야 한다고 생각합니다.

다시 한 번 『애국지사들의 이야기』 제 6호 발행을 축하하며 애국지사 기념사업회의 무궁한 발전을 기원합니다.
감사합니다.

존경받는 단체로 계속 발전해 나가시기를

조 준상

애국지사기념사업회(캐나다) 자문위원

존경하는 김대억 목사님께서 회장으로 수고하시는 캐나다 애국지사기념사업회에서 이번에 『애국지사들의 이야기·6』호를 발행하시게 된 것을 진심으로 축하드립니다.

지난 2014년에 처음 출판된 『애국지사들의 이야기』 시리즈가 어느덧 여섯 번째가 탄생한데 대해 우선 놀랍거니와, 사업회의 그 지대한 노력에 새삼 경의를 표합니다.

특히 애국지사기념사업회(캐나다)는 지난 2년 여간 계속돼온 COVID- 19상황에서도 중단 없이 각계의 주옥같은 원고를 수집해 방대한 분량의 책을 펴낸 것이기에 동포사회에 더욱 큰 감동을 주고 있습니다.

이번에 발행된 제6호에는 '광야', '청포도' 등의 시를 통해 우리세대에게도 너무나 익숙한 저항시인 이육사 선생을 비롯해,

한글을 통해 일제와 싸우신 주시경 선생, 그리고 계봉우, 백정기, 김란사, 나운규 선생 등 6분의 애국지사들 생애와 업적들이 담겨 있습니다.

또한 일제강점기 시대의 여성독립운동가들의 항일독립투쟁사, 그리고 캐나다에 거주하시는 독립운동가 후손들의 이야기가 수록돼있어 생동감을 더해줍니다.

애국지사기념사업회가 발족한지 12년이 되었지만, 처음엔 이런 단체의 필요성과 중요성을 인식하지 못하는 동포들이 많아 어려움이 컸을 것입니다.

하지만 열악한 환경 속에서도 묵묵히 애국투사들의 고귀하고 헌신적인 민족독립정신을 동포 후손들에게 알려주기 위해 최선을 다해 오신데 대해 깊은 존경을 표합니다.

사실, 해외에서 독립운동 관련 책을 만든다는 것은 무척 힘들고 어려운 일입니다. 원고 확보도 쉽지 않을 터이고, 책을 편찬하는 비용도 만만치 않을 것입니다.

하지만 애국지사기념사업회는 이런 모든 난관을 뚫고 올해로 여섯 번째 책을 출간하는 빛나는 업적을 이룩했습니다. 참으로 대단한 일이라 아니 할 수 없습니다.

우리는 말로는 독립운동가들의 숭고한 희생정신을 이야기하면서도 실제로는 잘 알지 못하는 부분이 많았는데, 이런 시리즈 기획도서 출간을 통해 그동안 미처 발견하지 못했던 애국지사들의 감동적인 민족사랑 정신을 새삼 깨닫게 됩니다.

요즘은 젊은 층에서 책을 별로 읽지 않는 경향이 있는데, 이처럼 애국지사들의 이야기를 지루하지 않고 재미있게 잘 엮음으로써 앞으로 동포 2세 청소년들에게 귀중하고 알찬 교육 자료가 될 것으로 믿습니다.

차제에, 이 모든 것은 김대억 회장님 등 여러 필진이 정성을 다해 쓰신 값진 결실이라 생각합니다. 애국지사기념사업회는 모국에서도 시도하기 어려운 훌륭한 일을, 이민사회라는 열악한 환경 속에서도 피땀 흘려 이룩했기에 더욱 소중하다 하겠습니다.

애국지사들의 숭고한 희생과 민족사랑 정신을 되새기고, 동포 후손들에게 한민족의 빛나는 뿌리에 대한 자부심을 심어주기 위해 열심히 노력하시는 기념사업회의 노고에 거듭 경의를 표합니다.

애국지사기념사업회가 앞으로도 계속해서 동포사회에서 가장 존경받고 신망 받는 단체로 발전해나가시길 기원합니다. 대단히 감사합니다.

애국지사들의 이야기·6

김대억 회장

김원희 시인

김종휘 시인

박정순 시인

손정숙 수필가

[특집·1] 문학박사들의 애국지사 이야기

이윤옥   심종숙

[특집·2] 후손들에게 들려주고 싶은 애국지사들의 이야기

김미자   김연백   김재기   김창곤   이남수   이재철

[특집·3] 독립유공자 후손과 캐나다 한인2세들의 애국지사 이야기

[특집·4] 비전펠로우십에서 보낸 이야기

황환영

부록

애국지사들의 이야기·6

김대억 회장

○ 필력으로 일제와 맞서 싸운 저항시인 **이육사**

○ 한글로 나라를 지킨 한힌샘 **주시경** 선생

이육사(李陸史) 시인

[1904년 5월 18일 ~ 1944년 1월 16일]
경북 안동 출신으로 본명은 이원록(源祿) 또는 이원삼(源三), 이활(活)이다. 후에 이
육사로 개명했다; 일제강점기 의열단원으로 저항시인으로 일제와 투쟁했다. 대한민
국정부는 일제 강점기 하의 그의 항일 투쟁활동과 일제 강점기에서의 시작(詩作)활
동을 기려 '건국포장', '건국훈장 애국장(1990)', '금관문화훈장'을 추서하였다.

나는 내 기백을 키우고 길러서 금강심에 나오는 내 시를 쓸지언정
유언은 쓰지 않겠소. ~ 시를 생각한다는 것도 행동이 되는 까닭이
오.

- 이육사

필력으로 일제와 맞서 싸운
저항시인 이육사

김대억 회장

1854년 3월 31일 일본은 미국의 동인도 함대사령관 매튜페리와 미일화친조약을 맺은 것을 시발점으로 러시아, 프랑스, 영국과도 문호를 개방하여 진보된 서구문명에 접하기 시작했다. 청나라도 1840년과 1856년에 일어난 두 번에 걸친 아편전쟁에 패한 후 영국, 프랑스와 조약을 맺고 서양문화를 받아들이게 되어 급변하는 세계조류에 합류하게 되었다. 그러나 같은 시기의 조선왕조는 미국, 프랑스, 영국, 독일 등 서방국가들의 통상요구를 모두 거절하는 쇄국정책을 고수함으로 우물 안의 개구리 신세에서 벗어나지 못했다. 그러다 1875년 9월 21일 운양호사건을 계기로 1876년 2월 27일 조선과 일본 간에 강화도조약이 체결되었다.

강화도조약은 전적으로 일본에게 유리하게 맺어진 것으로 이 조약을 계기로 일본은 서서히 우리나라에 침투해 들어오기 시작했다. 이 조약 체결 후 일본은 우리 땅에 군대를 주둔시키고, 권력에 눈먼 대신들을 매수하여 내정간섭을 시작함과 동시에 급속도로 변화하는 국제정세를 그들에게 유리하게 이용하여 1905년 11월 7일, 강압적으로 을사보호조약(을사늑약)을 맺어 조선의 외교권을 박탈해 버렸다. 그로부터 5년 후인 1910년 8월 29일에 한일합병조약이 맺어짐으로 우리나라는 완전히 일본의 속국이 되어버렸다.

이후 36년 간 우리나라는 일본의 가혹한 식민통치를 받으며 신음해야 했다. 이 기간은 우리민족이 국권을 빼앗기고 타민족의 지배를 받는 고통과 치욕의 기간이었을 뿐만 아니라 민족의 암흑기였다. 일제의 학정 하에서 삼천리금수강산이 야만적인 일본인들의 발길에 무참히 유린되었고, 그들은 우리민족의 고유한 문화와 자랑스러운 미풍양속마저 소멸시키려 했다. 반만년의 역사와 전통을 지닌 우리나라를 일본화 시키려 했던 것이다. 어디 그뿐인가. 그들은 귀중한 우리 문화재들을 일본으로 약탈해가는 행위까지 거침없이 저질렀다. 그러나 우리의 소중한 역사적 유물마저 자기네 것으로 만들려는 것보다 우리가 용서하기 힘든 일본의 죄악은 그들이 반만년에 걸쳐 우리민족의 가슴 속에 아로새겨진 민족혼까지 말살시키려 했던 것이다. 일제의 최종 목적은 한민족의 마음속에서 민족혼을 지워버려 우리민족의 정체성을 말살시키려 했던 것이다.

그러나 비록 힘이 없어 총칼 앞에 굴복하여 국권을 강탈당하기는 했지만 우리의 민족혼은 죽지 않고 살아있었다. 나라를 사랑하는 수많은 동포들이 할 수 있는 모든 수단과 방법으로 상실한 국권을 되찾기 위해 일제에 항거했기 때문이다. 어떤 의미에선 시대에 편승하여 부귀영화를 누리려는 소수의 민족의 배반자들을 제외하고는 모든 국민들이 독립투사가 되어 일제의 가혹한 식민통치에 대항해 싸웠던 것이다. 그들 중에서 제일 보잘 것 없고 약해 보이는 무기를 들고 가장 큰 위력을 발휘하며 일제에 맞서 싸운 사람들이 문인들이었다. 그들이 지닌 무기는 붓과 종이 뿐이었다. 하지만 그들이 붓을 들어 쓴 글은 막강한 군대의 힘보다 더 큰 힘으로 일제를 위협하며 그들을 압박했다.

항일 문학가들이 휘두른 필력은 삼천만 동포들의 가슴속에 우리의 민족혼이 더 깊이 파고들게 만들었으며, 어째서 우리가 잃어버린 나라를 되찾아야 하는 가를 깨닫게 하는 원동력이 되었다. 그들 문인들이야 말로 "필력은 무력보다 강하다."(A pen is mightier than a sword.)란 말이 진리임을 전 세계에 선포하며, 우리 모두에게 보여준 자랑스러운 독립투사들이었던 것이다.

일제강점기에 필력을 무기삼아 앞장서서 일본과 싸운 문인들 중에는 한용운, 이육사. 이상화 윤동주, 심훈, 조명희 등이 있다. 그들 중의 한 명인 이육사는 글을 통해 일제에 항거한 것이 아니라 그의 글 자체가 항일운동이었던 독립투사이며 강력한 저항시인이었다.

이육사는 조선 성리학의 기초를 마련한 퇴계 이황의 14대 손으로 1904년 경상북도 안동군 도산면 원촌리 881번지에서 아버지 이가호와 어머니 허길 사이에 5형제 중 둘째 아들로 태어났다. 그의 본명은 원록이었는데, 육사라고 불리게 된 것은 그가 대구형무소에 수감되었을 때 수감번호가 "264"였기에 아호를 육사(64)로 지으면서 이육사가 본명처럼 되어버린 것이다.

그가 태어난 원촌은 국도에서 멀리 떨어진 깊숙한 오지에 위치해 있었지만 뒤로는 건지산 줄기가 병풍처럼 둘러서 있었고, 앞으로는 낙동강 푸른 물이 굽이치며 흐르는 곳이었다. 이처럼 산 높고 물 맑은 곳에서 태어난 이육사는 철따라 모습을 달리하는 산을 등에 지고 앞에는 유유히 흐르는 강물을 바라보며 성장했다.

이육사가 정식으로 근대문학을 공부했다는 기록은 별로 없다. 그러나 그에게는 조선의 석학 이퇴계 선생의 자손으로서 물려받은 천부적인 문학적 소질이 있었을 것이다. 그런 그가 꽃피고 새우는 동화속의 마을 같은 원촌에서 버들피리를 꺾어 불며 자라났으니 비교적 늦게 시를 쓰기 시작했지만 한국 근대문학에 기여하는 큰 시인이 될 수 있었던 것이다.

원촌은 어린 이육사에게 후일 민족시인이 될 수 있는 정서가 스며들 수 있게 해 줄 정도로 그 자연환경이 아름다웠을 뿐만 아니라 항일정신이 강한 지역이기도 했다. 1894년 6월 21일 일본군대가 경복궁에 무단 침입하여 조선의 국권을 농락했을 때 서상철의 주도하에 의병이 일어난 곳이 원촌과 근접한 안동이었다. 뿐만 아니라 2010년에 발표된 통계에 의하면 제일 많은 독립유공자를 배출한 곳이 안동이며, 한일병합조약이 체결된 1910년을 전후하여 자결로 일제에 항거한 순국자가 가장 많았던 지역도 안동이었다. (김희곤: 이육사 평전 251면) 원촌에서 고개 하나 넘어 있는 하계는 그 지역에서도 항일정신이 가장 강한 곳이었다. 이 같은 사실은 원촌도 항일정신이 어느 곳 못지않게 강한 마을이었음을 말해 준다.

　항일정신이 이 같이 철저히 배인 고장에서 유년 시절을 보낸 이육사의 가슴에 민족을 사랑하는 마음과 더불어 일제에 대한 증오심이 강하게 형성된 것은 당연한 일이다. 전통적인 유교집안에서 태어나 엄격한 규범 속에서 자란 까닭에 이육사는 선비의 자질을 구비하게 되었고, 그에게 형성된 선비정신은 항일정신으로 이어졌다고도 볼 수 있다. 거기다 어려서부터 어머니에게서 남에게 눈물을 보여선 안 된다는 교훈과 더불어 어떤 경우에도 부끄러운 일을 하지 말고 떳떳하게 행동하라는 가르침을 받은 그는 "실천하지 않는 양심은 죄악"이라는 신념을 지니게 되었다. 때문에 그의 마음속에 심어진 항일정신은 항일운동이라는 행동으로 나타나 이육사가 평생을 일제에 항거한 독립투사로 살 수 있는 원동력이 된 것이다.

이육사는 6살이 되면서부터 할아버지에게서 〈천자문〉, 〈통감〉, 〈소학〉 등을 배워 7,8살이 되어서는 한시를 지을 수 있게 되었고, 10살 무렵에는 〈사서삼경〉을 공부할 수 있게 되었다. 어려서 받은 한문교육은 그에게 선비의 자격을 확립시켜 주었고, 선비정신으로 무장된 그는 어떤 핍박과 압력에도 굴하지 않고 싸울 수 있는 항일투사가 되기에 부족함이 없었던 것이다. 이육사가 유년과 소년시절에 공부한 한문은 후일 그의 작품에도 많은 영향을 미쳐 그의 시에 한자가 많이 사용되었음은 물론 짧으면서도 깊은 의미가 함축된 글을 쓸 수 있었다고 사료된다.

할아버지에게서 한학을 공부하면서도 소년 이육사는 신학문에 관심을 기울이기 시작했다. 그 때문에 17세 되던 1920년에 형 원기와 동생 원유와 함께 신학문을 배우고자 대구로 나왔다. 그들이 대구로 나오기 전에 이육사의 가족들은 고향 원촌을 떠나 "듬벌이"라 불리던 신평리로 이사했다. 거기서 그는 삼일운동의 여파로 예산에서 일어난 만세운동을 겪게 되었다. 1919년 4월 3일에 일어난 예산만세운동을 보면서 이육사는 조국의 독립에 대한 그의 확고한 의지를 확인하게 된 것이다.

대구로 나온 이육사의 형제들은 신학문을 배우면서 나라 잃은 설움을 함께 나눌 수 있는 친구들을 사귀며 항일투쟁을 벌일 구체적인 방안을 모색하기 시작한 것 같다. 대구로 거처를 옮긴 후 이육사가 특별이 눈에 띠게 한 일은 없는 것 같다. 하지만 그는 동생 원유와 친구 이명룡과 함께 석재 서병호 선생에게서 서화를 배웠다. 서병호는 대구를 근대미술의 요람지로 만든 화가였음은 물론 대한광복회에 가입하여 독립군 모집을 위한 군자금을 모금하고 무기를 구입하는 등 일제와 투쟁한 독립투사이기도 했다. 비록 짧은 기간이긴 했지만 독립투사 서병호에게서 서화를 배우면서 이육사는 항일투쟁의 의지와 결의를 더욱 굳게 다졌을 것이다. 이육사와 함께 서화를 공부한 친구 이명룡은 후에 일본에서 법률공부를 마치고 돌아와 이육사와 함께 민족운동을 한 것으로 알려져 있다.

이육사는 18세 되던 1921년 봄에 영천에서 비교적 부유하게 살던 안용락의 딸 일양과 결혼했다. 그보다 2살 아래였던 아내 일양과 이육사의 결혼생활에 관해서는 별로 알려진 것이 없다. 어쩌면 이육사가 일본과 중국으로 다니노라 그들이 실제로 같이 산 기간이 짧았기 때문인지도 모른다. 아내 일양의 말에 의하면 그녀가 남편 이육사와 함께 지낸 기간은 전부 합하여 2년 정도밖에 안 된다고 한다. 그들 사이에서 남매가 태어났는데, 아들 동윤은 어려서 죽었고, 서울에서 태어난 딸 옥비만이 이육사의 호적에 올랐다. 대를 이을 아들이 없었기에 가족들은

1946년 1월에 이육사의 대상을 마친 후 그의 막내 동생 원우의 셋째 아들 동박으로 하여금 후사를 잇도록 결정했다.

1923년, 이육사의 부모는 이미 대구에 나와 있던 육사와 그의 형 원기 그리고 동생 원유외의 다른 동생들을 데리고 대구로 거처를 옮겼다. 아마도 이육사의 부모는 자녀들 모두가 새로운 학문을 익히기를 원했는지도 모른다. 전 가족이 대구로 이사한 해에 이육사는 일본에 가서 1년 정도 지냈다고 하는데, 그가 일본에서 무엇을 했는지는 구체적으로 알려진 바 없다. 그러나 이육사는 일본에 머무르는 동안 도서관이나 학원에 다니면서 신학문과 서구의 진보된 과학문명에 관해 공부했을 것이란 추측을 해볼 수는 있다.

이육사 본가는 대구에서 14년을 살다가 서울 종암동으로 이사를 했다. 대구에서 항일 가족이라 하여 너무 탄압을 받았기 때문이었다. 서울로 이사한 후 육사는 종암동에 있는 큰댁에 자주 들렀다.

이육사는 1925년에 형 원기와 동생 원유와 함께 의열단에 입단했다. 의열단은 김원봉이 창단하여 지하에서 항일투쟁을 전개한 비밀결사조직이었다. 이육사의 형제들이 누구의 주선으로 또 어떤 계기에서 의열단에 가담하게 되었는지는 알 수 없다. 그들이 의열단원이 되어 구체적으로 무슨 활동을 했는지도 밝혀진 바 없다. 추측컨대 그들이 가족들 보다 먼저 대구로 나와 새로운 친구들과 만나며 신학문을 공부하면서 구상하기 시작했던 항일투쟁을 의열단원이 되어 실천하기 위함이었을 것이다. 하지만 이육사의 형 원기와 동생 원유의 의열단원으로서의 활동은 길지 않았던 것으로 보인다. 세형제가 함께 가입은 했지만 이육사만이 끝까지 의열단원으로서 일제에 저항했기 때문이다.

이육사와 함께 의열단원으로 활약한 동지로는 성주 출신 이정기가 있는데, 그들 둘은 1926년과 1927년에 두 차례에 걸쳐 북경에 다녀왔다. 그들이 무엇 때문에 북경에 가서, 무엇을 하고 돌아왔는지는 알 수 없다. 그들은 지하단체에서 벌이는 항일운동에 관해 가족이나 친지들에게 일체 발설하지 않았다. 따라서 이육사의 잦은 북경행을 주위 사람들은 물론 가족들도 잘 몰랐다. 의열단원들의 행동은 철두철미 비밀리에 진행되었던 것이다. 하지만 이육사가 아무도 모르게 북경을 오가며 수행한 임무는 군자금을 조달하거나 필요한 정보를 입수하는 것이었다고 추측할 수 있다. 의열단원 이육사의 활동은 그의 주위에서는 모르고 있었지만 일본경찰은 알고 있었기에 그를 예의주시하며 철저히 감시하고 있었다. 물론 그 자신도 자기가 일제의 감시대상인 것을 알고 있었다. 하지만 이육사가 일경에 의해 처음으로 체포된 것은 1927년 장진홍 의사가 조선은행 대구지점을 폭파하려 했을 때였다.

장진홍은 일제가 대한제국의 군대를 해산하면서 황실경호목
적으로 남겨놓은 조선보병대에서 복무하다가 1916년 제대했
다. 그 후 동향 선배인 이내성의 소개로 비밀결사인 광복회에
가입하여 항일운동에 뛰어든 독립투사였다.

그는 일제의 고관들을 암살하고 일제의 주요 시설들을 파괴
할 목적으로 칠곡의 집에서 폭탄을 제조, 1927년 10월 16일
선물상자로 위장해 심부름꾼을 시켜 조선식산은행 대구지점에
전달했다. 은행원이 눈치를 채고 경찰을 부르는 사이 폭탄상자
가 폭발하여 경찰 4명을 포함한 6명이 부상을 입었고, 장진홍
은 무사히 달아났다.

이 사건을 계획하고 실천한 광복단원 장진홍과 의열단원 이
육사가 어떤 관계였는지, 또는 이 사건에 이육사가 실제로 관
련되었는지에 관해 밝혀진 것은 없다. 그러나 일본경찰은 이
사건에 연류 되었다는 혐의로 이육사와 그의 형과 동생을 체포
하여 구금했다.

일본경찰은 이원기를 사건의 총책임자로, 이육사를 폭탄 운
반자로, 이원조를 폭탄이 든 상자에 "벌꿀"이라고 써 붙인 혐의
를 씌우고 자백을 받아내려고 가혹한 고문을 가했다. 이때 이
육사에게 주어진 수감번호가 "264"였다. 이미 언급한 바와 같
이 "264"의 발음에 따라 그의 호를 "육사"라고 지어 그의 이름

이 "이육사"로 불려 지게된 것이다.

우애가 남달리 좋았던 이육사의 형제들은 서로 "나를 고문하라."고 대들어 수사관들을 놀라게 했다고 한다. 학생이었던 이원조는 얼마 안 되어 석방되었지만 이육사와 형은 2년이 넘게 수감되어 모진 고문을 당해야 했다. 그러나 사건의 주모자 장진홍이 일본 오사카에서 체포되자 그들도 혐의가 풀려 석방되었다. 이육사는 1929년 5월에 풀려난 후 대구청년동맹과 신간회 대구지회에 참여하여 항일투쟁을 계속했다. 장진홍 사건을 계기로 구국을 위한 그의 항일투쟁이 본격화 된 것이다. 이에 따라 그를 향한 일제의 감시 또한 한층 강화되었다.

1927년 조선식산은행 대구지점폭파 사건으로 체포되었다 무혐의로 석방된 후 이육사는 조선일보사 대구지점을 경영하면서 기자로 활약했다. 이때도 그에 대한 일제의 감시는 계속되었기에 이육사는 언제나 갇힌 자, 쫓기는 자의 신세로 공포와 두려움 속에서 지내야 했다. 이 같은 그의 쫓기는 자의 답답하고 불안한 마음의 상태는 여러 편의 시에 구체적으로 표현되었거나 그 내용 전체에 녹아있다. 그는 일본경찰의 요시찰 인물이었기 때문에 그와는 전혀 관계없는 사건으로 인해서도 여러 차례 검거되었다. 광주학생 사건이 일어났을 때도 아무런 연관이 없었던 이육사가 곧 바로 예비검거 되었다.

1929년 11월부터 광주학생 의거가 확산되면서 1930년 1월에 대구에서도 동맹휴학사태가 벌어졌고, 대구 일대에 일제의 만행을 성토하는 격문이 붙기 시작했다. 이때도 일경은 대구청년동맹 간부였던 이육사를 체포했다. 일경은 이와 유사한 항일운동 사건이 터질 때마다 관련여부는 조사해 보지도 않고 그를 무조건 잡아들였기 때문에 이육사는 40평생에 17번이나 체포되어 구금되는 곤욕을 당해야 했다. 그러니 그가 얼마나 불안하고 초조한 가운데 지내야 했는지 짐작할 수 있다. 그러나 "행동하지 않는 양심은 죄다."라는 신념으로 무장된 이육사는 악랄한 일제의 식민통치에 맞서 싸우는 것이 그에게 주어진 인생의 사명이라 굳게 믿고 항일운동을 계속해 나갔다.

만주와 국내에서 활동하던 이육사는 29세 되던 1932년에 북경에 있는 조선군관학교 제1기생으로 입교했다. 장개석의 후원으로 설립된 이 학교의 교장은 김원봉이었다. 이 학교에 들어가면 중국군민군 보통병사 상위신분으로 견습사관 대우를 받았으며, 졸업과 동시에 소위로 임관하게 되어있었다. 입교 1년 후인 1933년에 조선군관학교를 졸업할 때 이육사는 그가 직접 대본을 쓴 연극 〈지하실〉을 공연했다. 그런데 이 작품에서 노동과 계급을 혁명의 주체로 취급했다고 하여 이육사를 사회주의자로 생각하는 이들이 있다. 이육사가 원했던 것은 우리 민족이 일제의 식민통치에서 벗어나 모두가 평등하게 사는 것이었다. 따라서 이육사는 그 시기에 이념보다는 민족을 먼저 생각하며 일제에 항거한 독립투사들 중의 하나였다고 보는 것이 타당할 것이다.

이 무렵에 이육사는 노신(魯迅)을 만나게 되었다. 노신은 중국 근대문학의 거장으로서 일제강점기에 우리 문학가들에게 지대한 영향을 끼친 인물이다.

문학을 하는 사람이 아니더라도 윤봉길 의사의 발자취를 돌아보기 위해 상해를 찾는 한국인들은 노신과도 접하게 된다. 윤 의사의 의거 현장인 홍구 공원이 노신 공원으로 되었고, 그곳에 노신 기념관이 들어섰기 때문이다. 이육사는 노신이 암살당한 중국 인권운동의 선구자 양싱포(楊杏佛)의 빈소에서 쑨원(孫文)의 부인 쑹칭링(宋慶玲)과 함께 온 그를 만났다. 그때 이육사는 문학적으로 대 선배인 노신이 조선의 한 문학청년에 불과한 그를 반갑게 맞아준데 대해 큰 감명을 받았다. 그 후 노신이 세상을 떠나자 이육사는 "노신 추도문"을 썼는데, 그가 노신을 만나던 날에 대해 언급했다.

이육사의 노신에 대한 견해는 "노신에게 있어서 예술은 정치의 노예가 아닐 뿐 아니라 적어도 예술이 정치의 선구자인 동시에 혼돈도 분립도 아닌, 즉 우수한 작품, 진보적인 작품을 선출하는 데만 문호 노신의 위치를 높여왔다."였다. 노신의 문학에 대한 이육사의 이 같은 요약평가는 당시 중국사회의 현실에

맞서 노신문학은 확실하고 진실한 묘사로 작품을 창작했음을
지적한 것으로 세인의 주목을 받았다. 그 후 이육사는 노신의
대표적인 단편 〈고향〉을 우리말로 번역하여 발표하기도 했다.
이런 사실들과 이육사가 어린 시절에 한문을 공부했다는 점을
한데 묶어 생각해 보면 그의 작품들이 한문학의 영향을 받았다
는 것을 알 수 있다.

　조선군관학교를 졸업한 이육사는 그 학교의 제2기 생들을 모
집하며 동포들에게 항일정신을 주입시키고, 국내의 제반 정세
를 분석하고 조사하기 위해 상해를 거쳐 귀국했다. 국내로 들
어와서 비밀임무를 수행하던 이육사는 1934년 3월 의열단 관
련자로 조선혁명군사정치간부학교 출신자라는 이유로 일본헌
병에 체포되어 고문을 받다가 7월에 기소유예로 석방되었다.
이육사의 귀국과 구금 그리고 그의 석방에 관하여 알고 있던
사람은 별로 없었던 것 같다. 그 당시 지하조직에 속해 일제와
싸우던 독립투사들에게는 비밀을 지키는 것이 철칙이었으며,
이 원칙에 따라 이육사는 그의 비밀임무에 대해 누구에게도 언
급하지 않았기 때문이다.

　이즈음 이육사의 건강상태는 만주와 중국을 왕래하며 항일
투쟁을 하기에는 힘들 정도로 악화되어 있었다. 장진홍의 조선
식산은행 대구지점 폭파사건으로 체포되어 받은 모진 고문으
로 이미 망가졌던 몸이 일경의 끊임없는 감시를 받으며 한시

도 긴장의 끈을 놓지 못하고 동분서주하면서 몸과 마음이 극도로 쇠약해졌던 것이다. 여러 날 깊이 생각한 끝에 이육사는 그의 활동할 능력이 한계에 도달한 것을 깨닫고 필력을 발휘하여 일제와의 싸움을 이어가기로 마음먹었다. 그는 글을 쓸 자질을 지니고 태어났을 뿐만 아니라 무릉도원 같은 고향 원촌의 자연환경 속에서 마음 속 깊이 스며든 시상이 넘쳐흘렀다. 그러면서도 그는 시인으로서의 재능을 발휘하기 보다는 조국의 독립을 이루겠다는 민족적 염원을 성취시키기 위한 항일투쟁에 전념하노라 천부적인 문학적 소질을 30이 넘을 때까지 발휘하지 못하고 있었던 것이다.

그러나 일제의 부단한 감시와 검속을 당하며 만주와 중국을 드나들며 독립운동을 하면서 숱한 옥고를 치른 까닭에 심신이 약해져서 더 이상 독립군의 비밀단체에서 활약하기 힘들어 졌음을 느끼고 저항시를 쓰는데 집중하기 시작한 것이다. 그가 쓴 글들은 한국의 근대문학을 대표할 만한 걸작들이기도 하지만 그의 작품 속에는 나라를 빼앗긴 울분과 비애와 누구도 막을 수 없는 반일감정이 진하게 녹아있다. 그의 시 대부분이 국권을 도둑맞은 분노와 슬픔과 저항적 주제를 그 바탕으로 하고 있기 때문이다. 이육사의 대표작 중의 하나인 〈절정〉을 보면 그의 일본을 향한 분노와 울분과 일제의 식민통치 밑에서 신음하던 우리민족의 비참한 실정과 그런 처절하고 암울한 상황 속에서도 조국의 광복이 이루어지는 그 날은 반드시 온다는 확신이 담겨져 있다.

> 〈매운 계절의 채찍에 갈겨 /마침내 북방으로 휩쓸려오다.//
> 하늘도 그만 지쳐 끝난 고원 /서릿발 칼날진 그 위에 서다.//
> 어데다 무릎을 꿇어야 하나?/ 한발 제겨디딜 곳조차 없다.//
> 이러매 눈감아 생각해 볼밖에 / 겨울은 강철로 된 무지갠가
> 보다.〉

"매운 계절을 채찍", "서릿발 칼날진", "한발 제겨디딜 곳조
차" 등의 표현들은 일제의 강압정치가 얼마나 가혹했으며, 그
때문에 우리민족이 얼마나 서럽고, 비참했던가를 잘 말해주고
있다. 일제의 무자비한 탄압정책에 견디지 못해 춥고도 삭막한
만주 벌판까지 와야 한 이육사의 신세는 일제의 핍박을 피해
간도로, 연해주로 향한 수많은 우리 동포들의 슬픈 모습을 대
변해 주고 있다. 그러나 막상 무한대로 뻗어나간 듯이 보이는
넓디넓은 만주 벌판까지 왔건만 디디고 설 공간조차 없는 절망
적이고 암담한 현실이 그들을 기다리고 있었음을 이육사는 이
시를 통해 말해주고 있는 것이다.

박두진이 〈절정〉을 가리켜 "일본 제국주의를 철저히 고발한
작품"이라 말한 것처럼 이 시는 일본의 식민통치 하에서 우리
민족이 처했던 상황이 얼마나 처량하고 비참했던가를 말해주
고 있다. 이 시의 마지막 연에는 비록 극한 상황에 처하기는 했

지만 체념하지 않고 굳건하게 서있는 이육사의 모습이 잘 나타나 있음을 보게 된다. 동시에 그가 그의 인생 자체를 희생하며 싸워온 조국의 해방을 원하는 간절한 소망도 선명하게 들어나 있다. 조용히 눈을 감고 냉철한 마음으로 "겨울은 강철로 된 무지갠가 보다."라 씀으로 이육사는 꿈과 낭만의 상징이긴 하지만 사막의 신기루처럼 어느 때고 사라지고 말 무지개를 "강철로 된 무지개"로 만들어 버린 것이다. 아무리 일제의 무자비한 탄압이 계속되는 절망적인 상황에 처해있어서도 조국은 해방되고 말 것이라는 이육사의 신념과 확신은 소멸되지 않았다. 그날은 반드시 온다는 그의 흔들리지 않은 믿음 때문에 이육사는 하늘에 걸린 무지개를 없어지지 않고 그 자리에 오래 오래 있을 "강철 무지개"로 개조한 것이다.

역사학자 도진순 교수는 "강철로 된 무지개"를 "태양"으로 상징되는 일본을 찌르는 칼날에 비치는 서릿발 기운으로 해석하여 그 표현은 일제의 폭정에 대항해 투쟁하겠다는 선언이라 생각한다.(도진순: 〈강철로 된 무지개〉-119면) 이 같은 해석도 따지고 보면 굽히지 않는 항일투쟁으로 삼천리금수강산에 해방을 알리는 종소리가 울려 퍼지는 날이 올 것을 확신한다는 점에 있어서는 사라지지 않을 무지개로 만들기 위해 "강철로 된 무지개"로 표현했다고 보는 견해와 다를 것이 없다.

5,000년의 역사와 전통을 자랑하는 나라를 섬나라 일본에게

강탈당한 이육사의 슬픔과 분노 그리고 그 강탈자에 맞서 싸우
겠다는 그의 강한 의지는 〈광야〉에도 잘 나타나 있다.

> 〈까마득한 날에/ 하늘이 처음 열리고 /어디 닭 우는 소리 들
> 렸으랴.// 모든 산맥들이 / 바다를 연모해 휘달릴 때도 /차마
> 이곳을 범하던 못하였으리라. // 끊임없는 광음을 / 부지런한
> 계절이 피어선 지고 / 큰 강물이 비로소 길을 열었다. // 지금
> 눈 내리고 / 매화향기 홀로 아득하니 / 내 여기 가난한 노래의
> 씨를 뿌려라. // 다시 천고의 뒤에 / 백마 타고 오는 초인이 있
> 어 / 이 광야에서 목 놓아 부르게 하리라.〉

"이육사의 장엄하고 광활한 대륙적 풍조와 기상을 보여준" 〈
광야〉는 (김학동: 〈이육사 평전〉-98면) 그의 대표작임과 동시
에 일제의 압제에 항거한 가장 강력한 저항시 중의 하나이기
도 하다. 〈광야〉처럼 일제통치하에서의 우리민족의 참담한 처
지와 조국의 광복에 대한 확신과 그것을 실현시키기 위해 자
기 자신을 아낌없이 불사르겠다는 결의를 나타낸 시를 찾아보
기 힘들기 때문이다. 이 시의 1연에서 3연까지는 세상이 창조
된 때로부터 광야가 형성되기까지의 과정을 묘사하고 있다. 첫
째 연의 "까마득한 날에/하늘이 처음 열리고/어디 닭 우는 소
리 들렸으랴."는 태초에 하나님께서 천지를 창조하시는 장면을
생각하게 한다.

아무런 형태도 없이 텅 비어 암흑에 쌓인 형태의 세상에 하나님이 "빛이 있으라." 말씀하심으로 세상이 형성되기 시작한 것처럼 멀고 먼 태고 적에 하늘이 열리고 새벽이 다가오는 것을 알리는 닭 울음소리가 들림으로 광야가 형성된다는 데서부터 이 시는 시작된다. 끝없이 뻗어나간 광활한 광야엔 깊은 바다 속을 거침없이 가로 질러 달리는 산맥들도 그 모습을 들어내지 못한다. 그 넓고 신성한 광야 위에 인류의 문명이 싹트기 시작함을 3연의 "끊임없는 광음을/부지런한 계절이 피어선 지고/큰 강물이 비로소 길을 열었다."가 말해주고 있다.

4연의 "지금 눈 내리고/매화향기 홀로 아득하니/내 여기 가난한 노래의 씨를 뿌려라."에 도달하면 만주나 중국의 넓고 넓은 광야를 바라보며 조국을 그리워하는 그의 마음을 읽게 된다. 단군선조가 나라를 세운 이후 숱한 이방민족들의 침략을 받아가면서도 지켜온 조국이 일본의 수중으로 넘어가서 우리 민족이 설 땅이 없어진 때가 바로 그 때이기 때문이다. 아름다운 조국의 산하에 잔인하고 악랄한 압제의 눈보라가 몰아치고 있다는 피눈물 나는 현실을 이육사는 "지금 눈 내리고"로 표현하고 있다. 이어지는 "매화향기 홀로 아득하니"는 지금 조국의 산과 들에는 사나운 눈보라가 휘몰아치고 있으며, 매화향기 진동할 봄은 멀기만 하다는 의미다. 따라서 이육사가 말하는 조국의 광복은 분명히 올 것이지만 그 날이 언제가 될지는 알 수 없는 안타깝고 슬픈 심정을 토로하고 있는 것이다. 그렇다고 그가 조국이 해방될 날이 아직은 멀다고 실망하고 좌절한 것은 아니다. 조국의 광복을 포기한 것은 더욱 아니다.

"내 여기 가난한 노래의 씨를 뿌려라."가 이어지기 때문이다. 끝이 안 보이는 광활한 광야를 바라보며 홀로 서있고, 눈앞을 가리는 눈보라는 언제 그칠 줄 모르겠고, 매화가 피는 봄은 멀리 있지만 "가난한 노래의 씨를 뿌리겠다."는 이육사의 결의가 그것을 말해준다. "가난한 노래의 씨는" 지금은 비록 힘도 없고, 연약하지만 민족의 독립을 위하여 자신을 아낌없이 불사르겠다는 의지가 너무도 선명하게 나타나 있다. "땅에 떨어진 한 알의 밀알이 죽어야만 많은 열매를 맺을 수 있다."는 성서의 가르침을 상기하고 싶다. 그래야만 이육사의 "가난한 노래의 씨를 뿌리겠다."는 결단이 그의 생을 조국광복을 위해 기꺼이 바치겠다는 장한 의지로 받아들일 수 있기 때문이다.

이육사는 〈광야〉의 마지막 연을 "다시 천고의 뒤에 / 백마 타고 오는 초인이 있어 / 이 광야에서 목 놓아 부르게 하리라."고 결론지음으로 목숨을 건 그의 항일투쟁은 틀림없이 결실을 거두어 우리는 해방을 맞이할 것이며, 그 날에 삼천만이 한 목소리로 그가 뿌린 노래의 씨의 열매인 광복의 기쁨을 온 나라에 퍼져나가게 노래하게 될 것이라 확신한 것이다. 우리민족이 일제의 마수에서 벗어나 자유의 종소리를 듣게 하기 위해서라면 이슬같이 죽겠다는 각오로 일제에 대항했던 이육사는 일제강점기에 우리나라를 대변한 진정한 민족의 저항시인이었다.

〈절정〉이나 〈광야〉 못지않게 나라 잃은 민족의 아픔과 비애와 잃어버린 국권을 회복하겠다는 갈망이 짙게 배어있는 시가 〈청포도〉다. 이육사의 대표적인 서정시로 알려졌으며, 문학도이든 아니든 관계없이 안 읽어본 사람이 없을 정도로 널리 알려진 작품이 〈청포도〉다. 이 낭만적이고 감미로운 시 속에는 빼앗긴 나라로 인한 서러움과 강탈당한 국권을 다시 찾겠다는 굳은 결의와 동포들을 향해 "일어나 일제와 싸우라."는 간절한 호소의 외침이 숨겨져 있다. 많은 사람들이 이 작품을 민족의 암흑기에 쓰여 진 시 중에서 우리민족의 정서를 가장 잘 나타낸 작품 중의 하나로 손꼽는다. 그것은 사실이다. 그러나 〈청포도〉는 읽은 이들의 가슴 속으로 파고드는 아름다운 서정시일 뿐만 아니라 일제를 향해 독립투사 이육사가 선포한 선전포고였다는 사실을 잊어선 안 된다.

> 〈내 고장 7월은 / 청포도가 익어가는 시절 // 이 마을 전설이 주저리주저리 열리고 / 먼데 하늘이 꿈꾸며 알알이 들어와 박혀 // 하늘밑 푸른 바다가 가슴을 열고 / 흰 돛 단 배가 곱게 밀려서 오면 // 내가 바라는 손님은 고달픈 몸으로 / 청포를 입고 찾아온다고 했으니 // 내 그를 맞아 이 포도를 따 먹으면 / 두 손을 함뿍 적셔도 좋으련.// 아이야 우리 식탁엔 은 쟁반에 / 하이얀 모시수건을 마련해 두렴.〉

〈청포도〉는 이육사가 태어나 자란 고향의 7월을 그리워하는 마음으로부터 시작된다. 그의 고향 원촌은 앞으로는 낙동강 푸른 물이 굽이치며 흐르고, 주위는 온통 산으로 둘러싸인 산골이다. 그 산 높고 물 맑은 산골마을에서 어머니의 사랑의 엄격한 교육을 받으며 자라난 이육사에게는 어디서 무엇을 하든 그 고향을 잊을 수가 없었던 것이다. 그가 태어나서 살던 고향집 뜰에는 청포도가 심어져 있었다고 하니 그가 고향을 생각하며 탐스럽고 달디 단 열매를 맺어주던 청포도 나무를 떠올린 것은 당연한 일이다. 거기서 유년기와 소년기를 보내면서 그는 부모님과 동네 어른들에게서 그 마을과 관련된 수많은 전설의 이야기들을 들었을 것이다. 2연의 "이 마을 전설이 주저리주저리 열리고/ 먼데 하늘이 꿈꾸며 알알이 들어와 박혀"는 그의 고향마을과 관련된 숱한 옛 이야기들을 되새기며 "먼데 하늘"이 주렁주렁 달린 포도 알 하나하나에 들어와 박혀있던 청포도 나무를 잊지 못하는 이육사의 옛집에 대한 짙은 향수를 느낄 수 있다.

도진순 교수는 이육사가 말하는 청포도는 포도 품종이 아니라 아직 익지 않은 풋 포도를 의미한다고 생각한다. 하지만 청포도든 풋 포도든 〈청포도〉의 의미가 달라지지는 않는다고 사료된다. 그러나 우리가 생각할 수 있는 것은 이육사가 묘사하는 청포도가 익어가는 7월의 그의 고향집은 일본의 지배를 받는 조국이며, 원촌에 전해 내려오는 수많은 전설들은 우리민족의 역사를 의미할 지도 모른다는 사실이다. 평생을 항일투쟁을 하며 남의 땅으로 떠돌던 이육사에게는 조국이 언제나 떠오르는 그의 고향 원촌일 테니까 말이다.

3연의 "푸른 바다"와 "흰 돛 단 배"는 푸른색과 흰색의 맑고 순수함을 상징한다고 볼 수 있다. 푸른 바다가 가슴을 열어준다는 것은 그가 기다리는 흰 돛 단 배가 무사히 도착하기를 바라는 마음이다. 그러나 3연의 "하늘밑 푸른 바다가 가슴을 열고/흰 돛 단 배가 곱게 밀려서 오면"을 포괄적으로 보면 꽉 막혔던 우리의 국운이 열린다는 의미로도 받아들일 수 있다고 본다. 다시 말해, 조국의 해방이 순조롭게 이루어질 수 있기를 바라는 이육사의 마음의 표현으로 볼 수도 있는 것이다.

4연에 등장하는 청포를 입고 찾아오는 손님은 이육사는 물론 삼천만 동포 모두가 갈망하는 "민족의 해방"을 상징한다고 해석할 수 있다. 도진순 교수는 중국고사에 후경이란 사람이 푸른 도포를 입고 반란을 일으킨 사실이 기록된 것을 근거로 "내가 바라는 손님은 고달픈 몸으로/청포를 입고 찾아온다고 했으니"를 끝까지 일제에 대항하여 투쟁하겠다는 이육사의 강력한 의지라 생각한다. 도진순 교수의 해석대로라면 4연은 일본을 향한 이육사의 선전포고라고 여길 수도 있는 것이다.

〈청포도〉의 마지막 연인 4연은 해방의 날을 기쁨의 환호성을 지르며 맞이할 수 있도록 혼신의 힘을 기울이겠다는 이육사의 다짐으로 받아들일 수 있다. 어쩌면 이 시의 5연과 6연에 나타난 이육사의 마음은 그날이 오면 "두개골이 깨어져 산산조각이 나도/기뻐서 죽사오매 오히려 무슨 한이 남으오리까"라 한 심훈의 심정과 같은 것인지도 모른다.

일제의 날카로운 감시망을 피해 만주와 중국을 넘나들며 의열단원으로 활약하던 이육사가 붓을 든 것은 그가 해온 항일투쟁의 방법을 바꾼 것뿐이다. 그가 시를 쓴 것은 그것이 곧 "가난한 노래의 씨"를 뿌리는 것이었기 때문이다. 다시 말해, 이육사는 시를 써서 동포들의 민족의식을 일깨워줌과 동시에 항일정신을 주입시켜서 많은 동포들이 독립투쟁의 행렬에 참여하게하려 했던 것이다. 더 나아가서 이육사는 시를 통하여 해방의 날을 앞당기기 위해 모두가 하나 되어 싸우는 것이 민족적 임무이며, 사명인 것을 강조한 것이다.

"행동하지 않는 양심이 곧 죄악"이라는 신념의 사나이 이육사는 비록 건강이 나빠지기는 했지만 붓으로만 하는 항일투쟁으로 만족할 수만은 없었다. 때문에 그는 1943년 4월에 생명의 불꽃이 꺼질 때까지 그의 생을 조국과 민족을 위해 바치고자 북경으로 갔다. 독립운동사 연구가인 김희곤 교수에 의하면 그때 이육사가 북경으로 간 목적은 "중경의 대한민국 임시정부와 연안의 조선동맹을 연결하고, 국내로 무기를 반입하여 무력투쟁을 도모하려 했던 것"이었다고 한다. 그러나 북경에 간지 몇 달 후 이육사는 어머니와 큰형의 제사를 위해 귀국했고, 한 달 후에 일경에게 체포되었다. 이육사가 체포된 까닭은 그가 조선군관학교 출신이며, 의열단원이었기 때문이라 여겨진다. 그 시기에 일제는 의열단원들로 인해 많은 피해를 입고 있었기에 의열단에 관련된 사람들은 모두 색출하여 처벌하기를 원했다. 체포된 이육사는 20일 간 동대문 경찰서에 구금되었다가 북경으로 압송되었다. 그가 북경으로 압송되기 전 그의 아내가 3살 된 딸 옥비를 안고 경찰서로 그를 찾아왔다. 그때 그의 아내와 어린 딸이 본 것이 이육사의 마지막 모습이었다.

북경으로 압송된 이육사는 이듬해인 1944년 1월 16일 새벽에 북경 감옥에서 사망했다. 이육사가 북경으로 압송되어 그곳에서 사망할 때까지 그에게 어떤 일이 일어났는가에 대해서는 확실하게 알려진 것이 없다. 단지 그는 북경주재 일본영사관에서 조사를 받고 일본 헌병대로 넘겨졌으며, 거기서 모진 고문을 받은 것으로 추정된다. 1927년 장진홍의 조선식산은행 대구지점 폭파사건으로 체포되었을 때 이육사는 심한 고문을 받았고, 그 후에도 17번이나 검거되었고, 그때 마다 고문을 피하지 못했을 테니 그가 얼마나 고통스러웠을 가를 쉽게 짐작할 수 있다. 그의 딸 이옥비의 증언에 의하면 아버지 이육사는 대나무로 다리의 살점을 떼어내는 고문을 당하여 그가 감옥에서 입은 바지는 늘 피로 젖어있었다고 한다.

이육사가 북경감옥에 갇혀있을 때 여성독립운동가이며 의열단원이었던 이병희가 함께 수감되었는데, 그녀는 이육사가 죽기 전에 먼저 석방되었다. 이육사가 죽은 후 그의 시신을 확인한 이병희는 "그날 형무소 간수로부터 육사가 죽었다고 연락이 왔어. 저녁 5시가 되어 달려갔더니 코에서 거품과 피가 나오는 거야. 아무래도 고문으로 죽은 것 같아."(이윤옥 시인:〈인물로 보는 여성독립운동가〉-211면)라고 말하고 있다. 그녀의 증언으로 미루어 볼 때 이육사는 죽기 전에 북경감옥에서도 심한 고문을 당한 것으로 보인다. 이육사와 이병희에 관련된 또 하나의 사실이 있다. 이병희가 일경에게 체포되었을 때 이육사는 그녀는 그의 아내이며 독립운동은 자기가 했지 그녀는 아무 일도 하지 않았다고 진술해 그녀가 석방되게 해주었다는 것이다. 풀려난 이병희는 이육사의 시신을 확인한 후 정말 미안하고 고마웠다며 눈물을 흘리며 그의 시신을 옮겼다고 한다.

이육사가 죽었다는 연락을 받고 동생 이원창이 달려갔을 때 그의 시신은 이미 북경주재 일본영사관에 의해 화장되어 있었다고 한다. 이육사가 그의 전 생애를 바쳐가며 전개한 일제와의 투쟁은 진정 고귀하고 숭고한 조국애와 민족애의 발로였다. 그는 그에게 주어진 인생의 과업을 수행하기 위해 거듭되는 일제의 검속과 견디기 힘든 온갖 고문을 당해가며 동분서주하다 이역 땅 중국에서 망국의 한을 품고 숨진 것이다. 그의 유해는 동생 이원창과 그와 함께 북경감옥에서 심문을 받았던 이병희에 의해 고국으로 옮겨져서 미아리 공동묘지에 안장되었다가 1960년에 고향인 원촌의 선산에 이장되었다. 1990년에는 대한민국 정부로부터 건국훈장 애국장이 추서되었다.

많은 독립운동가들이 그러했듯이 이육사도 평생을 국가와 민족을 위해 일제와 싸우다 이국땅의 차디찬 감옥에서 외롭고 쓸쓸하게 생을 마감했다. 그러나 그가 우리민족을 위해 뿌리고 떠난 "가난한 노래의 씨"는 광야에 묻혀 죽지 않고, 싹트고 자라나서 꽃 피고 열매 맺어 아름다운 우리 강토에 기쁨이 넘쳐흐르는 해방의 날을 가져다주었다. 이제 우리민족이 그처럼 소중한 열매를 수확할 수 있도록 해주기 위하여 이육사가 어떤 인생을 살았는가를 살펴볼 필요가 있다. 그래야만 우리들도 그를 본받아 "자신만을 위하여 사는 것"이 현명한 삶의 자세가 아니고 이웃과 나아가서는 나라와 민족을 위해 헌신하는 것이 보람되고 의미 있게 사는 것임을 깨달을 수 있기 때문이다. 이육사가 어떤 인생관을 가지고 살았는지는 그의 작품들 속에 여러 가지 형태로 표현되어 있다. 그러나 이육사가 어떤 인생관을 지니고, 어떻게 살았는지가 가장 잘 나타나 있는 작품은 〈편복〉이라 믿어진다.

〈광명을 배반한 아득한 동굴에서 / 다 썩은 들보라 무너진 성채 위 너 홀로 돌아다니는 / 가엾은 박쥐여! 어둠의 왕자여! / 쥐는 너를 버리고 부자 집 고간으로 도망했고, / 대붕도 북해로 날아간 지 이미 오래거늘 / 검은 세기의 상장이 갈가리 찢어질 긴 동안 / 비둘기 같은 사랑을 한 번도 속삭여 보지도 못한 / 가엾은 박쥐여! 고독한 유령이여! // 앵무와 함께 종알 대어 보지도 못하고 / 딱따구리처럼 고목을 쪼아 울리도 못하 거니 / 만호보다 노란 눈깔은 유전을 원망한들 무엇 하랴 // 서러운 주교일사 못 외일 고민의 이빨을 갈며 / 종족과 홰를 잃어도 갈 곳 없는 / 가엾은 박쥐여! 영원한 보헤미안의 넋이 여! // 제 정열에 못 이겨 타서 죽는 불사조는 아닐망정 / 공산 잠긴 달에 울어 새는 두견새 흘리는 피는 / 그래도 사람의 심 금을 흔들어 눈물을 짜내지 않는가? / 날카로운 발톱이 암사 슴의 연한 간을 노려도 봤을 / 너의 먼 조선의 영화롭던 한 시 절 역사도 /이제는 "아이누"의 가계와도 같이 서러워라 /가엾 은 박쥐여! 멸망하는 겨레여! / 운명의 제단에 가늘게 타는 향 불마저 꺼졌거든 / 그 많은 새 짐승에 빌붓칠 애교라도 가졌 단 말가? / 상금조처럼 고흔 뺨을 채롱에 팔지도 못하는 너는 / 한 토막 꿈조차 못 꾸고 다시 동굴로 돌아가거니 / 가엾은 박쥐여! 검은 화석의 요정이여!〉

〈편복〉은 이육사의 친필원고가 남아있는 작품으로서 일제강 점기에 우리민족을 어둔 동굴에 거꾸로 매달려 사는 박쥐에 비 유한 시다. 그 때문에 〈편복〉은 일제의 검열에 걸려 발표되지 못했다. 이육사의 작품들이 모두 높은 문학적 가치를 지니고 있지만 〈편복〉은 그 중에서도 중량이 있는 시로 평가된다. 여기서는 이 작품에 대한 문학적 평가를 하려는 것이 아니고 이 시를 통해 이육사가 일제강점기에 우리민족의 대표적인 저항 시인으로서 어떻게 살았는가를 살펴보고자 하는 것이다.

이 시에서 이육사는 그 자신을 "편복"(박쥐)에 비유하고 있다. 그가 캄캄한 동굴에 살면서 밤에만 활동하는 박쥐에 자신을 비유한 까닭은 그가 독립투사로서 항상 일본 관헌들에게 쫓기며 어둠 속에서 살았기 때문이다. 그가 박쥐를 "가엾은 박쥐여! 어둠의 왕자여!"라 한 것을 보면 이육사가 얼마나 큰 불안과 공포를 느끼며 하루하루를 지냈는가를 알 수 있다. 박쥐는 상황에 따라 새로 행세하기도 하고, 쥐처럼 행동하기도 한다. 이육사가 2연에서 "쥐는 너를 버리고 부자 집 곳간으로 도망갔고, 대붕도 북해로 날아 간지 오래되었다."고 한 것을 보면 그가 새의 행세도 못하고, 쥐처럼 살지도 못하는 불쌍한 박쥐가 되었다고 한탄함으로 나라 잃은 그가 얼마나 가련하고 슬픈 존재로 전락했는가를 하소연하고 있는 것이다.

어둠의 세계의 주인공인 박쥐가 "어둠의 왕자"가 될 수 없다면 살아도 죽은 것이나 다름없다. 그렇게 처참하게 되어버린 자신의 신세를 이육사는 종족과 함께 지내야 할 홰까지 잃어버렸다고 슬퍼하며, 자기를 "영원한 보헤미안의 넋"이라 부른다. 정든 고향산천과 조국의 아름다운 산하를 떠나 만주와 중국의 거칠고 황막한 광야를 떠돌아야 하는 고독한 독립투사의 모습이 아닐 수 없다. 이어지는 4연에서는 제 정열에 못 이겨 불타 죽은 불사조는 아닐지라도 두견새는 아직도 밤마다 서럽게 울며 슬픈 전설을 만들어 내어 사람들로 하여금 눈물을 흘리게 하는데, 그는 조선왕조의 영광된 역사까지 뒤로 하고 일본의 후가이도와 사할린에서 멸족되어 가는 "아이누" 족속과 같이 불행한 존재가 되어 가고 있다고 한탄하는 것이다.

　마지막 5연으로 들어서면 박쥐가 된 이육사가 더욱 초라하고 비참하게 묘사된다. 〈청포도〉나 〈광야〉에서처럼 "해방의 날은 반드시 온다."는 확신이나 "해방의 날을 기다리는 염원" 같은 것은 찾아볼 수 없고, 이육사가 박쥐가 되어 동굴 속으로 되돌아가기 때문이다. 이육사가 처해있는 절망적이고 암담한 시대 상황은 그의 집이며, 그의 세계인 동굴 안에서 조차 제대로 살지 못하고 불안과 초조와 근심과 공포를 느끼며 살게 만든 것이다.

　〈편복〉에는 박쥐가 가엾을 수밖에 없는 까닭이 다섯 번이나 나열되어 있다.

　　　　가엾은 박쥐여! 어둠의 왕자여!
　　　　가엾은 박쥐여! 고독한 유령이여!
　　　　가엾은 박쥐여! 멸망하는 겨레여!
　　　　가엾은 박쥐여! 검은 회석의 요정이여!

가엾은 박쥐여! 영원한 보헤미안의 넋이여!

지하에 숨어 항일운동을 전개하면서 얼마나 외롭고 슬프며, 불안하고 무서웠으면 이육사는 박쥐가 가엾어야만 하는 사연을 이처럼 소상하게 열거했을까? 그는 한시도 자유롭고 평안한 마음으로 지내지 못하고 언제나 어두운 동굴안의 박쥐가 되어 사냥개 같은 일본 관헌들의 감시의 눈길을 느끼며 쫓기는 자의 신세로 살아야 했던 것이다. 조국의 광복을 위해 항일투사가 되어 일제에 대항해 싸워야 한다는 것이 그의 "행동하는 양심"이었기 때문이다.

그도 인간으로서 마땅히 행복할 수 있는 권리를 누리며 살고 싶었을 것이다. 한 가정의 가장으로서, 자식으로서 또 형과 아우로서 도리를 다하며 생을 즐기고 싶었을 것이다. 그에게도 하고 싶은 일들이 많았을 것이고, 시대를 대표하는 시인이 되어 역사에 남을 명작들을 남기고 싶은 꿈도 있었을 텐데 말이다. 그러나 이육사는 모든 개인적인 꿈과 목표를 땅 속 깊이 묻어버리고 삶과 죽음의 고비를 넘나들어야 하는 험난하고 위험한 독립투사의 길을 걸었다. 어둠 속에 갇힌 조국과 민족을 밝고 광명한 세계로 인도해 내기 위하여 그 자신이 어둠 속에 갇히는 희생양이 되었던 것이다.

조국의 광복을 위해 살다 쓸쓸하고 외롭게 죽어간 이육사를 생각하면 떠오르는 한 죽음이 있다. 산 옆 외딴 골짜기에 하늘을 향해 눈을 감은 채 누운 대한민국의 한 젊은 소위가 그다. 시인 모윤숙이 만난 이 조국을 사랑한 청년은 25살 꽃 다운 나이에 죽어갔다. 그에게는 어머니와 아버지는 물론 귀여운 동생들도 있었고, "어여삐 사랑하는 소녀"도 있었다. 그러기에 그는 그들과 더불어 서로 사랑하며 행복하게 살고 싶었을 것이다. 그러나 그에게는 공산 침략군의 침입을 받아 위기에 빠진 조국을 구해야 할 대한 남아의 사명이 있었다. 그 시대적이며 역사적인 사명을 수행하기 위해 그는 싸워야 했다. "산과 골짜기 무덤과 가시 숲"을 달리며 "이순신 같이 나폴레옹 같이 시이저 같이" 그는 싸웠다. 그러다가 죽었다. 그가 조국을 위해 영광스러운 죽음을 맞이하면서 남긴 말은 "나를 위해 울지 말고 조국을 위해 울어 달라."는 것이었다.

이육사는 조국의 광복을 위하여 투쟁하다 이국 땅 중국에서 죽어갔다. 그러나 그는 40여 편의 시를 통해 젊은 소위보다 더 많은 말들을 우리에게 남겼으며, 그 말들의 씨앗은 자라나 꽃 피고, 열매 맺어 삼천만 동포가 해방의 기쁨과 감격을 소리 높이 외칠 수 있게 해주었다. 뿐만 아니라 그날 우리들의 할아버지와 할머니 그리고 아버지와 어머니들이 목 놓아 불렀던 그 기쁨의 노래는 우리들이 조국 대한민국을 위해 무엇을 해야 할 것인가를 일깨워 주고 있는 것이다.

이육사만이 붓을 들고 일제에 대항한 저항시인이었던 것은 아니다. 윤동주, 심훈, 이상화, 한용운, 조명희 등도 잠자는 민족혼을 일깨우며, 항일정신을 부추기는 반항시를 써서 일본에 항거했다. 이상화는 〈빼앗긴 들에도 봄은 오는가〉를 통해 일제를 향한 저항의식과 조국과 민족에 대한 애정을 심어주었으며, 윤동주는 일제식민통치 하의 암울한 현실 속에서 민족을 향한 사랑과 조국의 광복을 갈망하는 시들을 썼다. 삼일운동이 일어났을 때 33인 민족대표 중의 한 명인 승려 한용운도 저항시인으로의 시를 통해 애국애족의 길을 동포들에게 보여주었다.

붓을 들고 독립운동의 대열에 참여했던 많은 문인들 중 이육사를 그 대표적인 인물로 꼽고 싶다. 그는 "남들이 기뻤다는 젊은 날"을 조금도 귀한 것으로 여기지 않고 빼앗긴 나라를 다시 찾겠다는 일념만을 품고 평생을 압박과 설움 속에 살며 일제와 투쟁한 독립투사요, 민족을 대표하는 저항시인이었기 때문이다.

그는 기독교인은 아니었다. 그러나 그는 "누구든지 예수 그리스도를 따르려면 자기를 부인하고 날마다 십자가를 져야 할 것이며", "부모나 형제 친지들을 버리고 그를 택할 결단과 용기가 있어야 한다."는 성서의 가르침대로 산 인물이다.

이 위대한 저항시인이 그의 작품을 통해 들려준 많은 말들 중

하나를 선택하라면 〈광야〉의 마지막 두 연을 들고 싶다.

〈지금 눈 내리고 / 매화향기 홀로 아득하니 / 내 여기 가난
한 노래의 씨를 뿌려라. // 다시 천고의 뒤에 / 백마 타고 오는
초인이 있어 / 이 광야에서 목 놓아 부리게 하리라.〉

오늘 날 세상은 참으로 어지럽고 혼란하다. 우리는 언제, 어
디서, 어떤 위험이 우리를 파멸시킬지 모르는 시대에 살고 있
다. 우리가 처해있는 현실은 어둡고 암담하기만 한데도 소망의
불빛은 보이지 않는다. 이육사가 살던 시대가 그러했듯이 말이
다. 그때 이육사는 현실을 원망하거나 그 상황에서 도피하려고
도 하지 않았다. 그렇다고 낙망하고 좌절하여 자포자기하지 않
았다. 암울하고 암담하며 캄캄한 시대의 한 복판에 서서 이육
사는 "가난한 노래의 씨"를 뿌렸다. 그 연약해 보이던 씨가 싹
터 자라나리란 아무런 보장도 없는데도 말이다.

눈 내리는 광활한 광야 한 가운데 서서 "내 여기 가난한 노래
의 씨를 뿌려라."는 이육사의 음성을 들으면서 우리가 해야 할
일은 "세상이 악하고 어지러운 데도 희망의 불길은 보이지 않
으니 어찌할 것인가?"라 울부짖은 대신 우리들도 이육사가 뿌
렸던 "가난한 노래의 씨"를 광야 같은 이 험난한 세상에 뿌리는
것이다. 우리가 뿌리는 연약한 씨앗은 자라고 열매 맺어 우리
의 조국 대한민국을 자유와 평화와 번영을 누리며 세계선진대

열의 선두에 서는 나라로 만들 것이다. 오래전에 우리의 저항
시인 이육사가 뿌린 작은 노래의 씨앗이 어둡고 괴로웠던 "아
침의 조용한 나라"에서 어둠을 몰아내고 삼천만 가슴마다 해방
의 기쁨과 감격과 감사로 가득 채워주었던 것처럼 말이다.

[참고 문헌]

김학동: 〈이육사 평전〉 새문사 2012
김희곤: 〈새로 쓰는 이육사 평전〉 지영사 2000
박두진: 〈한국현대시론〉 일조각 1971
이동영: 〈이육사의 항일운동과 생애〉 세계문화사 1981
이윤옥: 〈인물로 보는 여성독립운동사〉 얼레빗 2021
이원국: 〈이달의 독립운동가 상세자료〉 대한민국 국가보훈처 1994

주시경(周時經) 선생

[1876년 12월 22일 ~ 1914년 7월 27일]

황해도 봉산 출신으로 호(별칭) 한힌샘 한흰메, 두루때글, 주보다리 등이다. 일제 강점기의 국문학자, 언어학자로 국문문법, 국어문전음학, 소리길, 말의 소리, 월남망국사 등을 저술했다. 한국정부에서는 선생의 공훈을 기리어 1980년 건국훈장 대통령장을 추서하였다.

한 나라가 잘되고 못 되는 열쇠는 그 나라의 국어를 얼마나 사랑하느냐에 있다.

– 주시경

한글로 나라를 지킨 한힌샘 주시경 선생

김대억 회장

지구상에 존재하는 모든 민족들은 각기 그들만의 "말"을 가지고 있다. 그러나 그들 모두가 말을 기록할 "글"을 가지고 있지는 않다. 역사를 살펴보면 "말과 글"을 함께 가진 민족은 "민족의 정체성"이 확고하며, 그들 고유의 문화를 형성할 수 있었다. 또한 말과 글을 모두 지닌 민족은 그들의 특유성을 유지하며 쉽사리 타민족에게 종속되거나 흡수되지 않았다.

칭기스칸이 이루었던 몽골제국은 인류역사상 가장 넓은 영토를 차지했던 강한 국가였다. 그러나 전 세계를 정복할 것 같았던 무서운 힘을 자랑하던 몽골제국은 100년도 넘기지 못하고 쇠퇴하기 시작했다. 빠르고 사납고 강력한 몽골 기병대의 말발굽이 닿은 곳마다 그들의 차지가 되기는 했지만 그 땅위에 그들의 고유문화가 싹터 자라게 하며 몽골민족의 혼을 심을 수 없었던 것이 가장 큰 원인이었다.

우리민족은 동일한 언어를 사용했지만 그것을 기록할 글은 없었다. 우리 선조들이 우리말을 하면서도 글은 중국의 한자를 사용했기 때문이었다. 남의 나라문자를 사용하는 작은 나라가 중국대륙의 강한 민족들에게 정복당하지도 않고, 흡수되지도 않은 채 민족의 정체성을 유지하면서 오랜 세월 존속할 수 있었던 것은 우리가 단일민족이었기 때문이라 사료된다. 단일민족의 뭉쳐진 힘과 민족의 정기가 외세에 대항하는 강력한 힘의 근원이 되었던 것이다. 그러나 1443년 세종대왕이 훈민정음을 창제하지 않았다면 우리민족은 중국이나 일본에게 흡수되거나 동화되었을 지도 모른다. 다시 말해, 작고 힘없는 우리나라가 역사의 거센 물결에 떠내려가지 않고 단일민족의 고유성을 유지하며 존속할 수 있었던 것은 우리나라 말 속에 한민족의 혼과 정기가 담겨져 있었기 때문이다.

훈민정음이 반포되자 사대주의에 깊이 사로잡혔던 대신들과 학자들은 "중국과 다른 글자를 만드는 것은 사대의 예에 어긋나며, 중국과 다른 문자를 쓰는 나라는 오랑캐 뿐"이라며 (김상웅: 〈주시경 평전〉 2021, 꽃자리, 13면) 새로운 나라 글의 사용을 강력하게 반대했다. 참으로 안타깝고, 부끄럽고, 슬픈 일이 아닐 수 없었다.

구한말 이 나라의 지배계층과 학자들도 한글을 어린이나 여자들이 사용할 천박한 글자라며 경시하고 무시했다. 하지만 우리나라를 삼킬 의도를 가지고 있었던 일본은 달랐다. 일본의 지배층은 한글이 우리민족의 가슴에 살아있는 한 우리나라를 그들의 속국으로 만들려는 계획은 결코 성공할 수 없음을 알고 있었다. 그들이 우리나라에 발을 들여놓으면서부터 한글을 말살시키려고 했던 것은 이런 까닭에서였다. 이 같은 그들의 악랄한 의도를 훤하게 들여다보고 있었던 선각자가 있었으니 그분이 곧 주시경 선생이다.

주시경은 1876년 12월 22일 황해도 봉산군 쌍산면 무릉골에서 아버지 주학원과 어머니 연안 이씨의 6남매 중 둘째 아들로 태어났다. 어릴 때 이름은 상호였는데, 후에 글공부에 전념하겠다는 의미의 "시경"으로 고쳤다. 아호인 "한힌샘"은 마르지 않는 샘물이라는 뜻을 지니고 있다. 아버지가 청빈한 문필가였기에 그의 집은 무척 가난했다. 때로는 끼니를 걱정해야 할 정도로 집안 형편이 어려웠고, 그가 태어난 시기는 국운이 급속도로 기우는 때이기도 했다. 그가 산골마을 무릉골에서 고고성을 울린 1876년에 일본과 강화도 조약이 체결되었고, 이 조약이후 격동하는 국내외 정세에 편승하여 우리나라를 향한 일본의 야욕이 점차적으로 노골화되어 갔다. 이런 힘들고 혼란한 시국 속에서도 총명하고 재주 많은 주시경은 4살 때부터 마을서당에서 한문을 익혔으며, 같은 또래의 아이들 보다 다른 면모를 보이며 자라났다. 그러다 12살 되던 1888년에 서울에서 해륙물산 위탁판매를 하던 큰아버지 주학만의 양자로 입양

되었다. 주학만은 서울 남대문 시장에서 해륙물산업을 하며 단란하게 살던 중 두 아들과 딸이 병으로 죽자 실의에 빠져 지내다 주시경을 양자로 맞아드린 것이다.

12살 난 시골 소년 주시경이 서울로 올라오기 6년 전인 1882년 6월에 임오군란이 일어났다. 그때 기존의 구식군대는 신식군대인 별기군만 우대하는 정부의 처사에 불만이 많았다. 그러던 중에 밀린 급료 중 한 달치가 지급되었는데, 양이 턱없이 부족했으며, 그나마 절반 정도는 쌀겨와 모래였다. 이에 격분한 군인들이 들고 일어났다. 그들을 진압할 힘이 없었던 정부에서는 청나라의 도움을 얻어 사태를 수습해야 했다. 이때 정권을 장악하고 있던 대원군을 청나라로 잡혀가고, 청나라의 힘으로 군란을 진압한 민씨 일파가 주축이었던 정부는 그 자주성을 상실하다 시피 되었다. 뿐만 아니라 임오군란을 진압하려 들어온 청나라 군대는 물론 일본군까지도 우리나라에 주둔하는 사태가 벌어졌다. 임오군란 때 자기 나라로 도망갔던 일본공사 하나부사 요시모토가 1,500명의 군사를 이끌고 서울로 돌아왔기 때문이다. 일본은 이 군란으로 입은 패해 보상금과 군대 주둔권을 요구했다. 그 결과 제물포 조약이 맺어지고 우리정부는 50만원 배상금을 지불했으며, 일본군이 서울에 상주하게 된 것이다.

이런 상황에서 고향을 떠나 큰아버지의 양자가 되어 서울로

온 주시경은 이희종 진사(과거 소과에 합격한 사람에게 주던 명칭)의 글방에서 한문을 학습하기 시작했다. 그러나 어리기는 했지만 영리한 그는 서구문명이 들어오기 시작하는 시대에 한문만을 공부하는 것은 현명하지 못하다고 판단하여 1894년 3월에 고향으로 돌아갔다. 하지만 신학문을 공부하기 원하는 주시경은 5월에 다시 서울로 왔다. 그가 서울에 다시 온 1894년 11월에 "법률칙령은 다 국문으로 본을 삼고 한문번역을 붙이며, 또는 국한문을 혼용한다."란 칙령이 발표되었다. 이 칙령은 당시의 시대적 개화분위기를 의식한 것이기도 하지만 우리 글로 인정받지 못하고 천대받던 "국문"(한글)이 "법률과 명령이라는 공문서들에 섞이는 정도가 아니라 본이 되어 쓰이도록 일시에 공식적으로 격상되었음을 뜻"하기에 (김정수:〈한글의 역사와 미래〉, 열화당, 1990, 35면) 중대한 의미를 지닌다. 다시 말해, 훈민정음이 반포된 지 448년 만에 한글이 나라의 공식문자로 인정된 것이다. 하지만 이 칙령이 발표되었다고 해서 한문이 마치 우리 고유의 문자인 것처럼 한자에 젖어있던 관리들과 지식인들의 한글에 대한 인식이 일시에 바뀔 수는 없었다. 뿐만 아니라 모든 사람들이 한글을 우리글로 받아들여 사용할 수 있도록 한글에 대한 연구가 구체적으로 되어있었던 것도 아니었다. 이런 시점에서 이 민족적이며 역사적인 사명을 수행하기 위해 나타난 인물이 주시경이었던 것이다.

이 진사의 서당을 나와 고향으로 갔다 다시 상경한 주시경은 배재학당에 입학했다. 배재학당은 1885년 미국인 감리교 선교사 헨리 아펜젤러가 세운 우리나라 최초의 근대식 교육기관이었다. 단발령이 내리기 전이었는데도 주시경이 자원하여 머리를 깎고 배재학당에 들어간 것은 새로운 학문을 배워 서구문명을 접하지 못한 우리민족에게 넓은 세상을 향한 문을 열어야겠다는 포부를 지녔기 때문이었다. 그는 1893년 배재학당에서 박세양, 정인덕에게서 영어, 수학, 역사, 지리를 배웠으며, 그 학교의 특별과인 만국지지과에서 세계역사와 지리도 공부했다. 황해도 무릉골 시골소년이 멀리 그리고 넓게 세상을 내다보며 민족을 개화시킬 수 있는 자질을 갖추기 시작한 것이다.

주시경은 배재학당에서 시대가 요구하는 신문학을 배우면서 그를 한글운동의 선구자로 또 그로 하여금 한글을 통해 구국운동을 할 수 있게 이끌어 준 서재필을 만나게 되었다.

1864년 1월 7일 전라남도 보성군에서 서광효의 둘째 아들로 출생한 서재필은 우리나라 근대개화기의 선구자이며 독립운동가이다. 그는 한국인으로서는 제일 먼저 미국시민권과 의사면허를 취득하고 시인, 소설가, 의사, 교수로 활약한 인물이기도 하다. 1882년 3월 18세의 나이로 별시 문과시험에 합격했으며, 21살 되던 1884년에 김옥균, 박영효 등과 함께 갑신정변을 일으켰다. 청나라의 개입으로 갑신정변이 3일 만에 실패로 돌아가자 일본으로 망명했으나 그곳에서도 신변의 위협을 느껴 1885년에 미국으로 건너갔다.

미국에서 주경야독하여 대학을 나와 의사가 되어 의과대학 강사를 거쳐 개업했지만 극심한 인종차별로 인해 많은 어려움을 당해야 했다. 그러던 중 갑신정변을 함께 주도했던 박영효를 워싱턴에서 만났는데, 박영효는 서재필에게 귀국을 권유했다. 때마침 우리 정부로부터 10년간 중추원 고문으로 일해 달라는 초청을 받게 되어 1895년 12월에 귀국했다. 조국으로 돌아온 서재필은 신문발행을 검토하기 시작했다. 미국에 머물면서 신문이 얼마나 큰 영향력을 행사할 수 있는 가를 직접 체험한 서재필이다. 즉 그는 사리사욕에 사로잡힌 무능하고 부패한 보수 세력을 견제하며 백성들에게 국내외의 정세를 정확하게 알려줌과 동시에 각종 이권을 노리고 국내로 침투하는 외세를 막아내기 위하여 가장 필요한 일이 신문발행이라 믿었던 것이다.

그러나 그의 신문창간 계획이 원활하게 진행되지만은 않았다. 일본이 서울에서 발행하던 〈한성신보〉가 제동을 걸고 나온 것이다. 〈한성신보〉 측은 서재필이 창간하는 신문이 반일적인 자세를 취할 것이라 판단한 것이다. 하지만 일본의 치열한 방해공작에도 불구하고 서재필을 계획대로 신문을 창간할 수 있었다. 당시의 시국이 그의 편을 들어주었기 때문이다. 1895년 10월 8일에 명성황후가 일본인들에게 시해 당한 "을미사변"이 일어나자 이에 항거하여 전국각지에서 "을미의병"들이 봉기했다. 그러자 신변에 위협을 느낀 고종이 1896년 2월 11일부터 1년 9일 간 러시아공관에 머무는 사건 (아관파천)이 일어났다. 이 기간 동안 친일세력이 약화되고, 친러세력이 득세하게 되었기 때문에 서재필은 일본의 강력한 반대 속에서도 계획한 신문을 창간할 수 있었던 것이다. 창간 당시는 〈독닙신문〉이던 것이 제12호부터 〈독립신문〉으로 바뀌었으며, 영문과 논설은 서재필이 담당하였고, 한글판 제작과 편집은 주시경이 맡았다.

주시경과 서재필은 〈독립신문〉에서 함께 일하기 전부터 서로 알고 있었다. 서재필이 미국에서 귀국하여 배재학당에서 가르칠 때 주시경이 학생이었던 것이다. 주시경은 배재학당에 들어가기 전에 이미 한글에 많은 관심을 가지고 있었다. 17살 되던 1892년 서당에서 한문을 공부할 때 스승인 이 진사가 한문의 뜻을 해석하려면 우리말로 그 뜻을 써야한다는 말을 들으며 "글이란 적으면 그만이지 그 뜻을 다시 해석할 필요가 어디 있는가?"란 의문을 가지며, 한글을 연구할 생각을 그때부터 하게 된 것이다.

근면하며 향학열이 뜨거웠던 주시경이 결심한 대로 한글을 연구하며, 한글운동에 매진할 수 있었던 것은 개혁파를 이끌었던 박영효, 유길준, 윤치호, 서재필 등에 힘입은 바 크다. 갑신정변에 실패하여 일본으로 망명한 박영효는 고종에게 보낸 상소에서 한문 대신 우리글을 백성들에게 가르쳐야 한다고 호소했을 만큼 한글을 중요시했다. 영어에 능통하며 주한 미국공사 푸트의 통역을 하던 윤치호도 한글의 중요성과 필요성을 강조했으며, 미국에 유학한 유길준도 〈서유견문〉에서 한글전용을 주장했다. 이 같은 사실들은 서재필이 한글로 〈독립신문〉을 발행하게 된 것도 박영효, 유길준, 유치호의 확고한 한글의식에 큰 영향을 받았음을 말해준다. 〈주시경 평론〉을 집필한 김상웅은 그들과 〈독립신문〉의 관계를 다음과 같이 요약하여 말해준다. "이들 선각자들이 500년 묵은 한자의 '문전옥답'에 한글의 씨를 뿌렸다면, 서재필이 〈독립신문〉을 창간하고 주시경이 참여하면서 '순한글 신문'이라는 묘목이 자라도록 키우고 잡초를 제거하는 텃밭을 일구는 역할을 하였다."

1896년 4월 7일에 창간되어 1899년 12월 4일까지 3년 8개월 동안 발행된 〈독립신문〉이 우리나라 근대화에 공헌한 바는 크기만 하다. 무엇보다 〈독립신문〉은 우리민족의 근대화에 필요한 지식과 사상을 백성들에게 주입시킴과 동시에 백성들이 그들의 의무와 권리를 깨달아 행할 수 있는 이정표의 역할을 했다. 힘없고 고립된 우리나라를 엿보는 외부세력들의 침략정책들을 폭로하고 비판함으로 뜻있는 사람들이 그 방비책을 마련하게 하는 데도 〈독립신문〉의 역할은 컸다. 나아가서 〈독립신문〉은 백성들의 권익을 보호하고 대변하는 일에도 막중한 역할을 했다. 뿐만 아니라 전국적으로 성행하던 관리들의 부정과 부패를 지적하여 바로잡는 일에도 앞장섰다. 1896년 7월에 창립된 독립협회가 우리나라의 자주 국권을 지키며 외세로부터 우리의 이권을 지켜내는 일에도 독립협회의 기관지로서 크게 기여했다. 백성들에게 급변하는 세계정세를 알려주며 서구의 문명사회를 소개함으로 시야를 넓히는 역할도 〈독립신문〉이 담당한 몫이었다. 〈독립신문〉의 이 같은 활약상은 영문판인 〈The Independent〉를 통해 전 세계에 널리 알려지고 있었다. 〈독립신문〉이 이처럼 그 시대적 사명을 잘 수행할 수 있었던 것은 신문이 영문과 한글로 발행되었으며, 영문판은 서재필이, 한글판은 주시경이 담당했기 때문이었다.

서재필은 〈독립신문〉을 창간하면서 정부의 지원과 보호를 받았다. 그 때문에 〈독립신문〉과 정부의 관계는 상당히 우호적이었다. 하지만 1896년 7월 2일 서재필을 고문으로 한 "독립협회"가 창설되면서 상황이 달라지기 시작했다. 〈독립신문〉은 독립협회의 기관지 역할을 했기 때문에 정부의 실정과 부정과 부패를 들추어내어 비판해야 했기 때문이다. 〈독립신문〉은 아관파천으로 고종이 러시아 공사관에 머물고 있을 때 창간되었으며, 이 기간 동안 러시아는 압록강 연안과 울릉도의 산림채벌권을 비롯하여 여러 가지 이권을 차지했다. 그러자 다른 나라들도 경인선과 경의선 철도 부설권을 얻어내고, 우리나라의 주요자원들을 챙겨갔다.

이런 상황에서도 사대주의 사상이 골수까지 박힌 관리들과 유생들은 청나라에 대한 사대속성에서 벗어나려 하지 않았다. 이런 점들은 서재필의 〈독립신문〉을 발행한 주 목적중의 하나인 자주독립에 위반되는 것이었다. 때문에 서재필은 이 같은 정부의 시책과 방침들을 낱낱이 지적하여 비판했던 것이다. 그는 특별히 관리들과 유생들의 고질적인 중화사상을 신랄하게 비난하며 "그런 사람들은 배에 태워 청나라로 보내면 그들도 좋고 나라도 편안해질 것"이라고까지 꼬집었다. 이렇게 되자 〈독립신문〉에 대해 협조를 아끼지 않던 정부의 태도가 냉정할 정도를 벗어나 경계와 감시의 태도로 변하기 시작했다. 정부의 태도가 이처럼 달라졌다는 것은 〈독립신문〉의 영향력이 그만큼 컸다는 사실을 의미하기도 한다. 정부는 〈독립신문〉이 봉건적이며 보수적인 틀에서 벗어나 진보적인 개혁론으로 나가는 것을 심히 못마땅하게 여긴 것이다.

　여기서 우리가 주목해야 할 것은 〈독립신문〉이 그와 같은 내용을 전달하는 매개체로 한글을 사용했다는 점이다. 〈독립신문〉이 기대이상의 큰 영향력을 사람들에게 끼칠 수 있었던 까닭은 신문이 누구나 쉽게 읽을 수 있는 한글로 발행되었다는 점에 우리의 관심이 모아져야 한다는 뜻이다. 이것은 "그 내용이 혁명적이었을 뿐 아니라 그것을 전달한 통신수단이 한글이었다는 점 또한 혁신적 이었다."로 요약 정리될 수 있다.

〈독립신문〉이 한글로 발행된 것이 그 당시 얼마나 획기적인 일이였던 가는 후일 서울대학교 정치학과 독립신문 강독회에서 제시된 바를 살펴보면 분명해 진다. "독립신문의 한글전용은 마르틴 루터가 귀족이나 성직자들의 고급언어인 라틴어로만 읽을 수 있었던 성서를 평민들의 저속한 언어였던 독일어로 번역된 사건에 비유될 수 있다. 실제로 독립신문은 한자가 아무나 배울 수 없는 양반과 기득권층의 독점물이며, 새로운 사회는 '상하귀천', '남녀노소', '빈부귀천'을 불문하고 모든 국민이 쉽게 소통할 수 있는 하나의 언어를 사용해야 한다는 굳은 마음에서 출발했다."(서울대 정치학과 독립신문 강독회:,독립신문 다시읽기, 2004, 푸른역사)

〈독립신문〉이 시대적 사명을 성공적으로 감당할 수 있었던 또 하나의 중요한 요인은 서재필과 주시경이 일심동체가 되어 일했기 때문이라 말 할 수 있다. 두 사람은 무엇이 나라를 위하는 것인 가에 대한 생각이 같았으며, 그들 모두 타의 추종을 불허하는 강한 신념과 의지와 추진력의 소유자들이었기 때문이다. "뭉치면 살고 헤어지면 죽는다."란 진리에 따라 서재필과 주시경의 불타는 애국심과 불굴의 인내심으로 발행한 〈독립신문〉은 구한말 암울한 처지에 놓여있던 우리민족에게 서광의 빛을 비춰줄 수 있었던 것이다.

주시경은 독립협회에서도 서재필과 함께 일했다. 그는 1896

년 배재학당에서 서재필에게 배우면서 계몽운동 단체인 협성회의 〈협성회보〉를 편집했으며, 그 이듬해엔 서재필이 고문인 독립협회 임원이 되어 그를 도왔다. 그때 국내의 정세는 청일전쟁에서 패한 청나라의 기세는 크게 꺾였지만 러시아와 일본이 더 많은 이권을 획득하려고 팽팽하게 대립하고 있었다. 그런 상황에서 〈독립신문〉과 독립협회가 러시아의 이권침탈과 그들과 결탁하는 정부 관리들을 비판하자 고종은 서재필을 경계의 눈으로 바라보기 시작했다. 때를 같이 하여 서재필과 주시경이 주도하여 시작한 토론문화가 협성회와 만민공동회의로 확대되었다. 이 과정에서도 〈협성회보〉를 발행하며 협성회를 이끌었던 주시경이 많은 역할을 했다. 〈독립신문〉, 독립협회, 만민공동회가 삼총사처럼 뭉쳐서 외부세력의 침략을 막아내며 국정을 개혁하여 자주독립국가 체제를 확립하려는 움직임에 민중들이 호응하자 고종과 친러세력들은 물론 일본까지 제동을 걸기 시작했다.

일본은 강화도 조약 이후 우리나라를 그들의 속국으로 만들려는 계획을 암암리에 진행시키고 있었는데, 조선을 근대적 입헌공화제 국가로 만들려는 운동이 전개되었으니 긴장할 수밖에 없었던 것이다. 고종과 친러세력은 물론 일본까지 합세하여 〈독립신문〉과 독립협회를 경계하며 감시까지 하게 된 까닭은 이런 사유들 때문이었다. 그들은 그 모든 일들을 계획하고 추진하는 인물이 서재필이라고 믿었기에 그를 추방시킬 계획까지도 세우게 되었다. 그러자 서재필과 더불어 개혁활동의 중심에 서있던 주시경은 "서재필 추방반대" 운동을 전개하기에 이르렀다.

만일 고종이 서재필을 위시한 개혁파의 혁신안에 귀 기울여 입헌군주제를 채택했다면 외세의 침략으로부터 나라를 지켜냈을 지도 모른다. 하지만 고종은 독립협회와 만민공동회를 계속 배격하면서 그를 옹호해줄 수 있는 친위조직인 황국협회를 결성했다. 1898년 6월 30일에 조직된 황국협회의 중심인물로는 황실측근 세력인 이기동, 홍종우, 길영수 등이었으며, 행동대원들은 황실의 지원을 받는 보부상(전통사회에서 시장을 오가며 물건을 팔던 상인들)이었다. 그들 중에는 황국협회와 독립협회를 오가며 활동한 기회주의자들도 있었지만 대부분은 충성스러운 고종의 친위대원으로 활약했다. 친러정권은 1898년 12월 24일 만민동공회의장에 황국협회와 보부상들을 진입시켜 난동을 부렸으며, 고종의 명령으로 동원된 군사들은 그네들과 합세하여 독립협회와 만민공동회 지도자들을 폭행하고 검거했다. 거기서 그치지 않고 고종은 그 다음날인 12월 25일 독립협회와 만민공동회를 해체시켰다.

독립협회와 만민공동회가 강제로 해체당하면서 서재필과 그와 함께 일하던 개화파 인사들은 위기로 몰렸으며, 결국 서재필은 다시 미국으로 돌아갈 수밖에 없었다. 이런 와중에서 주시경은 이승만, 이동녕, 양기탁, 신흥우 등과 국정을 혼란하게 한다는 혐의로 체포되었다가 석방되었다. 먼저 풀려나온 주시경은 갇혀있는 동지들을 구해내려 노력하면서 이승만에게는 탈옥하라며 권총까지 구입해 들여보내기도 했다. 그러나 옥중의 동료들은 고종의 특사로 모두 석방되었다.

서재필이 미국으로 떠난 후 〈독립신문〉은 주시경과 윤치호가 맡아 운영하였다. 그러나 창간할 때와는 달리 정부의 지원도 없어지고, 제재와 경계의 눈초리가 날카로워졌기 때문에 운영에 여러 가지 어려움이 따랐다. 더욱이 정부의 비호를 받고 있는 황국협회와 보부상들의 위협과 협박이 잦아짐에 따라 주시경과 윤치호는 신변의 안전을 위해 영국 공사관에 피신한 적도 있었다. 정치적인 타협이 이루어져 영국 공사관을 나와 다시 신문을 발행하기는 했지만 신문을 정부의 어용지로 만들 수가 없었던 주시경은 소신을 굽히지 않고 일하다 신분의 위협을 느끼고 봉산에 사는 매형 이종호의 집에 3개월을 숨어 지내기도 했다.

주시경의 〈독립신문〉을 향한 애착과 열정은 놀라울 정도였다. 〈독립신문〉이 그 창간목적인 "민주사상의 배양, 관민계발, 자주독립"을 달성하며 백성들에게 진보적이고 개혁적인 사상을 주입시킬 수 있었던 것은 주시경의 그 같은 열정과 지칠 줄 모르는 추진력이 뒷받침해 주었기 때문이었다. 주시경은 그에게 맡겨진 한글판 〈독립신문〉에 총력을 기울이면서도 한글을 본격적으로 연구하는 일에도 시간과 정성을 아끼지 않고 투자했다. 아울러 독립협회에 대한 그의 헌신도 놀랍도록 큰 것이었다. 배재학당에서 학생의 신분으로 그 당시 개혁파의 선두에 섰던 지도자들과 함께 독립협회가 잃어버린 나라를 되찾는 주춧돌이 되게 하기 위해 혼신의 힘을 기울였기 때문이다.

〈독립신문〉과 독립협회가 해체당한 후 주시경은 제국신문사에 입사하여 기자로 활동했다. 1898년 8월 10일 일간지로 창간된 이 신문은 일반 시민들과 여자들이 읽을 수 있도록 쉽고 재미있게 편집하여 한글로 발행되었다. 한글을 전 국민에게 공급하며 민족정신을 그들에게 심어주기를 원했던 주시경은 기꺼이 이 신문사에 입사했던 것이다. 그러나 그가 〈제국신문〉에 머문 기간은 3개월에 지나지 않는다. 어째서 주시경이 그처럼 짧은 기간 일한 후 〈제국신문〉을 그만 두었는지는 알 수 없다. 하지만 주시경은 우리민족이 어렵고 힘든 시기에 처해 있을 때 한글로 발행되는 두 신문사에서 일함으로 구국언론인으로서의 면모를 확실하게 보여주었다.

1900년으로 들어서면서 "조선"이라는 먹잇감을 조금이라도 더 취하려는 구미열강들의 경쟁은 더욱 치열해졌고, 그 기회를 이용하여 개인의 영달을 꾀하려는 매국노와 친일파 그리고 기회주의자들의 움직임 또한 활발해지기 시작했다. 이 같은 시국을 맞이하여 주시경은 1901년 1월에 서울 정동에 있는 영국인의 한국어 교사로 초빙되어 5년 간 영사관 직원들과 그들의 가족들에게 우리말을 가르쳤다. 같은 해 2월부터는 상동사립학숙에 국어문법과를 개설했으며, 1904년 3월부터 다음해 1월까지 정동 간호원양성 학교의 교사로, 1905년 2월엔 상동사립학원에서 한글을 가르쳤다. 주시경이 이처럼 불철주야 여러 기관과 학교에서 한글을 강의하며 청년들을 각성시키고 있는 동안에도 나라의 운명은 나날이 망국의 길로 내닫고 있었다.

　일본은 1904년 2월 8일 여순 항에 정박해 있던 러시아 함대를 기습 공격함으로 러일전쟁을 일으켰다. 그 다음 날, 그들의 군대를 서울에 진주시키고, 2월 23일엔 한일의정서를 강압적으로 체결했으며, 4월 3일 용산에 일본군 주차사령부를 설치하였다. 이로서 일본군은 우리나라의 점령군 역할을 하게 되었으며, 우리정부의 내정 전반에 걸쳐 일본이 간섭하는 소위 고문정치가 시작되었다. 1년 후인 1905년 11월 17일 우리나라의 외교권이 일본으로 넘어가는 을사늑약이 체결되면서 실제적으로 대한제국의 국권이 일본의 수중으로 들어갔다. 을사늑약의 소식이 전해지자 전국 각처에서 통곡소리가 진동했으며, 〈황성신문〉의 장지연은 "시일야방성대곡"(오늘 하루를 목 놓아 통곡한다.)는 사설을 썼고, 충정공 민영환은 칼로 목을 찔러 자결했다.

29세의 한창나이에 을사늑약을 당한 주시경의 분노와 충격은 누구보다 컸다. 그러나 그는 직접적인 항일투쟁을 전개하는 대신 해오던 대로 열심히 한글을 비롯하여 역사, 지리 등을 가르치며 나라의 힘을 기르는데 전념했다. 그런 일은 누구나 할 수 있다고 생각할 수도 있다. 그러나 주시경이 한일은 근본적이면서도 멀리 내다본 확실한 독립운동이었다. 이 같은 특수 독립운동을 전개하는 주시경의 가슴 속엔 "국어국문을 국민들에게 교육시켜 놓으면 청년들에 의해서 반드시 국권회복과 독립달성의 날이 올 것"이라는 (신용하:〈주시경의 사상체계〉, 주시경 학보 제8집, 234면) 확신이 있었다. 주시경의 신념이 옳았음은 역사가 증명해 주고 있다.

주시경은 유일선이 발간한 월간지 〈가정잡지〉에도 관여했다. 〈가정잡지〉는 1904년 상동교회 전덕기 목사가 설립한 중등교육기관 안에 둔 잡지사였다. 재정난으로 3호까지 내고 휴간했다가 1908년 1월 5일부로 속간되었다. 사장에 유일선, 편집에 신채호, 교보원에 주시경, 찬성원 등이었다. 주시경은 이 잡지에 한글기사와 논설을 쓰면서 한글강해 책임도 맡았다. 거기서도 한글로 나라 찾기 운동을 전개한 것이다.

그는 서우학회에도 참여하여 그 단체의 기관지인 〈서우〉를 편집하며 많은 글을 썼다. 서우학회는 1906년 10월 서울에서 조직된 애국계몽단체로 독립협회, 만민공동회, 개혁당운동, 헌정연구회의 주역들이 여럿 참여했으며, 교육을 통한 개화운동에 그 목적을 두었다. 하지만 을사늑약으로 나라가 일본의 손으로 넘어가자 그들이 목적했던 개화운동은 국권회복운동으로 바뀌었다. 다시 말해, 서우학회는 "국권회복과 국민주권의 자유독립국가를 수립하는 것"으로 (한국민족문화 대백과사전: 한국정신문화 연구원, 1991, 796면) 그 목표를 전환한 것이다.

주시경처럼 무력이나 외교적인 방법 아닌 실력을 배양시키고 민족의식을 고취함으로 항일투쟁을 한 애국지사들을 말하면서 전덕기 목사를 빼놓을 수는 없다. 전덕기는 주시경보다 1살 위인 1875년 생으로 어린 시절에는 주시경과 이웃에서 같이 자랐으며, 독립협회에서도 함께 일했다. 주시경은 전덕기가 세운 상동청년학원에서 문법을 가르치며 한글운동을 펼쳤다. 주시경과 전덕기의 관계는 주시경과 서재필의 경우와 마찬가지로 사랑과 신뢰와 상호존중으로 맺어진 사이였다. 그러기에 그들은 국권을 회복할 터전을 마련하는 역사적인 과업에 한마음 한뜻이 되어 일 할 수 있었던 것이다.

상동청년학원에는 주시경과 전덕기 외에도 김구, 이동휘, 이동녕, 이준, 노백린, 이상설, 최남선, 이상재, 윤치호, 이회영, 이승만 등 많은 젊은 우국지사들이 모여 있었다. 그들이 민족운동과 독립운동에 몸 바칠 일꾼들을 양성하기 위해 세운 계획들 중에는 한글교육과 보급, 국사교육, 종교훈련 등이 포함되어 있었다. 주시경은 한글교육을 맡았고, 장도빈과 최남선이 역사를, 전덕기는 지도자의 자기 수양과 종교훈련을 담당했다.

주시경은 상동청년학원 외에도 종로 청년회학관, 이화학당, 휘문학교, 중앙학교, 배재학당 등 여러 곳을 다니면서 한글을 가르쳤는데, 언제나 교재를 보자기에 싸들고 다녔기 때문에 "주보따리"란 별명을 얻게 되었다. 주시경은 강직하고 열성적이면서도 정이 많고 온유한 성품의 소유자였다. 그는 전덕기 목사와는 형제처럼 지냈으며, 상동교회의 교우들과도 믿음의 형제자매로서 친밀하게 지냈다. 상동교회는 주시경의 신앙의 온상지였으며, 그가 마음껏 활동할 수 있었던 무대이기도 했다. 실제로 상동교회는 주시경이 한글을 널리 보급하는 근원지의 역할을 했다. 주시경은 상동교회를 근거지로 한글을 체계적으로 연구하여 과학화시키며 순화시키는 주역을 담당함으로 39세로 끝난 짧은 생애에도 불구하고 한글운동의 선구자로 자리매김을 할 수 있었던 것이다.

주시경은 1908년 한글학회의 전신인 "국어연구학회"를 조직했으며, 훈민정음을 보완하여 한글을 세계에서 제일 우수한 글자로 만드는데 중추적 역할을 한 최현배, 김윤배, 장기여, 이병기 등의 한글학자들을 배출시켰다. 이 사실만 보더라도 주시경이 우리나라 언어문화에 얼마나 큰 공헌을 하였는가를 알 수 있는 것이다.

주시경은 애국계몽운동과 신교육운동을 통해 항일투쟁의 기반을 마련하는 일에도 앞장섰다. 그러다 보니 누구보다 바쁘게 여기저기를 다녔지만 수입은 별로 없었다. 성품이 강직하고 곧았으며 융통성도 없었던 그에게 부수입이 있을 리도 없었다. 그렇다고 물려받은 재산이 있었던 것도 아니니 그는 언제나 가난에 쪼들렸다.

21살 되던 1896년 10월에 경주 김씨 김명훈과 결혼하여 슬하에 3남 2녀를 두었지만 안정되고 윤택한 가정생활을 영위하지는 못했던 것 같다. 그 자신의 영달을 위해 노력했다는 흔적도 찾아볼 수 없다. 그의 삶의 목표는 한글로 나라를 살리기 위해 그의 생애를 바치는 것이 전부였다. 다시 말해, 그에게는 명예와 부귀는 물론 많은 사람들이 추구하는 세상에 대한 욕망 같은 것은 별다른 의미가 없었다. 오로지 한글을 연구하고, 가르치며, 키워나가는 것만이 그가 사는 의미요, 생의 목표였던 것이다. 주시경을 근대 한글운동의 선구자로서 또 한글로 일제에 대항한 독립투사로서 기억할 수밖에 없는 이유가 여기 있는 것이다.

주시경은 배재학당에 입학하여 신학문을 배우면서 기독교와 접하게 되어 1905년 6월 16일에 세례를 받고 정식으로 기독교인이 되었다. 그날 이후 그는 주일예배는 물론 매일 학생전체 예배시간에도 빠지지 않고 참석했다. 뿐만 아니라 〈독립신문〉, 독립협회, 만민공동회에서 전덕기 목사와 함께 일했고, 그들 단체와 관련된 대부분이 기독교 신자였기 때문에 그의 모든 활동은 기독교 신앙과 연관되어 있었다고 볼 수 있다. 그런 그가 1909년 "대종교"(단군교)로 개종했다. 확고한 믿음위에 서서 신앙생활하며 상동교회를 거점으로 활동하던 주시경이 대종교로 개종한 것은 이해하기 힘든 측면도 있다. 그러나 당시의 상황을 상세히 살펴보면 주시경이 개종한 까닭을 이해할 수 있다.

우선 1909년이면 한일합병조약이 체결되기 1년 전임을 기억할 필요가 있다. 대종교는 우리민족의 시조인 단군을 받드는 민족의 전통사상과 철학을 담고 있는 종교였지만 강력한 항일투쟁을 목표로 삼고 있었다. 대종교의 창시자 홍암 나철(본명 나두영)이 누구인가를 살펴보면 그 사실은 분명해 진다.

나철은 을사오적들을 암살하려다 체포되어 유배되었던 독립 운동가이다. 유배형에서 풀려나온 나철은 민족의식을 일깨워 주는 것이 항일운동의 근본이며 시작이라 확신하고 단군교(후에 대종교로 이름을 바꿈)를 창시했다. 이 점을 감안한다면 나라의 운명이 경각에 달려있는 시점에 기독교인인 주시경이 대종교로 개종한 까닭을 납득하는데 도움이 될 것이다. 동시에 주시경의 개종이 "우리 고유의 정신문화가 사대사상에 의한 외래종교에 의해 정신적 침략을 받아 쓰러지려 함을 염려한 애국적 민족주의자의 결단에 기인한 것이다."(나라사랑 제4집, 23-24편)란 주장의 타당성에도 동의 할 수 있을 것이다.

그러나 1914년 7월에 주시경이 갑자기 사망하자 그의 장례식이 상동교회에서 거행되었다는 사실은 그가 대종교로 개종하지 않았거나, 개종은 했지만 다시 기독교로 돌아왔을 가능성도 배제할 수 없다. 주시경이 대종교로 개종했다 할지라도 그것을 신앙적인 측면에서보다는 조국의 독립을 위한 항일투쟁의 방편에서였다고 보는 것이 타당하지 않나 여겨진다.

나라의 명맥이 끊어져가는 절망적인 시기에 주시경과는 다른 방법으로 꺼져가는 민족의 등불을 밝히고자 한 애국지사들도 많았다. 1907년 7월 일제는 헤이그 밀사사건을 빌미로 고종을 폐위시켰다. 같은 해 7월 31일 그들은 마지막 황제가 된 순종의 명의로 군대해산을 명하는 칙령을 내렸다. 그러자 시위대장 박승환 참령(소령)은 "군대가 나라를 지키지 못하고 신하가 충성을 다하지 못한다면 만 번 죽어도 아깝지 않다."는 유서를 남기고 권총으로 자살했다. 그의 자살은 해산당하지 말고 일어나라는 무언의 명령이었다. 이 비장한 명령을 전달받은 남상덕 참위(소위)는 휘하 부대원들을 이끌고 일어났으나 일본군에 의해 진압되었다. 죽을 줄 알면서 나라를 위해 총을 든 용감한 군인들의 애국운동이었다.

안창호, 이회영, 김구, 이동녕, 신채호 등의 애국지사들은 신민회를 조직하여 국권을 되찾으려 했다. 이재명은 민족의 반역자 이완용을 죽이려다 실패했고, 안중근 의사는 1909년 10월 26일 하얼빈 역에서 을사늑약의 원흉 이토 히로부미를 민족의 이름으로 처형했다.

전명운과 장인환은 1908년 3월 23일 샌프란시스코에서 미국인 친일 외교관 스티븐스(Durham White Stevens)를 권총으로 저격하였다. 스티븐스가 일본이 조선을 통치하는 것이 마땅하다는 망언을 한 것에 분노했기 때문이었다. 모두가 가물거리는 민족의 등불을 살리기 위하여 생명을 초개같이 여긴 장한 애국지사들이었다. 그러나 주시경의 한글을 통한 애국운동도, 숱한 독립투사들의 목숨을 건 항일투쟁도 세차게 흘러내리는 망국의 물줄기를 막기에는 역부족이었다. 1910년 8월 29일 대한제국의 국권이 완전히 일본으로 넘어갔기 때문이다.

반만년을 지켜온 국권을 일본에게 강탈당한 1910년 8월 29일은 우리민족이 영원히 잊을 수 없는 날이었다. 이 치욕의 날을 가져온 망국의 조약에 총리대신 이완용과 조선통감 데라우치 마사타케가 서명한 날은 8월 22일이었다. 하지만 왕실의 요청으로 발표된 날짜는 일주 후인 8월 29일이었다. 조선왕실에서는 순종의 즉위 4주년 행사를 치른 후에 망국의 조약이 체결된 사실이 백성들에게 알려지기를 원한 것이다. 조선의 마지막

황제 순종은 그의 즉위 4주년 행사를 성대하게 거행하기 위해 "국치의 날"을 더욱 슬프고 수치스러운 날로 만든 것이다.

한일합병이 발표되자 삼천리 방방곡곡은 백성들의 통곡소리로 진동했으며, 산천초목들도 슬피 울었다. 그때 우리 선조들의 슬픔과 분노가 어떠했나는 주시경의 제자로서 한글학자이며 독립운동가인 이윤재가 1922년 8월 대한민국 임시정부 기관지인 〈독립신문〉에 실은 "국치가"에 잘 나타나 있다.

> 〈빛나고 영광스런 반만년 역사 / 문명을 자랑하던 선진국으로 / 슬프다 천만몽외 오늘 이 지경 / 아- 이 부끄럼을 못내 참으리 // 신정한 한배 자손 2천만 동포 / 하늘이 빼아내신 민족이더니 / 원수의 칼날 밑에 어육됨이어 / 아- 이 부끄럼을 못내 참으리 // 화려한 금수강산 삼천리 땅은 / 선열의 피와 땀이 적신 흙덩이 // 원수의 말발굽에 밟힌단말가 / 아- 이 부끄럼을 못내 참으리〉

국치의 날이 온다는 것을 예상하고는 있었지만 막상 그 날을 맞은 주시경의 절망과 슬픔과 분노는 참으로 컸을 것이다. 그러나 그는 계속하여 우리의 글을 연구하고, 가르치는 것이 잃어버린 국권을 되찾는 길인 것을 알고 있었다. 국치의 날이 오기 전에도 그는 1906년 6월 〈대한국어문법〉을 〈가정잡지〉에 연재했으며, 1907년 7월에는 "국문연구소"을 개설하여 "국문

연구안"을 3년 동안 제출하였다.1908년 11월에는 〈국어문전음학〉을 출간했고, 1909년 2월에는 44면짜리 〈국문초안〉을 출간했으며, 한일합병이 되던 1910년 4월에는 상동청년학원에서 가르치던 교재를 수정하고 보완한 〈국어문법〉을 출간했다. 1909년에는 캐나다 개신교 선교사인 제임스 게일과 독일인 신부 안토니오, 그리고 일본인 다카하시 토오루 등과 더불어 한어연구회(韓語研究會)를 조직했다.

한글을 말살시키려 했던 일제는 1909년부터 국문연구소의 활동을 극도로 제한하였다. 한글을 보다 많은 사람들에게 가르치고자 하는 주시경의 결의와 열의는 변함이 없었지만 일제의 방해공작 또한 날로 심해갔던 것이다. 이 같은 시기에 최남선이 주도로 "조선광문회"가 설립되었다. 을사늑약 후부터 국민계몽운동이 여러 가지 방식으로 전개되었는데. 이들 운동에 우리 역사연구와 민족정신의 함양을 포함시키자는 취지에서 1910년 10월에 최남선을 중심으로 현채, 박은식 등이 설립한 단체가 조선광문회였다. 이 단체는 우리의 고전과 희귀문서들을 수집하여 편찬하는 것을 목표로 삼았으며, 〈삼국사기〉, 〈삼국유사〉, 〈동국통감〉 등을 출간하였다.

주시경은 조선광문회에도 참여 했다. 일제가 우리의 귀중한 고전들과 문화재들까지 가져가려는 의도를 간파했기 때문이다. 그는 조선광문회에서 국어사전 편찬을 담당했으나 결실을 보지 못하고 몇 년 후에 죽음을 맞이했다. 하지만 그가 조선광문회에서 시작한 원고는 1927년 계명구락부로 넘어갔고, 1929년엔 조선어사전 편찬회로 넘겨졌다. 주시경이 착수한 국어사전은 우여곡절을 겪은 후 1957년 〈큰 사전〉 6권으로 발행되어 그 결실이 맺어졌다. 이육사가 광야에서 홀로 외롭게 뿌린 "가난한 노래의 씨"가 세월이 흐른 후 "조국의 해방"이라는 꽃으로 피어났듯이 주시경이 조선광문회에서 뿌린 〈국어사전〉의 씨앗이 40여 년 후 〈큰 사전〉이란 꽃이 되어 활짝 피어난 것이다.

주시경만큼 한글에 대한 뜨거운 열정을 지니고 오로지 한글만을 위하여 산 사람도 찾아볼 수 없다. 주시경은 "한글의, 한글에 의한, 한글을 위한" 삶을 산 인물이었던 것이다. 세종대왕이 한글의 생모라면 주시경은 한글의 유모란 말이 결코 과장이 아닌 것이다. 세종대왕이 나랏말을 창시하여 발표할 때는 "한글"아닌 "훈민정음"이었다. 그 후 "정음", "언문", "언서", "암클", "반전", "국문" 등으로 불려 지다 주시경에 의해 "한글"로 정해졌다. 한글학자 이윤재에 의하며 "한글"은 "겨레의 글" 곧 "조선의 글"이라는 의미를 지니고 있다고 한다.

2017년 발명의 날에 통계청이 조사하여 발표한 바에 의하면 우리나라의 최고 발명품으로 선정된 것은 "훈민정음"(32.8%)이다. 한국의 으뜸가는 발명품인 훈민정음을 체계적으로 연구하고 보완하여 세계에서 가장 우수한 글자로 인정되는 한글로 만든 인물은 주시경이다. 주시경이 아니었으면 우리민족은 일본이나 미국에 동화되었을 지도 모른다는 생각이 상상만은 아닐지 모른다. 일제가 한글을 말살시키려 했던 것은 우리의 문화와 역사를 단절시키기 위함이었음을 상기하면 주시경의 한글 사수가 대한민국의 번영과 발전에 얼마나 크게 기여했는가를 알 수 있는 것이다.

경술국치 후 많은 애국지사들이 나라를 구하기 위해 일어섰으며, 국내에서 또는 중국이나 미국 등 국외에서 그들이 택한 투쟁방법도 다양하면서도 격렬해지기 시작했다. 이에 대응하는 일제의 방식도 날로 간교하고 악랄하면서 잔인해졌다. 주시경도 일제의 감시와 견제에도 불구하고 보성학교에 "조선어 강습원"을 열고 마지막 열정을 바치는 심정으로 청년들에게 한글을 가르쳤다. 이규영, 이병기, 권덕규, 최현배, 김원봉 등이 조선어 강습원에서 공부했으며, 후에 그들 모두 한글정립에 크게 이바지 한 학자들이 되었다.

우리민족의 항일투쟁과 이를 억제하려는 일제의 탄압이 경쟁이나 하듯이 격렬해지기 시작할 때 "105인 사건"이 터졌다. 이 사건은 일제가 1911년 1월부터 다른 지역에 비해 유별나게 애국정신이 강한 서북지방의 항일세력을 제압하기 위해 신문회를 중심한 민족주의 계열인사와 기독교인과 부호들에게 데

라우치 마사타케를 암살하려 했다는 누명을 씌워 600여 명을 검거한 사건이다. 이때 105인이 기소된 까닭에 "105인 사건"이라 불리게 되었다. 하지만 이 사건은 일제가 조작한 것임이 밝혀졌다.

이 사건으로 신민회가 해체되고, 진행되던 민족운동도 막대한 타격을 받았다. 주시경은 일제의 이 같은 만행으로 고통 받는 동지들과 제자들을 지켜보며 망명을 하기로 결심했다. 항일투쟁에 대한 일제의 탄압은 더욱 심해질 것이며, 그렇게 되면 한글로 나라와 민족을 살리겠다는 그의 계획에도 차질이 생길 것을 예상했기 때문이다. 경술국치를 전후하여 신채호, 박은식, 이회영, 이상룡, 홍명희, 정인보, 이동휘 등의 애국지사들이 국내를 벗어난 것도 주시경이 망명하기로 결정하는데 적지 않은 영향을 미쳤을 것이다. 나철에 이어 대종교의 교주가 된 김교헌도 교단을 만주로 옮겨갔기에 아마도 주시경은 대종교 교단이 옮겨간 만주 쪽을 망명지로 생각했을 지도 모른다.

일단 국내를 빠져나가기로 결심한 주시경은 그 준비에 착수했다. 그러면서도 그는 조선어 강습학원에서 가르치기를 계속하여 1914년 3월에 제2회 졸업생 21명을 배출했다. 한 해 전에 졸업한 제1기생들은 이병기, 이규영, 최현배 등 33명 이었다. 망명준비를 하면서 주시경은 가족들과도 시간을 가지려고 노력했던 것 같다. 그러던 중 7월 27일 주시경은 급작스러운 복통을 호소하다 숨을 거두었다. 너무도 어이없고, 허망하고, 믿기 힘든 죽음이었다. 사인은 급성체증이라고 알려졌지만 39세의 나이에 졸지에 가버린 그의 죽음에 의문을 제기하는 이들도 있었다.

그는 일제의 요시찰 인물이었으나 일경은 주시경을 쉽사리 구금할 수는 없었다. 비밀단체에 속했거나 눈에 띄게 항일운동을 한다면 그들의 법령에 따라 또는 적절한 혐의로 처벌할 수 있었지만 먼 훗날을 바라보며 한글을 가르치며, 민족정신을 살리는 주시경을 구속할 마땅한 명분이나 방법은 별로 없었던 것이다. 이 때문에 주시경의 갑작스러운 죽음 뒤에 일제의 검은 손길이 작용했을 수도 있었을 것이란 추측도 가능한 일이었다. 그러나 그의 죽음은 숨겨진 일제의 음모에 의해서 라기 보다는 가난으로 인한 영양실조와 무리하게 강행한 연구와 강의로 인한 과로 때문이었을 가능성이 더 높다고 생각된다.

주시경의 장례식은 한때 그의 활동무대였던 상동교회에서 거행되었으며, 서대문 밖 수색 고택골에 안장되었다가 1960년에 한글학회에 의해 경기도 양주군 진접면 장련리로 이장되었다. 그 후 1981년 12월 12일 국립 서울현충원으로 다시 이장되었으며, 1980년에는 대한민국건국훈장 대통령장이 추서되었다.

한힌샘 주시경 선생이 39년 간 걸은 길은 아무나 걸을 수 있는 편하고 쉽고 넓은 길이 아니었다. 험하고 외롭고 고독했던 길이 그가 걸은 인생길이었기 때문이다. 주시경 선생은 그에게 주어진 재능과 열정과 정열을 가지고 얼마든지 입신출세 할 수 있었다. 그러나 그는 나라 잃은 우리민족이 국권을 되찾을 수 있도록 한글을 통한 독립운동을 하며 좁고 험한 길을 걸었다. 로버트 프로스트(Robert Lee Frost)가 숲 속에서 만난 두 길 중 남들이 잘 가지 않는 길을 택했듯이 말이다. 주시경 선생의 제자인 가람 이병기의 추모시조 〈한힌샘 스승님〉의 곳곳에서 선생이 걷고 가신 길을 발견하게 된다.

〈온 누리 컴컴하고 바람도 사나운데 / 꺼지는 그 등불을 다시 밝혀 손에 들고 / 그 밤에 힘궂은 길에 / 앞을 서서 가시다. // 진 데나 마른 데를 어이 골라 디디오리 /비 오고 눈이 오든 밤과 낮을 가리오리 / 다만 그 바쁘신 길을 / 다 못 걸어하시다.// 꾸밈과 진장함은 좀애도 없으시며 / 비웃고 시위하여 기리는 이 뉘이오리 / 스스로 믿으신 마음 / 예어갈 뿐이외다. // 뒫겨츤 옛 동산에 길이 새로 뇌었어라 / 어리던 잠을 깨고 서로 따라 나아가니 / 제마다 새 눈 뜨이며 / 에해애해 하노라.// 헐고 무너지고 그 무엇이 남았으리 / 밟고 가신 그 자취에 먼지라도 귀엽거든 / 하물며 또 다시 없는 / 이 보배를 위함에랴. // 어져 동무들아 의발만 이를소냐 / 넓은 그 이마에 빛나는 슬기시며 / 크고도 깊으신 안이야 / 다시 헬 수 없노

라.〉

　주시경 선생은 일제의 식민지 통치를 받으며 신음하는 우리 민족이 민족혼을 잃지 않고 광복의 날이 올 때까지 소망을 지니고 나갈 수 있게 하기 위하여 그 자신은 좁고 험한 길을 걸었다. 그는 한글문법을 최초로 정립했으며, 그의 저서들은 한글을 체계화 했을 뿐더러 한글의 표자주의 철자법, 한자어의 순화, 한글의 풀어쓰기 등에 걸쳐 크나큰 공헌을 한 국어학의 선봉장이었다. 세종대왕께서 창시한 훈민정음이 오늘 날의 한글이 되는 주역을 담당한 주역이 주시경 선생인 것이다. 만일 주시경 선생이 아니었으면 오늘 날의 한글은 없었을 것이라 해도 과언이 아닐 정도로 그는 탁월한 한글학자였다.

　"겨레정신의 영원한 거울이요 한글문화의 불멸의 봉화"였던 (그의 비문 중에서) 주시경 선생은 108년 전 우리 곁을 떠나갔다. 그러나 우리가 조국의 번영과 발전을 위해 살아간다면 한글운동의 선구자이며, 위대한 독립운동가 이신 한힌샘 주시경 선생은 언제나 우리와 함께 계실 것이다.

[참고 문헌]

김삼웅: 〈주시경 평전〉 2021, 꽃자리

김윤경: 〈한글 중흥의 스승 주시경 선생〉, 박우사, 1965

김정수: 〈한글의 역사와 미래〉, 1990, 열화당

신용하: 〈독립협회 연구〉 1976, 일조각: 〈주시경의 사상체계〉 1993, 탑 출판사

〈한국정신문화 대백과사전〉, 1991, 한국정신문화연구원

김원희 시인

· 숭의여대 미디어문예창작학과 졸업
· 중앙대예술대학원 문예창작 전문가과정수료
· 1998 (계간)「불교문예」희곡으로 등단
· 2012년「창작21」시 등단
· 2014년「불교문학」신인상 수상
· 「불교문예」편집장 역임
· 저서: 시집 –〈햇살다비〉/ 편저 – 어린이 동시집〈욜로옵서예〉등
· (현)캐나다불교인회 문화부장 및 회보 불연편집장

○ 아나키스트 독립운동가 구파 **백정기** 의사

백정기 의사(義士)

[1896년 1월 19일 ~ 1934년 6월 5일]
전북 부안 출신으로 호는 구파(鷗波)이고 자는 용선(溶善)이다. 일제 강점기의 아나
키스트 계열의 독립운동가로 조선무정부주의자연맹과 흑색공포단에서 맹활약했다.
삼의사(三義士) 중 최연장자로 백정기 의사 다음으로 이봉창, 윤봉길 순이다. 대한
민국 정부는 그의 공을 기려 1963년 건국훈장 독립장을 추서했다.

나의 구국일념은 첫째 강도 일제(日帝)로부터 주권과 독립을 쟁취
함이요. 둘째는 전 세계 독재자를 타도하여 자유, 평등 위에 세계
일가(一家)의 인류공존을 이룩함이니 공생공사(共生共死)의 맹우
(盟友) 여러분 대륙 침략의 왜적 거두의 몰살은 나에게 맡겨 주시
오. 겨레에 바치는 마지막 소원을

　　　　　 – 백정기 의사가 육삼정 거사를 앞두고 동지들에게 남긴 말

아나키스트 독립운동가 구파 백정기 의사

김원희 시인

1. 들어가는 말

서울 용산의 효창공원에는 삼의사(三義士) 묘역이 있다.
1946년 6월, 김구 선생의 주선으로 일본에서 봉환(奉還)된 삼
의사를 국민장으로 모신 곳이다. 삼의사의 묘 왼편에는 안중
근 의사의 가묘(假墓)도 있다. 안 의사의 유해가 돌아오면 안장
하려고 준비해둔 것이다. 또한 그곳에는 의열사(義烈祠)란 사
당도 있다. 사당에는 임시정부 주석 김구선생, 임정요인이었던
이동녕, 조성환, 차리석, 그리고 윤봉길, 이봉창, 백정기 등 삼
의사의 위패가 모셔져 있다.

삼의사란 일제강점기에 항일투쟁을 하다가 일제에 의해 사
형을 당했거나 옥중 순국한 윤봉길, 이봉창, 백정기 등 세분을
말한다. 삼의사 중 윤봉길, 이봉창 의사는 많은 사람들이 알고
있다. 그러나 백정기 의사에 대해서 아는 사람은 그리 많지가

않은 것 같다.

삼의사 묘소 입구의 안내판에는 "백정기(1896~1934) 의사는 전북 정읍 출신으로 3.1운동 후 상하이로 건너가 무정부주의자연맹에 가입하여 노동자운동과 일본상품 배격운동을 이끌었고, 일본시설물 파괴공작과 요인사살, 친일파 숙청 등을 목표로 항일운동을 전개하였다. 1933년 상하이 홍커우. 육삼정 연회에 참가한 일본 주중공사 아리요시를 습격하려다 잡혀 일본 나가사키 법원에서 무기형을 선고받고 복역하다가 이듬해 6월 5일 지병으로 순국하였다."고 기록돼있다.

이와 같은 설명에도 백정기 의사가 그동안 한국의 정치역사에서 외면당하다시피한 궁금증은 쉽게 풀리지 않는다. 그 이유가 안내판이 안내한대로 그가 아나키즘(Anarchism)계열의 독립 운동가였기 때문이 아닌가 하는 의문을 품게 만든다.

아나키즘이란 간단히 말해서 "누구에게도 속박되지 않으나 누구도 속박하지 않는다."는 사상이다. 따라서 아나키스트(Anarchist)는 개인을 지배하는 모든 정치조직이나 권력, 사회적 권위를 부정하고 개인의 자유와 평등, 정의, 형제애를 실현하고자 하는 사상을 가진 사람들이다. 이런 사람들이 일제 강점기에 출현했다는 것은 자연스러운 현상이라고 볼 수 있다. 그런데 한국의 정치사회는 아나키즘을 무정부주의로, 아나키스트들을 정부조직이 없는 혼란한 상태를 추구하는 사람들이라고 치부해왔다. 또한 평등을 주창한다고 공산주의자로 몰아붙이기도 했다. 당시 민족주의 계열의 백범 김구 선생이나 사회주의 계열의 조소앙까지도 아나키스트들을 도외시했다. 이런 연유로 인해 구파 백정기의 업적이 독립운동사에서 큰 주목을 받지 못했는지도 모른다는 생각이다.

2. 아나키스트 백정기의 탄생과 성장배경

1

1894년(고종 31) 고부에서 농민들이 반외세, 반봉건, 민족자강의 기치를 내걸고 동학농민혁명을 일으켰다. 이 혁명으로 삼십 여만 명이라는 동학농민혁명군이 일본군에게 살육을 당했다. 이 살육전 뒤에는 친일세력과 봉건왕조세력, 그리고 탐관오리들이 목숨을 숨기고 있었다.

미완으로 끝난 이 혁명은 지속적인 농민들의 봉기와 투쟁과정을 통해 개혁의 방향으로 점차 다듬어져 갔다. 탐관오리를 제거하고, 봉건제도를 폐지하고, 친일정권 타도와 조국의 식민지화 저지운동과 같은 행동으로 단계적인 발전을 거듭했던 것이다. 이런 과정을 통해 농민대중은 봉건지배층과 일본 침략의 본질을 분명히 알게 됐다. 순수하고 평범했던 농민대중이 반제국주의 배격사상과·반봉건세력으로 등장하게 된 계기였다.

2

1895년 10월 8일, 조선 주재 일본군대가 불법으로 경복궁에 난입하여 민비를 칼로 찔러 시해하고 시신에 석유를 뿌려 불태운 사건이 일어났다. 을미사변이라고 불리는 이 사건으로 신변의 위협을 느낀 고종과 왕세자 순종이 1896년 2월 11일 러시아 공사관으로 파천(播遷)했다, 이들의 아관파천(俄館播遷)[1]은 그 이듬해 2월 20일까지 1년 9일간 지속됐다. 이와 같은 난세를 평정시키라는 하늘의 계시였을까? 조선에 한 영웅이 탄생했다. 고종이 아관파천을 떠나기 약 20일 전인 1896년 1월 19일이었다.

전북 부안군 부안읍 신운리에서 백정기(白貞基)란 영웅이 탄생한 것이다. 그는 아버지 백남일(白南一)과 어머니 윤문옥(尹文玉) 사이의 2남 2녀 중 장남으로 태어났다. 호는 구파(鷗波)이고 자(字)는 용선(溶善)이며 수원 백씨(水原白氏)이다. 백구파(白鷗波)라고도 불렸다.

그는 11세 때인 1906년 부안군 남하면 내진리로 이사하여 백산을 자주 오르내리며 성장했다. 백산성터에 오를 때마다 자연히 "(혁명군이) 일어서면 흰옷만 보인다고 백산(白山)이라했다. (혁명군이) 앉으면 대나무 창만 보인다고 죽산(竹山)이라

---

1) 아관파천(俄館播遷)은 을미사변 이후인 1896년 2월 11일부터 1897년 2월 20일까지 고종과 세자가 친일내각이 장악했던 경복궁을 탈출해 러시아공관으로 피신했던 사건이다.

했다."라는 어른들의 이야기를 수도 없이 많이 들었다. 그리고 왜 그런 말이 생겼는지도 알게 되었다.

또한 천태산에 올라 백제시대 고분군(돌방무덤)을 살펴보면서 유구한 우리나라의 역사와 전통에 대해 깊은 관심을 갖게 되었다. 그러나 1905년 을사늑약으로 국운이 일제로 넘어가는 데도 무력하기만 했던 자신의 능력을 한탄했다. 이와 같은 민족의식의 싹틈은 훗날 그가 열혈 아나키스트가 된 배경이 되기도 했다.

3

백정기는 타고난 성품이 총명하고 활달하고 머리가 명석해서 장래가 촉망되던 소년이었다. 게다가 글 읽기를 좋아해서 낮에는 농사일을 돕고 밤에는 아버지 밑에서 독학(獨學)으로 공부를 하는 등 향학열도 남달랐다. 14세 전후에는 사서삼경(四書三經)에 통달할 정도였고, 서도(書道)에도 천재적인 소질을 발휘하였다. 또한 신학문을 익혀 식견도 높아서 향리에서는 일이 생길 때마다 그를 찾아가 문제를 해결하곤 했다. 그렇게 총명한 그였지만 마음 놓고 계속 공부할 집안형편이 못되었다. 부친마저 여의게 되어 어린나이로 집안의 가장노릇까지 해야 했기 때문이다. 그러나 그는 타고난 성품대로 당당하게, 그 누구보다도 의지가 강한 인물로 성장해 갔다.

그런 백정기의 남다른 인품을 어려서부터 눈여겨보던 한 사람이 있었다. 그가 바로 그 지방의 부호였던 조성승이었다. 그는 홀어머니를 모시고 가난하게 살고 있는 백정기를 자신의 딸 조팔락(曹八洛)과 혼인시키고 집과 전답까지 마련해 주었다. 백정기의 나이 13세 때였던 1908년 10월이었다. 나아가서 당대 호남지역의 천석꾼이나 만석꾼들의 자제들이 줄을 서서 기다리다가 들어가 공부할 수 있는 영주정사(瀛洲精舍)[2]에 입학시켜 마음 놓고 공부할 수 있도록 했다.

영주성사에서는 당대 석학이었던 간재(艮齋) 전우(田愚)[3]가 학생들을 가르쳤다. 그에게서 공부한 상당수의 문하생들이 후에 국권회복과 독립운동에 투신했다고 전해지고 있다.

영주정사 이후 창평의 호남 최대의 근대학교인 창흥의숙(昌興義塾, 창평초등학교 전신)에서 송진우, 김병로(초대 대법원장), 양태승(무등양말 창업자) 등과 함께 수학하였다. 그곳에서

---

2) 영주정사(瀛洲精舍) : 정사는 학문을 가르치고, 정신을 수양하는 집이라는 뜻이고, 영주는 정사가 자리 잡은 호남의 명산 두승산의 다른 이름이다. 이 정사는 일찍이 문과에 급제하여 통운대부향의금부도사 삼례 도찰방을 지낸 창암 박만환(倉巖 朴晩煥·1849~1926)이 지었다. 그는 1903년 후학을 길러 국권 회복을 도모한다는 포부 아래 이 정사를 그의 고향 마을에 지어 6년 동안 양반자제 130명을 길러냈다. 영주정사에서 당대 석학 간재 전우(艮齋 田愚·1841~1922)의 가르침을 받은 제자들은 상당수가 국권 회복과 독립운동에 투신했다. 창암과 간재는 전재 임헌회(全齋 任憲晦·1811~1876) 문하에서 동문수학한 사이다. 3천석 부자였던 창암은 영주정사를 세운 뒤 1년에 300석 씩 출연하여 모든 학생의 숙식을 책임졌다. 당시 영주정사에 들어가 공부하려는 자가 대기 순번을 기다리며 줄지어 있었다는 이야기가 전해진다.

3) 조선 최후의 거유((巨儒대유학자)로 불린 성리학자이다.

한문과 국사, 영어와 일어, 수학 등을 배우면서 당대의 내로라 하는 지식인의 대열로 진입하고 있었다.

경술국치를 당한 1910년 초가을이었다. 간재 전우의 문하생 12명이 정읍시 공평동 야룡마을 뒷산 소년봉에 집결했다. 이들은 이날 국권을 잃은 것에 통분하여 서울을 향해 대성통곡을 하며 망국제(亡國祭)를 올렸다. 그러면서 국권을 회복하고자 하는 의지를 굳게 다졌다.

이날 망국제는 영주정사 학감이었던 고인주⁴⁾의 주도로 고인주(38세), 고응중(36세), 백관수(22세), 김성수(20세), 박봉규(20세), 박승규(17세), 김기홍(17세), 한성수(17세), 김연수(15세), 백정기(15세), 최동규(14세), 박방원(13세) 등 모두 12명이 참석했다. 어린 나이로 망국제에 참여했지만 백정기는 이렇게 한걸음, 두걸음 항일독립운동투사의 길로 전진해 나가고 있었던 것이다.

그렇게 살아가던 1914년 겨울, 어느 날이었다. 조선총독부가 농민들의 잉여 노동력을 착취하기 위해 농민에게 남면북양정책(南棉(綿)北羊政策)⁵⁾을 강요했다. 백정기는 우연히 이 정책

---

4) 고인주 – 임진왜란 때 의병장 고경명의 12대 후손

5) 남면북양정책(南棉(綿)北羊政策) : 농민들의 잉여 노동력을 착취하고 산미계획을 대체할 수 있는 대체수단으로 남쪽에서는 면화를 재배하고 북쪽에서는 양을 사육하라는 정책

을 묵묵히 수행하던 이웃 농가에서 일본 경찰의 무례한 행동을 목격하게 됐다.

일본경찰이 그 농가의 안방에 구두를 신은 채 들어가 물레를 부셔버리고 목화씨앗을 짓밟으면서 아낙네를 희롱하고 있었다. 차마 눈뜨고 볼 수 없는 이 만행의 현장을 목격한 백정기는 울분을 참을 수가 없었다. 그래서 분노가 풀릴 때까지 주먹과 발길질로 인정사정 볼 것 없이 그 놈을 두드려 팼다.

이 사건으로 일제의 감시대상이 된 백정기는 영주정사 동문인 박승규가 구해준 육혈포(권총)를 지니고 3년간 숨어 다녔다. 주로 영주정사의 동문인 김성수, 김연수 등과 전남 창평의 창흥의숙을 거점으로 도피생활을 했다. 이때부터 백정기는 일제로 인해 피폐해가는 농촌의 실상과 망국의 설움을 통탄하며 일제와 결사항전 할 것을 결심하고 실행에 옮기기 시작했다.

3. 죽어서도 남편을 기다리는 아나키스트의 아내

결혼 후 백정기는 처갓집동네인 정읍의 영원면 앵성리에 집을 새로 짓고 아내와 행복한 미래를 꿈꾸기도 하였다. 그러나 당시대상황은 동학혁명의 후예인 백정기를 그대로 놓아두지 않았다. 나라를 빼앗기고 고통에 시달리고 있는 조국의 현실을 그냥 두고만 볼 수 없게 만들었던 것이다. 그에게 조국이 없는 사랑이나 행복은 있을 수가 없었다. 그래서 조국과 민족을 되찾기 위한 방편은 무엇일까? 고민하다가 견문을 넓히기 위해 서울과 고향을 분주히 오가며 세상분위기를 익히고 있었다.

그러던 1919년 1월 21일, 고종황제가 갑작스레 승하했다. 일제에 의해 독살됐다는 소문이 파다하게 퍼져 백성들 가슴에 울분의 불을 질러 3·1일, 만세운동을 일으켰다. 백정기는 조국의 다급한 현실을 직시하고 그 대결책을 행동으로 옮기기 시작했다. 독립선언문과 전단지를 가지고 부랴부랴 고향인 정읍으로 내려가 만세운동을 주도하며 동지들을 규합해 무장 항쟁을 전개했다. 평화적인 만세운동을 일제가 무자비하게 제압하는 것을 보고 목숨을 바쳐서 독립을 쟁취하는 길밖에 없다고 결론을 내린 것이다. 이때부터 백정기는 시골의 평범한 선비가 아니라 열혈 독립투쟁가로 변신하기 시작했다.

같은 해 8월부터는 4명의 동지들과 서울과 인천 등지에서 일본요인 척살기도와 일제기관, 군사시설 파괴를 시도했다. 그러다가 사전에 탄로가 나는 바람에 만주봉천으로 망명, 서로군청서 홍범도장군 부대에 들어가서 항일 활동을 계속했다. 이후 서울을 거쳐 일본에 잠입한 백정기는 노동을 하면서 사회관계 서적을 탐독하면서 사상연구에 몰입했다.

백정기가 집을 떠나 그렇게 조국을 위하여 동분서주하고 있을 때, 그의 아내 조팔락은 돌아오지 않는 남편을 기다리는 삶의 연속이었다. 남편이 일본으로, 중국 등지로 망명생활을 이어가면서 돌아오지 않기 때문이다. 그런 남편의 가슴에 아내의 존재는 없어보였다. 오로지 나라의 독립과 혁명만이 충만해 보였다. 그렇다고 조국을 위해 분투하고 있는 남편을 원망할 수도 없었다. 그녀도 남편 못지 않게 조국의 현실을 잘 이해하고 있었기 때문이었다. 그래서 눈먼 시어머니를 지극정성으로 봉양하며 쥐 죽은 듯이 살았다. 외로움과 설움과 한을 그리움으로 삭혀가며 살아야만 했다.

죽어서도 남편과 한 무덤에 합장되지 못한 백정기의 아내 조팔락, 조국은 나라를 빼앗겨서 서러웠고, 그 나라를 되찾겠다는 조국에 남편을 빼앗겨서 서러웠던 조팔락, 그녀는 죽어서도 남편과 함께 묻히지 못하고 고향인 부안읍 모산리에 홀로 묻혀서 오늘도 돌아오지 않는 남편 백정기를 기다리고 있다. 목이 빠져라 기다리고 있다.

4. 아나키스트 독립운동가의 길

1

1920년, 활동무대를 베이징으로 옮긴 백정기는 아나키스트인 이회영, 유자명, 이을규, 정화암, 신채호 등과 교류하며 효과적인 독립운동방향을 모색했다. 그러다가 서울로 잠입해 군자금을 조달하던 중 일경의 불심검문에 붙잡혀 중부경찰서에 구금되었다. 그러나 백정기는 자신은 백정기가 아니고 광부라며 가짜 이름과 주소를 둘러대는 기지를 발휘해 풀려났다. 위기를 모면한 백정기는 베이징으로 탈출했다. 그곳에서 이회영, 신채호, 유자명, 이을규, 정화암 등과 교류하며 독립운동을 이어갔다. 이 때 이회영·신채호의 영향으로 아나키스트 중의 아나키스트가 되었다.

1921년에는 일본의 아나키스트들과의 교류를 통해 항일운동을 무력독립운동 노선으로 정했다. 문제는 자금이었다. 자금이 많이 필요했지만 융통하기가 그리 쉽지가 않았다. 그러던 어느 날이었다. 그는 한 가지 묘책을 떠올렸다. 일본 놈들한테 빼앗긴 토지를 일부나마 되찾는 방법이었다. 백정기는 그 묘책을 실행하기 위해 곧바로 서류상 가공의 토지를 만들었다. 그리고 그 서류를 들고 당시 부안 백산에서 농장을 경영하던 일본인 와카야마(若山)를 찾아갔다. 그리고 그에게 그 토지를 팔아 막대한 독립운동자금을 마련하는데 성공했다. 그렇게 자금을 마련한 백정기는 좀 더 치열한 독립운동을 전개하기 위해 1922년 다시 베이징으로 갔다.

2

이회영·신채호의 영향으로 아나키스트가 된 백정기. 그는 1923년 9월 중국 후난성[湖南省] 둥팅호[洞庭湖] 근처에 아나키즘이 추구하는 이상적인 농촌사회 건설에 참여하였다

1924년 여름에는 일본 천황(天皇)처단과 수력공사장·주요 건물 등의 대대적인 폭파공작을 위해 일본 동경으로 잠입했다. 그가 동경부근 하야가와(早川)수력공사장에 은신해서 호시탐탐 기회를 노리고 있을 때였다, 백정기의 인품과 용모에 매혹된 묘령의 일본여인이 다가왔다. 모리(森)라는 이 여성은 백정기에게 필요한 정보를 모두 제공해 줬다. 그러나 관동대지진(關東大地震)으로 인해 백정기는 뜻을 이루지 못하고 말았다. 엎친 데 덮친 격으로 일본당국의 조선인 대학살 만행으로 체포 직전의 위기에 빠지게 되었다. 이때 모리(森)의 도움으로 간신히 일본을 빠져나올 수가 있었다.

상하이로 돌아간 백정기는 좀 더 적극적인 독립투쟁을 전개하고자 이회영, 신채호, 정현섭, 유자명, 이을규, 이정규 등과 재중국무정부주의자연맹 결성에 참가하고 조선대표로 출석했다. 백정기가 이 연맹에 가입한 것은 중국, 미국, 영국, 러시아 등과 공동 투쟁해야 된다는 연대항쟁의 필요성을 인식했기 때문이다.

백정기는 연맹의 기관지 〈정의공보〉를 비밀리에 발간하여 아나키스트의 독립투쟁 전개방식을 밝혔다. 또한 프롤레타리아독재를 표방하는 공산주의의 볼셰비키공산혁명 이론을 비판, 아나키스트들의 독립투쟁은 민족주의나 공산주의 계열의 방식과는 엄연히 구분된다는 점도 밝혔다.

같은 해 9월, 백정기는 일본관헌의 탄압을 피해 정화암 등과 함께 영국인이 경영하는 철공장에 들어가 폭탄제조기술을 익히면서 노동운동 단체를 조직하고 지도했다.

3

1925년 2월 상순, 일본인 방적공장에서 중국인 여공을 학대하자 노동조건의 개선과 임금인상을 요구하는 파업이 일어났다. 이 사건을 시발로 다른 일본인이 경영하는 공장에서도 파업이 파급되었다.

5월 30일, 일본, 영국 두 나라 자본가들을 상대로 5·30 총파업이 일어났다. 이 파업에는 노동자 외에 학생, 시민이 참여해 반일, 반제국주의운동으로 확대되었다. 이때 백정기는 중국인 아나키스트 노검파, 대만인 범본량, 아나키스트연맹 등과 손을 잡고 12만여 명의 노동자가 참여하는 반제국주의 노동운동단체를 조직하고 지도했다. 아울러 백정기를 따르는 10여만 명의 대노동자조합 회원들을 독립운동의 방편으로 이용할 계획을 세우기도 하였다.

4

1927년 여름, 중국인 동지 진망산, 양용관, 진춘배 등의 제청으로 이을규, 이정규 형제와 정화암 등과 한.중.일 3국의 동지들이 합작으로 민단편련처(民團編練處)라는 농민자위군을 조직하여 농촌계몽과 자치, 자위운동을 전개하였다. 이 조직이 수천 명으로 커지자 토비(土匪)와 공비(共匪)들에 대한 수호와 농민자치운동을 전개하여 아나키즘의 운동의 이상향을 실현하고자 했다. 1928년 5월초에는 일본상품 배격운동을 지도했고, 5월 말에는 중국, 일본, 필립핀, 월남, 인도 등 6개국 민족대표 120명이 참석한 동방무정부주의자동맹(東方無政府主義者聯盟)에 조선대표로 참석했다. 이들은 서로 단결하고 국제적 유대를 강화하여 자유연합의 조직 원리아래 각 민족의 자주성과 각 개인의 자유를 확보하는 이상적인 사회건설에 매진하기로 했다. 이 자리에서 백정기는 한중 양국이 연합하여 공동의 적인 일제를 섬멸할 것을 호소하였다. 아울러 동맹의 기관지『동방(東方)』의 편찬위원으로 활동 했다.

그러던 어느 날 백범 김구 선생이 백정기를 찾아와서 독립운동자금을 마련하고자 임정의 젊은이들이 전차회사에 나가 일하고 있는데 백정기도 거기에 나가 일하면 어떠냐고 물었다. 백정기는 그러겠다고 대답하고 전차회사를 다녔다.

그때 의열단의 김모씨가 폐결핵에 걸려 베이징에서 상하이로 돌아왔다. 당시 폐결핵은 불치의 병으로 인식되어 있던 때였다. 그래서 전염될까봐 아무도 그를 돌보지 않고 방치했다. 이런 사정을 알게 된 백정기가 지체 없이 그를 자신의 거처로 옮겨 최선을 다해 병수발을 했다. 그런데도 병이 점점 더 악화되자 여비를 마련하여 귀국시켰다. 그런데 문제는 백정기 자신이었다. 제대로 먹지도 못하면서 중노동에 병수발을 하다 보니 몸이 허약해졌다. 그러더니 백정기 자신도 폐결핵에 전염되어 쓰러지고 말았다.

5

동지들이 괜찮다는 백정기를 살리기 위해 상하이의 큰 병원으로 옮겨 전문적인 치료와 요양을 시켰다. 백정기는 요양 중에도 동지들과 남화한인청년연맹을 조직하였다. 또한 1930년 길림성 해림시의 김종진, 이강훈 등과 김좌진, 이을규 등이 조직한 한족총연합회(韓族總聯合會)에 가담했다. 그리고 재만한교(在滿韓僑)의 조직강화와 혁명사상 최고에 전략하는 한편 독립운동전선을 분열시키려는 반동분자의 구축과 일제의 주구색출에 적극 노력하였다.

그런 와중에도 백정기가 자신의 진면목을 여지없이 드러낸 일화가 또 있다. 그가 입원한 상하이 병원에는 일본 갑부의 딸인 소녀도 같은 병으로 입원해 있었다. 두 사람은 서로 연정을 품게 되었다. 백정기는 본인은 항일독립운동가이고 소녀는 숙적인 일본인이라는 사실 때문에 고민이 컸다. 이런 감정을 눈치 챈 소녀가 "당신이 가는 곳이면 어디든 상관없어요. 그대 옆에서 죽어도 여한이 없어요."라며 눈물로 사랑을 애원했다. 하지만, 백정기는 그녀와 연인으로 발전하는 것을 단호하게 거부했다.

1년 후인 1930년, 병원에서 퇴원하던 날이었다. 백정기는 소녀에게 "사랑하는 여자도 조국 앞에 있을 수 없는 것이야!"라고 뒤도 돌아보지 않고 그녀를 떠났다. 그랬다 백정기에게 조국보다 더 큰 사랑은 없었다. 조국은 그에게 절대명제이자 생명이고 미래이고 궁극적 사랑이요 신앙이었다.

흑색공포단(BLACK TERRORIST PARTY=BTP)의 백정기

1931년 9월 18일 9. 18 사변이 일어났다. 만주사변이라고도 하는 이 사변은 일본 관동군이 펑티엔(奉天) 북동쪽의 류탸오후(柳條湖)에서 남만철도(창춘長春↔뤼순旅順)를 폭파한 뒤 이를 중국군의 소행이라고 주장하며 선양(瀋陽)을 공격한 사건이다. 이를 시작으로 일본 제국주의는 중국 동북지역에 괴뢰 만주국을 세우고 참혹하고도 반인륜적인 악행을 저질렀다. 그러나 중국인들은 일제의 폭압에 굴하지 않고 강점된 조국 땅을 되찾기 위해 용감하게 일제 침략자들과 싸웠다.

이때 백정기는 베이징을 거쳐 상하이로 들어갔다. 이 무렵 상하이에는 각지에서 수많은 아나키스트들이 모여들었다. 이에 백정기는 이회영, 정화암 등과 함께 이들을 규합하여 남화한인청년연맹(南華韓人靑年聯盟)을 결성했다. 그리고 산하단체로 남화구락부(南華俱樂部)를 두는 한편 중국인 동지들과 항일구국연맹을 조직하여 한-중 공동투쟁을 전개하였다. 이의 효과적인 실행을 위해 같은 해 11월 행동대를 편성하였는데 이를 흑색공포단(黑色恐怖團), 일명 BTP(BLACK TERRORIST PARTY)라고 했다. 이들의 주 임무는 숙적인 일본의 국경기관과 수송기관 파괴, 일본 요인사살, 친일파 숙청 등으로 적을 응징하는 임무를 수행하기로 했다.

이와 같은 사항을 의결한 흑색공포단은 곧장 실력행사에 들어갔다. 곳곳의 일본영사관을 습격하여 방화하고 파괴해 나갔다. 특히 톈진(天津)에서는 중국인과 백정기, 이강훈, 원심창 등과 일본의 군수물자를 싣고 들어온 일본군함 일만 톤급 1척을 대파시키는 대전과를 올려 적의 간담을 서늘하게 만들었다.

목표물은 하나, 저격수가 둘인 엇갈린 성공과 실패.

1932년 4월 29일, 상하이 홍커우 공원에서는 일본의 쇼와천황(昭和天皇)의 생일인 천장절(天長節)[6] 행사와 상하이 점령

6) 천장절(天長節) : 일본 천황의 탄생일로 천황이 새로 즉위할 때마다 바뀐다.

을 자축하는 전승기념 행사가 열렸다.

11시 20분 경, 1부의 열병식이 끝나고 곧이어 2부의 상하이 전승기념 자축행사로 이어졌다. 2부는 상하이 일본교민회가 마련한 순서로 일본인들만 참석하는 행사였다.

11시 40분경 일본 국가인 기미가요가 간사하게 울려 퍼지고 있었다. 이런 광경을 하얀 얼굴의 꽃미남이 초조한 눈빛으로 바라보며 발을 동동 구르고 있었다. 남화한인연맹의 백정기였다.

백정기는 폭탄을 품고 행사 시작 1시간 전부터 현장에 도착해 있었다. 중국인 동지 왕야챠오와 만나기 위해서였다. 그가 일본 총영사관에 선을 대어 출입증을 구해오기로 되어 있었던 것이다. 그러나 아무리 기다려도 그는 나타나지 않았다. 백정기는 이 절호의 기회를 놓칠세라 안절부절 못했다. 그러다가 그냥 뚫고 들어가서 폭탄을 던지려고 했다. 그런 그를 조직의 책임자였던 정화암이 조금만 더 기다려보자고 제지했다. 그냥 뚫고 들어가 던지겠다. 조금만 더 기다려보자. 라는 의견이 팽팽하게 줄다리기를 하고 있을 때였다. 공원 안에서 하늘을 가르는 폭탄소리가 들렸다. 두 사람이 얼굴을 마주 바라보며 의아해하고 있을 때였다. 평소 친분이 있던 종군기자가 헐레벌떡 달려오더니 "축하한다! 너희들이 성공했어." "뭐라고? 우리들이?"

드라마 미스터 션사인에서처럼 목표물은 하나였는데 저격수는 둘이었던 것이다. 두 명의 저격수, 그들은 동지인가? 그렇다. 동지는 동지인데 서로 모르는 동지였다.

1908년 3월 23일 샌프란시스코 페리부두에서 목표물인 악질 친일파 스티븐슨을 저격한 전명운과 장인환처럼, 그들도 목표물 하나를 두고 둘이서 조준했던 것이다.

그날 백정기도 모르게 백정기의 목표물에 폭탄을 던진 동지, 그 동지는 윤봉길이었다. 두 사람은 같은 조선인 항일투사였지만 소속이 달랐다. 윤봉길은 한인애국단 소속이었고, 백정기는 남화한인연맹의 흑색공포단 소속이었다. 그래서 두 사람은 같은 날 같은 목표물을 조준하면서 제각각 거사준비를 했던 것이다.

이날 만약 출입증을 백정기가 제시간에 전달받았다면 윤봉길보다 1시간이나 먼저 행사장에 도착했던 백정기가 의거를 성공시켰을 것이다. 그랬어도 백정기가 아나키스트이기 때문에 한국의 정치사회는 외면했을까?

일제강점기 해외 3대 의거

일제 강점기에 수많은 독립투사들이 목숨을 바친 의거가 있었다. 그 중에 황포탄 의거, 홍커우 의거, 육삼정 의거 등을 상하이 3대 의거라고 한다.

황포탄 의거는 1922년 3월 28일, 의열단 김익상, 이종암, 오성륜 등이 황포탄 부두에서 일본군 육군대장 다나카 기이치(田中義一)를 암살하려고 일으켰던 의거이다.

거사당일 김익상 등이 다나카를 저격했으나 실패했다. 영국인 여인이 다나카와 악수를 하려고 다나카를 막아섰다가 대신 총을 맞고 절명했기 때문이다.

홍커우 의거는 1932년 4월 29일, 한인애국단 윤봉길이 홍커우공원에서 열린 일왕 생일축하 기념식장에서 일본군 수뇌들을 향해 폭탄을 던진 의거이다.

이 의거로 상해 파견군 사령관 시로카와 요시노리 대장과 일본거류민단장 가와바타가 즉사하고 노무라 제3함대사령관, 우에다 제9사단장 등에게 중상을 입혔다.

이날의 의거는 흑색공포단의 백정기도 출정했었다. 그런데 행사장 입장권을 구하지 못해 미수에 그치고 말았다. 결과적으로 윤봉길은 성공해서 장엄하게 순국했고, 백정기는 실패했지만 사지에서 살아서 돌아온 셈이 됐다. 성공과 실패를 떠나 이

날 의거는 백정기를 비롯한 해외의 독립투사들의 투쟁의지에 더욱 탄력 받는 계기가 됐다

육삼정 의거는 1933년 3월 17일, 독립운동가들을 탄압하려는 계획을 세우고 있다는 주중 일본공사 아리요시 아키라를 흑색공포단원들이 제거하려던 의거였다.

흑색공포단은 상해의 고급음식점인 육삼정에서 주중 일본공사 아리요시 아카라가 비밀회의를 연다는 정보를 입수했다. 단원들은 이날을 의거일로 잡고 의거를 수행할 단원을 선정하기 위한 회의를 열었다.

백정기가 홍커우 의거에서 풀지 못한 한을 이번 기회에 풀겠다고 나섰다. 그러나 다른 단원들도 이미 죽음을 각오했다며 서로 자기가 하겠다고 나섰다. 이렇게 첫날 회의에서 결론이 안 나오자 결론을 다음날로 미뤘다.

다음 날(3월 6일) 오전, 전날 참석했던 11명이 다시 모였다. 이들은 정화암의 제의로 의거임무 수행자를 제비뽑기로 정하기로 했다. 정화암은 추첨지 가운데 아리요시 아키라 有吉의 '有'자를 쓴 종이를 두 장을 넣었다. 그리고 모자 속에 넣고 단원들에게 추첨하도록 했다. 그 결과 전날 제일 먼저 지원했던 백정기와 이강훈이 추첨됐다. 추첨이 끝난 다음에 이들은 다음

과 같은 계획을 결정했다.

1) 거사참가자는 원심창, 백정기, 이강훈, 야타베 무지, 오키 등 5명으로 한다. 이중 백정기와 이강훈이 거사실행, 원심창과 야타베는 중간연락책, 오키는 현장연락책으로 참가한다.
2) 아리요시 공사가 육삼정을 나와서 자동차에 타기 직전 오키는 원심창과 야타베 연락, 원심창과 야타베는 송강춘의 백정기와 이강훈에게 연락. 백정기는 폭탄을 아리요시에게 투척, 만일 폭탄입 불발할 시는 이강훈이 수류탄을 투척한 뒤 혼란한 틈을 타서 도주한다.
3) 만일 체포될 시에는 각자 소지한 권총으로 상대를 사살하고 저항하며 도주한다. 도주 후에 동지들과 만나는 장소는 당일 서로 알려준다.

역공작에 말려든 흑색공포단

운명의 3월 17일, 백정기, 이강훈, 류자명, 오면직, 원심창은 이규호[7]가 준비한 전세택시로 현장으로 향했다. 중간 진진차관에서 오면직, 류자명과 저승에서 만나자며 작별인사를 나눴다. 나머지 3명은 현장부근에서 내렸다. 내리자마자 그들은 작전개시에 들어갔다.

백정기와 원심창은 도착즉시 송강춘 2층으로 올라가고, 폭탄

---

7) 이회영의 아들로 본명은 이규창이다.

이 들어있는 과자뭉치를 옆에 끼고 땅콩을 먹으면서 주변을 살피던 이강훈도 그들의 뒤를 따랐다. 그리고 잠시 후였다. 기다리는 연락은 오지 않고 일본 경찰 사에키(佐伯) 경시, 후지이(藤井) 경부보가 사관원 10여 명과 영국 경찰 수 명을 대동하고 들이닥쳤다. 그들은 세 사람이 저항할 틈도 없이 고함을 치며 총을 겨누었다. 꼼짝할 새도 없이 세 사람은 체포되고 말았다. 이렇게 육삼정 거사는 실패로 돌아가고 말았다.

실패의 원인은 오키라는 일본인 아나키스트한테 속았기 때문이었다. 일제는 자신들의 간담을 서늘하게 만들고 있는 흑색공포단을 일망타진 시킬 계획을 세웠다. 그 음모에 흑색공포단과 교류가 있는 오키를 매수해서 거짓 정보를 흘렸던 것이다. 그런 음모를 모르고 일본 놈 아나키스트를 믿었다가 역공작에 말려든 것이다. 그렇게 육삼정 의거는 미수로 끝났다. 그러나 당시 언론이 육삼정 의거를 "조선인을 중심으로 한 상해의 국제 흑(黑)테로단"이라는 제목으로 크게 보도해 한민족의 자긍심을 높였다. 또한 일제와 중국국민당 친일파의 협잡도 세상에 알려져 한국인과 중국인들의 항일의식을 더욱 높이는데 크게 기여했다.

백정기는 왜 아리요시를 암살하려했을까

체포된 세 사람은 일본 나가사키로 압송 되어 그 해 11월 15

일 일본 나가사키 지방 재판소에서 재판을 받았다. 백정기는 모두 자기가 주도했다고 주장했다. 모든 죄를 자기 혼자 뒤집어쓰려는 계산에서였다. 왜 아리요시를 암살하려했느냐? 는 질문에는 다음과 같이 증언했다.

"인간으로서 생각할 때, 아리요시 그 사람에게는 하등의 감정이 없다. 사람으로서 사람을 죽이는 것은 큰 죄악이며, 참으로 고통스러운 일이다. 그러나 아리요시 공사는 일본제국주의의 대표자이다. 아리요시 공사를 암살하는 것은 필경 일본제국주의를 타도하는 행위이다. 그러한 행위는 아나키스트들의 당연한 길이며, 또 의무이다. 아나키스트들은 주의를 위하여 사는 자이며, 주의를 위하여 죽는 것은 본래부터 바란다"며 "총살하든 교살하든 그것은 너희들 자유다. 정당한 행동을 하다 죽는 것을 조금도 후회하지 않는다."며 아나키스트로서의 당당한 모습을 보였다.

같은 해 11월 24일 최종 재판에서 백정기와 원심창은 무기 징역을, 이강훈은 15년 형을 언도받았다. 그 후 백정기는 이시하야 감옥에서 복역하던 중 1934년 6월 5일 11시 39세의 나이로 순국했다. 순국하기 며칠 전 백정기는 이강훈과 원심창에게 다음과 같은 유언을 남겼다.

"나는 몇 달 더 못 살 것 같소. 그러나 동지들은 서러워 마오. 내가 죽어도 사상은 죽지 않을 것이며 열매를 맺는 날이 올 것이오. 형들은 자중자애하며 출옥한 후 조국의 자주독립과 겨레의 영예를 위해서 지금 가진 그의지 그 심경으로 매진하기를 바라오. 평생 죄송스럽고 한 되는 것은 노모에 대한 불효가 막심하다는 것이 잊혀지지 않을 뿐이고, 조국의 자주 독립이 오거든 나의 유골을 동지들의 손으로 가져다가 해방된 조국 땅 어디라도 좋으니 묻어주고, 무궁화 꽃 한 송이를 무덤 위에 놓아주기 바라오."

동학혁명의 후예로 태어난 백정기, 조국의 광복을 위해 아나키스트가 되어야했던 백정기, 그가 전 생애를 바쳐 갈망했던 것은 오직 조국광복 뿐이었다. 그런 날을 보지 못하고 한 줌 유골이 된 백정기, 그의 소원대로 그의 유골은 삼의사 묘원에 모셨고, 백정기무궁화 한 그루 효창공원에 '모자 하나의 영토 / 모자 하나의 대지 / 모자 하나의 하늘'로 대대손손 피어나고 있다.

김종휘 시인

○ 애국지사 뒤바보(北愚) **계봉우** 선생

계봉우(桂奉瑀) 선생

[1880년 8월 1일 ~ 1959년 7월 5일]
함경남도 출신으로 일제강점기 시대의 역사학자, 국문학자, 교육학자, 독립운동
가, 언론인이다. 호(號)는 북우(北愚)이고, 필명(筆名)으로 뒤바보 · 사방자(四方子),
· 단선檀仙, 계봉우, 장군서(張君西) 등을 사용해서 많은 저술활동을 했다.
대한민국 정부는 선생의 공적을 기려 1995년 건국훈장 독립장을 추서했다.

살아도 구차히 살면 사는 것이 또는 욕이오, 마땅히 죽을 때에 죽
으면 죽는 것이 오히려 영광이로다.

― 선생께서 을사늑약 소식을 듣고 난 후

애국지사 뒤바보(北愚)¹⁾ 계봉우 선생

김종휘 시인

조국 떠난 지 100년 만에 귀환한 계봉우 지사

1

2019년 4월로 기억하고 있다. 우연히 독립운동가 계봉우 선생의 유해가 대통령 전용기로 카자흐스탄에서 고국으로 봉환됐다는 인터넷 뉴스를 읽게 되었다. 카자흐스탄에 묻힌 지 60년 만의 귀환이라고 했다. 해방된 지 74년 만이라고 했다. 고국을 떠난 지 100년 만이라고 했다. 나는 그 뉴스를 읽으면서 나도 모르게 "계봉우 선생!"하고 의아해했다. 왜냐하면 나에게 계봉우 선생의 이름은 들어본 적이 없는 정말 생소한 이름이었기 때문이었다.

그리고 지난해 7월이었다. 계봉우 선생께서 작고할 때까지

---

1) 계봉우의 호(號)가운데 하나인'뒤바보'는 선생의 호(號)인 북우(北愚)의 우리말이라고 알려져 있다.

함께 살았다는 셋째 아들 계학림씨가 숙환으로 별세했다는 뉴스를 읽었다. 그분께서 생전에 "우리들을 잊지 말아 달라!"고 당부했다는 말도 들었다. 그 말을 듣는 순간 나는 왠지 모르게 가슴이 울컥했다. "잊지 말아 달라!"는 그 간절한 당부의 말이 나의 무딘 감성을 자극했던 것이다. 그 당부가 계봉우 선생 한 분만 지칭한 것이 아니라고 여겨졌기 때문이기도 했다. 내가 계봉우 선생에 대해 본격적으로 궁금해지기 시작한 것은 그때부터였다.

계봉우 선생!
어떤 연유에선지는 모르겠지만 나에게는 그 분을 알 수 있는 기회가 전혀 없었다. 아무도 나에게 그런 분이 계셨다는 사실을 알려주지 않았던 것이다. 한국에서 다닌 학교에서도 배운 적이 없다. 더구나 한국을 떠난 지도 꽤 오래된 내가 그 분에 대해서 알 수 있는 기회가 있을 리 만무했다. 그래서 선생이 어떤 분인지 더 궁금해졌다.

나는 인터넷에서 선생에 대한 자료를 찾아보기 시작했다. 그리고 선생에 대해 조금씩 알아가기 시작하면서 이제까지 내가 그런 분을 알지 못하고 살아왔다는 사실이 부끄럽고 또 부끄러웠다. 그러던 중 애국지사기념사업회(캐나다)로부터 원고청탁을 받았다. 그래서 선생에 대한 나의 공부는 더욱 치열해져갔다.

2

혹자는 계봉우 선생의 삶을 '신채호와 주시경의 삶이 겹쳐 있는 것 같다.'고 말했다. 그 이유가 신채호가 〈조선상고사〉를 '아(我)와 비아(非我)의 투쟁' 관점으로 서술한 이미지가 선생의 역사연구에서도 드러나고, 또한 역사와 한글연구, 그리고 교육에 대한 열정이 주시경과 큰 차이를 느낄 수 없기 때문이란 것이다.

그러나 선생의 삶을 그렇게 딱 잘라 단정 짓기에는 충분치가 않다는 생각이 들었다. 왜냐하면 불우한 시대와 가정환경에서 태어난 선생은 타의에 의해 언어와 풍속이 각각 다른 4개국을 떠 밀려다니며 살아야 했다. 그런 고초를 딛고 일어서서 항일 독립운동가로, 공산주의자로, 역사학자로, 한글학자로, 교육자로서 많은 저서와 공적을 남긴 사람은 선생이 유일무이했다. 이러한 다양한 활동의 항일애국심을 흑백논리로 포장해버리는 것은 정당하지 않다고 느꼈기 때문이다.

공노비(公奴婢)[2] 집안에서 출생했지만 학자적 능력 키워

1

계봉우 선생은 1880년 8월 1일 함경도 영흥읍에서 사령(使

---

2) 공노비(公奴婢) : 관아에서 부리던 노비. 관노비.

슈)[3]이던 아버지 계모씨(이름이 밝혀지지 않음)와 어머니 장씨 사이에서 태어났다. 선생의 부모는 여러 남매를 출산했으나 홍역, 천연두, 콜레라 등으로 선생만 남고 모두 병사했다. 선생도 5살 때 천연두를 앓아 얼굴이 살짝 얽었다.

조동걸 전 국민대 교수의 저서 〈선열의 자유·정의·통일의 유산〉에 의하면 선생의 "백부도 교노(校奴)[4]인 것을 보면, 집안은 대대로 영흥부의 관노였던 것 같다."고 했다. 또한 같은 책은 선생의 어머니가 관노집안 출신 남성과 결혼한 것을 보면 외가역시 노비였을 가능성이 높다고 했다. 이와 같은 집안환경이 계봉우 선생에겐 어떤 영향을 끼쳤을까?

조선시대 노비는 소유권에 따라 크게 공노비(公奴婢)와 사노비(私奴婢)로 나뉘었다. 관청에 소속된 노비를 공노비라 했고, 개인이 소유한 노비를 사노비라 했다. 공노비는 다시 납공노비(納貢奴婢)와 선상노비(選上奴婢)[5]로 나뉘고, 사노비는 솔거노비(率居奴婢)와 외거노비(外居奴婢)[6]로 나뉘었다.

---

3) 사령(使令): 조선 때, 각 관아에서 심부름하던 사람.
4) 교노(校奴): 향교 등 교육기관을 관리하고 운영하던 사람
5) 납공노비와 선상노비 : 납공노비는 외방에 거주하면서 농사를 짓는 노비를 말하고, 선상노비는 기술을 가진 장인으로 일정기간 관청에 속해 관청수요품을 만드는 노비를 말한다.
6) 솔거노비와 외거노비 : 솔거노비는 주인집에서 거주하면서 주인집의 일을 도맡아하는 노비를 말하고, 외거노비는 다른 곳에 거주하면서 주인집의 농토를 경작해 그 수확물을 주인에게 바치는 노비를 말한다.

이런 관습이 정당화되던 시대에 선생도 별수 없이 노비신분으로 출생할 수밖에 없었다. 그런데 이러한 집안 환경이 훗날 선생이 학자적 능력을 발휘하는데 큰 도움이 되었다는 사실에 주목할 필요가 있다.

선생이 부친처럼 관청에 사령으로 근무하려면 글을 알아야 했다. 사령이란 한자(漢字)나 이두(吏讀·吏頭)에 대한 지식이 풍부해야만 업무를 수행할 수 있는 직책이었기 때문이다. 선생의 백부 역시 교노(校奴)로 향교(鄕校)[7]에 근무했다는 사실은 집안 어른들이 글을 상당히 많이 배웠다는 증거이다.

또한 선생의 부친은 비록 관노신분이었지만 자식 교육에는 신분을 뛰어넘었다는 사실도 눈여겨볼 필요가 있다. 부친은 선생이 8세가 되던 봄부터 집에서 1Km떨어진 윤선생과 조 선생의 서당에 보내 공부를 시켰다. 선생께서 1908년부터 영생중학교 교사로 복무할 수 있었던 것도, 학자로서 많은 글을 남길 수 있었던 것도, 모두 집안의 그런 분위기와 부친의 교육열 그리고 자신의 노력 때문에 가능했다고 추정할 수 있다. 그러나 선생의 삶은 그리 순탄치가 않았다.

2
공노비의 아들로 출생한 선생의 어린 시절은 형제들이 병으

---

7) 향교(鄕校) : 조선시대 공자(孔子)를 모신 문묘(文廟)에 속했던 관립학교

로 죽어나가고 본인도 병을 앓는 등 고생이 심했다. 남들보다 뛰어난 학업능력을 보였지만, 선생께서 10세 때 아버지가 33세의 나이로 사망한 뒤에는 수업료를 부담할 수가 없어서 학업중단을 반복하다가 그만두게 되는 지경에까지 도달했다.

가세가 기울어 어머니와 함께 갖은 고생을 다하면서 살아야 했다. 부친의 채무 때문에 집을 빼앗기고 백부의 집으로 옮겼으나, 백부도 구차한 살림이라 계속 머무를 수 있는 처지가 아니었다. 그래서 산속으로 들어가 화전민으로도 살아야 했다. 그러다가 12살 어린 나이에 잡기와 투전에 빠지게 되었고, 술 마시며 담배도 피우기 시작했다. 이 같은 방황과 고달픈 삶은 시쳇말로 팔자에 타고난 것이었을까? 선생의 고난과 시련은 그 쯤에서 멈춰주지 않았다.

그렇게 나날을 보내고 있는 선생의 능력을 갸륵하게 여긴 사람이 있었다. 김영섭 이라는 동학의 접장이었다. 그는 선생을 낙인재(樂仁齋)라는 서당에서 다시 공부할 수 있도록 배려했다. 1892년 선생의 나이 13살 때였다. 그러나 1894년 무렵 선생은 수업료 문제로 낙인제에서 쫓겨나고 말았다. 하지만 선생은 포기하지 않았다. 독학으로 하루에 4시간 씩 잠자며 공부에 열중했다. 그 효과는 같이 공부하던 동료들을 가르치는 수준까지 도달했다.

선생께서 이와 같이 공부에 열중했던 이유는 과거시험을 통해 자신의 신분과 인생을 바꾸고 싶었던 희망 때문이었다. 그러나 과거제도가 폐지되어 선생의 희망은 휴지조각이 되어버렸다. 그런 좌절감에 선생은 동학(東學)과 사주 관상법에 관심을 가지기도 했고 19, 20세 때는 병서연구에 몰두하는 등 10여 년간을 방황의 시기를 보냈다. 21세가 되던 1900년에는 최통이란 선생을 찾아다니기도 했다. 25세가 되던 1904년에는 〈정감록〉에 빠져 개국공신이 되겠다는 허황된 희망을 갖고 정도령을 찾아 백두산과 만주 포태동 일대를 표류하기도 했다. 그렇게 근 10년을 방황의 늪에서 허우적거리고 있을 때였다. 선생의 방황에 마침표를 찍게 만든 시대를 맞이하게 됐다.

을사늑약으로 자각한 민족의식과 계몽운동

1

1905년, 〈황성신문〉에 을사늑약의 기사가 실렸다. 이 기사를 읽은 선생은 비로소 민족의 현실을 직시하게 되었다. 그리고 자신이 추구해야할 일은 자신의 부귀와 영달이 아니라 조국의 독립이란 것을 깨닫게 되었다. 선생은 즉시 방황생활을 끝내고 조국을 위해 무엇을 어떻게 해야 할지를 고민하게 되었다. 오랜 숙고 끝에 선생은 "생시구생생차욕 사어당사사유영

(生是苟生生且辱 死於當死死猶榮)"[8] 이라는 결론을 내렸다.

이후, 선생께서 방황하던 모습은 온데간데없어졌다. 그 대신 구차하게 사느니, 마땅히 죽음을 택할 만큼 민족현실에 눈을 뜬 선생의 새로운 출발이 시작되었다.

2

선생께서는 독립운동의 완성은 단시일 내에 이뤄지지 않을 것이라 예감했다. 그 시기를 앞당길 수 있는 방법으로 사회진화론(社會進化論)[9]을 사상적 기반으로 삼고 국권회복의 목표를 민족교육운동을 통한 실력향상으로 삼아야한다고 믿었다. 이 같은 목표설정은 선생께서 적극적으로 계몽운동을 이끌 수 있는 용기로 표출됐다.

1906년 10월, 영흥의 홍명학교 설립에 참여해서 교편을 잡게 된 선생은 본격적으로 계몽운동을 펼쳐나갔다. 1907년에는 국채보상운동과 여러 사회단체 및 학회에 가입해서 활동했다. 또한 기독교에 입교해 교회에서 설립한 영생중학교에서 교사로 봉사했다. 선생의 이와 같은 활동을 청·일본이 사사건건

---

8) "살아도 구차히 살면 사는 것이 또는 욕이오, 맞당히 죽을대에 죽으면 죽는 것이 오히려 영광이로다."

9) 19세기 찰스 다윈이 발표한 생물진화론에 입각하여 사회의 변화와 모습을 해석하려는 견해. 영어로 Social Darwinism이라는 이 사상은 인종차별주의나 파시즘, 나치즘을 옹호하는 근거와 신자유주의의 경제적 약육강식 논리에 사용되기도 하였다.

간섭을 했다. 이때 평생의 정신적 지주이자 독립운동의 동지가 된 성재 이동휘(李東輝)[10]를 만나 대책을 의논했다.

끝없는 망명생활의 시작과 집필로 항일운동

1911년 1월, 선생은 전도활동과 구국교육활동에 대한 청·일의 간섭에서 벗어나기 위해 북간도의 소영자(小營子)로 망명하였다. 망명 후에는 교회의 전도활동과 교육활동에 주력하였다. 이 시기에 선생은 장남의 이름을 베드로라 짓고, 10년 동안 금주와 금연을 실천할 만큼 기독교적 신념이 강해졌다. 그 신념으로 선생은 두려움을 모르는 독립투사로 변해갔다.

일제강점기 시대에 우리말로 우리의 역사를 쓰는 행위는 자살행위나 다름없는 일이었다. 일본의 입장에서 볼 때는 엄연한 불온문서이기 때문이다. 그러나 선생은 개의치 않았다. 누군가는 해야 하는 일이었기에 위험을 감수하고 자임하고 나섰던 것이다. 그가 얼마나 뚜렷한 민족적 목표를 갖고 있었나를 보여주는 대목이다.

---

10) 이동휘 : 대한제국의 육군장교 출신으로 정치가이자 사회주의 계열의 독립운동가 이다. 계봉우와는 의형제지간이다.

1911년, 간민회(간민교육회=墾民敎育會)[11]가 설립한 길동기독학당(吉東基督學堂)[12]의 조선역사, 지리교사가 되었다. 하지만 마땅한 교재가 없었다. 그래서 간민교육회 편찬위원으로 조선역사, 신한독립사 등과 같은 교재를 직접 편찬하여 교과서로 사용했다. 1912년에는 초등학교 과정에 맞는 수신교과서로 오수불망(吾讎不忘)[13] 등을 편찬했다. 이 교재는 중등교과서로 편찬한 조선역사와 신한독립사의 내용 중 잊지 말아야 할 것들을 발췌·축약해 저술한 것이다.

　선생께서는 일본을 수적(讎敵)[14]의 대상으로 여겼다. 그래서 학생들에게 일제 침략에 대한 저항의식을 심어주기 위한 민족교육서로 오수불망을 편찬한 것이다. 이 책을 저술한 또 한 가지 이유는 민족교육을 통해 독립인재를 양성하려는 의도와 목적이 있었기 때문이었다.

　이 교재의 특징은 일본과의 역사적인 사건들 중심으로 서술되어 있다. 즉 삼국시대부터 대한제국 시기, 경술국치 이후까지 연대순으로 일제의 정책과 만행에 대한 내용을 중심으로 기

---

11) 간민교육회(墾民敎育會) ; 1911년 3월, 북간도에서 민족교육을 목적으로 조직된 한인 단체의 교육기관
12) 길동기독학당(吉東基督學堂) : 1911년 3월에 북간도의 간민교육회(墾民敎育會)가 이주 한인의 자제들에게 민족 교육을 시행하고자 연길현(延吉縣) 소영자(小營子)에 설립했던 민족교육기관
13) 오수불망(吾讎不忘) :
14) 수적(讎敵) : 원수인 적

술되어 있다. 하지만 조선·대한제국 이후의 현대사와 관련된 내용이 대부분이다.

도피해서도 민족주의 교육 계속이어가다

1914년 8월, 제1차 세계대전이 발발하자, 일본의 외교적 압력을 받은 러시아가 선생을 포함 이동휘, 이종호, 이동녕, 정재관 등을 추방했다. 이때 선생은 북간도 왕청현 하마탕(蛤蟆塘)[15]으로 도피했다. 선생은 당시의 상황을 자서전 '꿈속의 꿈'에서 다음과 같이 기록했다.

〈전략〉퇴거 명령을 당하고 왕청 하마탕에 이주하였다. 그 이주는 소영자에서 고락을 함께하던 동지들이 그 곳에 깊이 근거를 정하고 있었기 때문만이 아니었다. 세계의 대세가 우리의 운동을 휴식상태에 밀어 넣은 것에 있었다. 이동휘 선생이 가족을 데리고 거기에 이주한 것도 또한 그런 까닭에서 나온 것이었다. 그렇다고 그저 팔장을 끼고 있지는 않았다. 한쪽으로는 소학교의 학생을 가르치며 교회의 남녀 신도를 인도하고, 또 한쪽으로는 안중근전을 저술하였다. 〈하략〉

선생의 말처럼 선생은 "그저 팔짱을 끼고 있지는 않았다." 독실한 기독교 신자가 된 선생은 그곳으로 도피한 후 교회와 학

---

15) 지명

교를 세워 민족주의 교육을 계속 이어갔다. 그러던 1916년, 일제는 북간도 일대의 반일인사들 체포에 열을 올렸다. 용정영사관이 이동휘의 하마탕 방문 정보를 입수하고 형사 6~7명을 급파해 이동휘 본가를 덮쳤다. 하지만, 이동휘는 이미 도피해서 무사했다. 하지만 그런 사실을 모르고 있던 선생은 체포되고 말았다. 선생은 그날 가족들과 이별했던 상황을 '꿈속의 꿈'에서 다음과 같이 회상했다.

〈내가 집을 떠나갈 때 어머님의 낙루하시던 그 정경도 애가 끊어지는 듯했고 품속에 안기어 자던 여섯 살 먹은 베드로가 뒤를 따라 나오면서 발을 구르며 울던 그 형상···. 만일 그 애가 죽지 않았다면 지금에 그 일을 옛말 삼아 이야기나 할 터인데, 나를 보지 못하고 죽은 그 원한은 나의 가슴에 못을 박은 듯하다······〉

선생은 재류 제국신민취체법이란 법 제1조에 의거 1916년 11월 28일부터 3년간 중국 재류금지 명령처분을 받고 함경도 회령 등으로 압송되어 일본 헌병분대에 인도되었다. 이어 배채거우[16] 등 6곳을 경유해 서울 남산 아래의 경무총감부 유치장으로 이송되었다.

이후 선생은 압수된 안중근전 초고에 대한 취조를 받았다. 특히 1916년 7월에 안중근전의 발간을 위해 블라디보스토크에

---

16) 연해주의 지명

가서 머문 사실에 대해 집중적으로 추궁을 받았다. 그러나 선생은 강우규의 집에서 2개월간 〈만고 의사 안중근전〉을 집필했다는 사실을 끝내 밝히지 않았다. 그러자 "안중근 전기를 지었으니 (너도)안중근 같은 놈이 아니겠느냐"고 모진 고문을 가했다.

〈만고 의사 안중근전〉의 첫 독자 강우규의 의거

선생이 강우규의 집에서 2개월 동안 〈만고 의사 안중근전〉을 저술할 때, 이를 지켜보던 강우규는 안중근의 의거에 감명을 받고 이를 가슴에 새겼다. 아울러 자신도 독립운동 전선에서 안중근과 같은 인물로 산화하기로 결심을 굳혔다. 그의 그런 각오는 실제로 1919년 9월 2일, 서울역에서 3대 총독으로 부임하던 사이코 마코트 총독을 향해 폭탄을 던지는 의거로 발전했다. 이 의거로 일제 관헌과 그들의 추종자 37여명에게 중경상을 입혔고, 강우규는 사건발생 2주일 만에 체포되어 수감됐다.

일제는 강우규의 의거와 같은 거사를 예감했던 것일까? 일제는 선생에게 영종도로 추방명령을 내렸다. "연길에서 배일(排日) 기관잡지 '대진(大震)'의 기자로 활동하면서 〈안중근 전설〉을 발표했고, 배일연설로 대중을 선동했다"는 이유였다. 또한

"조선인들이 세운 연길의 조선인학교에서 역사, 지리, 한문 등을 가르치면서 〈최신 동국사(最新東國史)〉를 편찬하여 학생들에게 일본에 대해 적개심을 불러일으키게 만들었다."는 것도 추방 이유의 하나였다. 일제는 이런저런 이유로 '치안법 제 5조'를 위반했다고 선생에게 '영종도 1년 금고' 형을 내렸다.

거주지 제한 명령 뚫고 또다시 망명

영종도에서 1년간 금고형을 마친 선생은 다음해인 1917년 12월 동짓날에 석방되었다. 그러나 고향에서 3년의 거주제한을 지켜야했다. 선생은 거주제한이 돼버린 고향으로 향하는 인천의 영종도 예단포에서 배를 타고 떠나면서 다음과 같은 시를 남겼다.

"일년이 꿈같이 지났으니(一年如夢過) /내가 곧 꿈속의 사람이로다(我是夢中人) / 꿈을 깨어 배를 타고 가니(夢罷乘船去) / 앞길에 온갖 일이 봄이로다 (前程萬事春)"

계절도 조국도 추운 겨울이지만, 조국의 독립이라는 '봄날'이 머지않아 찾아올 것이라는 희망을 노래한 것이다.

거주제한은 3년 동안 주거지 반경 5Km 밖으로 출입할 때는 반드시 일본경찰에 알려야 하는 조건을 준수해야했다. 또한 방문자마다 파출소에 통보해야하는 등 일거수일투족이 감시를 당해야 하는, 말 그대로 창살 없는 감옥살이였다. 그러나 선생께서는 그런 위험을 두려워하지 않았다.

선생은 거주지제한의 올가미를 끊어버리고 3·1운동에 참가하여 고종의 장례가 있던 3월 3일까지 서울에 머무르며 만세행렬에 동참했다. 당시 만세행렬에 "머리에는 방갓을 쓰고 한 어깨에는 보침을 멘 상인 한 분이 뛰어와서 대한독립이란 말에 어찌나 기뻤던지 춤추는 것을 보았다. 당시 조선 예절로 본다면 상인으로서는 도저히 그럴 수 없는 일이었다. 그러나 그는 껑정-껑정 뛰면서 춤을 추었다. 그것을 누가 실례라고 할까? 그 춤이야말로 민족 전체의 의사를 대표한 것이었다."고 일화를 회상했다. 당시의 상황을 선생은 자서전 〈꿈속의 꿈〉에서 이렇게 적었다.

"일본 놈들에게는 미처 생각도 못했던 마른하늘의 벼락이었다. 서울은 만세 소리의 서울. 서울의 만세소리는 나의 유(留, 머물다)하는 여관에서 가장 가까운 남대문 통을 울리면서 나왔다. 나의 발은 나는 듯이 어느 겨를에 저절로 거기로 향하여 갔다. 나는 몇 천 만이라고 헤아릴 수 없는, 그 무수한 손들이 태극기를 흔들면서 대한독립 만세를 일제히 우렁차게 높이 부르는 소리의 속에 들어섰다."

자신이 거주제한에 묶여있다는 사실조차 잊고, 동포들이 외치는 대한독립 만세 소리에 이끌려 자신도 모르게 "어느 겨를에 저절로"시위 현장으로 끌려간 계봉우 선생. 그리고 선생자신이 그 무수한 태극기가 되어, 그 우렁찬 대한민국 만세소리가 되었던 선생. 선생의 그 벅찼던 감동은 또다시 제자리를 찾아가야 했다.

3.1운동이후 선생은 평양과 영흥을 경유해 1919년 8월 원산을 통해 블라디보스토크로 다시 망명했다. 블라디보스토크의 신한촌 철혈광복단(鐵血光復團)에 가입해 단장에 선출됐다. 이후 하마탕에 들려 모친 등 가족들을 잠시 만난 후 북간도 국민회와 여러 지역의 항일단체들을 통합을 시도했으나 실패했다. 다시 블라디보스토크로 돌아가 철혈광복단 단장에 취임한 선생은 단원들의 다수의견에 따라 상하이로 떠났다.

1920년 말, 상하이에 도착한 선생은 임시정부 의정원 의원과 독립운동사 사료수집 위원으로 선임되어 활약했다. 그때 〈독립신문〉 주필인 이광수가 선생에게 원고 청탁을 했다. 이에 선생은 1920년 1월부터 5월까지 거의 매호에 걸쳐 민족운동에 관한 글들을 발표했다. '사방자(四方子)'라는 필명으로 〈북간도, 그 과거와 현재〉를 발표했고, 뒤바보라는 필명으로 아령실기(俄領實記), 김알렉산드라 소전, 의병전을 각각 발표했다.

1920년 4월 19일, 임시정부는 선생을 서간도 파견원으로 선정했다. 서북간도와 러시아 지역의 독립운동세력들의 지지를 확보하기 위한 조치였다. 당시 임정의 대통령은 이승만이었고 국무총리는 이동휘였다. 그런데 이승만이 미주 지역의 독립애국금을 독점하고 있었다. 이에 이동휘가 반발해 이승만에 대한 불신임운동을 전개하자 선생은 임정으로부터 마음이 멀어지게 되었다.

사회주의신수 탐독하고 한인사회당에 입당

임정과 마음이 멀어진 선생에게 김립[17]이 일본인 무정부주의자 고토쿠 슈스이(幸德秋水)의 〈사회주의신수(社會主義神髓)〉라는 책을 권했다. 비전론자(非戰論者)자인 고토쿠 슈스이는 "생을 버리고 의를 취하고/몸을 죽이고 인을 이루었네. 안중근이여, 그대의 일거에/천지가 전율했소."라고 안중근의 의거를 찬양했던 인물이다. 이런 사람의 책을 탐독한 선생은 회고록 '꿈속의 꿈'에서 밝혔듯이 "자신의 길이 사회주의에 있다고 확신"하게 됐다. 민족의 완전한 독립과 진정한 자유 그리고 영원하고 안전한 생존권 확보를 위해서는 사회주의혁명밖에 없다고 판단했던 것이다. 이와 같은 판단을 하게 된 배경에는 선생이 출생배경으로 인한 당시의 사회적 냉대의 뼈저린 기억이 작

17) 김립(金立)

용한 것이 아닌지 모르겠다. 여하튼 선생은 자연스럽게 한인사회당에 입당하는 한편 임시정부 북간도 파견원직을 사퇴하고 한인사회당의 기관지인 〈자유종(自由鐘)〉의 주필로 활약하면서 새로운 세상을 꿈꾸었으리라.

선생은 한인사회당이 고려공산당으로 창당할 때에 힘을 보탰고, 모스크바에서 열린 코민테른(공산주의국제연합) 대회에도 참석했다. 그러나 1921년 4월 고려공산당 상해파(민족주의 계열)와 이르쿠츠크파(코민테른 계열)의 갈등이 빚은 '자유시 참변'에 연루돼 혁명방해죄란 죄목으로 이르쿠츠크 감옥에 수감되는 수모를 겪었다. 그해 11월 코민테른 감사위원회 결정으로 누명을 벗긴 했으나 상심이 컸다. 더군다나 선생과 가까운 동지였던 김립이 코민테른 지원자금 횡령 혐의를 받고 1922년 2월 김구 계파에 의해 암살되자 선생은 깊은 회의에 빠져 정치에 손을 떼고 저술 활동에 전념했다

스탈린의 강제 이주명령으로 카자흐스탄으로 이주

1

중앙아시와 동유럽에 걸쳐있는 나라가 있다. 카자흐스탄이라는 나라이다. 이 나라는 러시아, 투르크메니스탄, 우즈베키스탄, 키르기스스탄, 중국과 육상경계를 맞대고 있다. 이 나

라에 현재 10만 5천명의 고려인 동포들이 살고 있다고 한다. 1937년 연해주에서 스탈린한테 강제이주 당한 후 강인한 생명력으로 대를 이어오고 있는 우리 동포들이다. 선생도 이곳에서 1959년 7월 5일까지 살았다.

2

1937년 8월 21일 소련공산당(볼쉐비키) 중앙위원회 서기장 스탈린과 소비에트 인민위원회 의장 몰로토프가 극동 국경지대에 거주하고 있는 조선인 강제 추방에 관한 결정문(지령 N-1428-326)을 하달했다. 이유가 "조선인들을 통제하기가 어렵고 신뢰할 수 없는 적성(敵性)민족"이라는 것이다.

당시 약 172,000명의 고려인들은 이주 2~3일 전, 또는 1주일 전에야 이동준비를 통지받았다. 당국은 단 1명의 이탈도 허용치 않았다. 이주 통보를 받은 조선인들은 여행도 금지되었고, 마을과 마을 간 통신도 금지시켰다. 병원에 입원한 사람은 퇴원시켜서, 복무 중인 군인은 제대시켜서 강제 이주하라고 했다.

그들은 최종 행선지도 알려주지 않았다. 그래서 이주민들은 어디론가 멀리 떠난다는 것과 출발 일자밖에 알지 못했다. 그런 와중에도 노인들은 조상 묘소를 찾아가 흙 한 줌 싸가는 걸 잊지 않았다. 그렇게 대를 이어 살아온 가옥과 농토를 버리고 모두 떠나고 난 1937년 10월, 원동(극동)에는 더 이상 조선인이 남아 있지 않았다.

1937년 9월 1일 밤, 이주명령이 떨어진지 20일 만에 선생을 포함한 이주민을 태운 첫 수송열차가 블라디보스토크를 출발했다. 그날부터 40여 일간 달려간 거리는 장장 6,000km였다. 이주민 수는 총 3만 6,442가구 17만 1,781명이었다. 그후에 수송된 4,700여 명을 합하면 강제 이주된 고려인 총수는 18만 여명에 달한다. 그 중 9만 5,256명이 카자흐스탄에, 7만 6,525명이 우즈베키스탄에 각각 짐을 풀었다. 당시의 참상을 이동순 시인은 다음과 같이 기록했다.

"말하지 말라 왜 이곳까지 끌려왔는지 / (중략) / 어제도 오늘도 흔적 없이 사라지는 / 그 사람들은 전혀 잊어라 / 떠나온 연해주 빼앗긴 자유 강제이주 입에 담다가 그들은 붙잡혀 갔나니 / 오직 땅과 곡식 먹고사는 일만 생각하라 / 봄이면 씨 뿌리고 가꾸고 거두는 그 하나만 애쓰고 노력하라 / 아이들 고려 말 고려 풍습 가르치고 / 고려 음식 잊지 않게 하라/ (중략) / 외롭고 힘들 땐 이웃들과 함께 모여 / 고려 음식 만들어 먹고 어울려라 / 정 못 참겠거든 아리랑 노래 살짝 불러라 / 언제 어디서 살더라도 우리가 / 고려 사람인 것을 잊지 말라" -이동순의 〈디아스포라 중〉

카자흐스탄으로 강제 이주 당한 후, 선생은 강제 이주와 함께 이전한 고려사범대학에서 조선어, 조선역사 교수로 재직하면서 문맹률이 높았던 한인들의 고려어 교육의 확대와 개선을 요구하는 글을 〈레닌의긔치〉에 발표하였다. 이어 1940년까지 크질오르다시 고려중학교에서 고려어를 가르치다가 노년으로 접어들자 퇴직하였다.

민족교육에 평생을 바쳐온 선생은 역사를 잃으면 미래마저 사라진다고 생각했다. 그래서 노년기에 문학 연구와 역사 저술 활동에 심혈을 기울였다. 이때 소련정부가 한국어 사용을 철저히 금지시켰지만, 727개항의 이두표기를 우리말로 옮길 때의 범례를 기록한 '이두집해(吏讀集解)'를 비롯해 '조선문법', '조선말의 되어진 법', 북방민족어 등 국어학 분야에 독보적인 저술을 남겼다. 그러나 선생의 공적은 사회주의 계열이라는 이유로 오랫동안 인정받지 못하다가, 공산권 국가들과 국교가 열리기 시작하면서 조금씩 국내에 알려지지 시작했다.

선생은 독립운동가로서의 이력이 남달리 다양하고 화려했다. 하지만 저술가로 더 이름을 남겼다. 북간도에서는 월간지 '대진'의 주필로, 연해주와 상해에서는 '권업신문'과 '구국일보' 기자로, 하바롭스크에서는 '자유종' 주필로, 치타에서는 한글잡지 '새사람' 주필 등을 역임하면서 많은 논설과 시문을 남겼다.

역사 교재로 '신한독립사'와 '조선역사', '초등학교 교과서로 우리의 원수를 잊지 말자'는 뜻의 '오수불망'(吾讐不忘), 한인 이주사 연구에 중요 사료인 '북간도 그 과거와 현재'와 '아령실기'(俄領實記), 여성 사회주의 독립운동가 전기 '김알렉산드라 소전', '동학당 폭동', '의병전', 희곡 '함흥민요', 한글소설 '금강산' 등이 대표적이라고 할 수 있다.

말년에 선생은 막내아들 계학림의 집에서 지내다가 1959년 7월 5일 향년 80세로 카자흐스탄 크질오르다에서 타계 크질오르다 공동묘지에 묻혔다. 1968년에는 부인 김야간과 합장했다.

대한민국 정부는 선생의 공적을 인정 1995년 건국훈장 독립장을 추서했고, 선생 부부의 유해를 2019년 4월 21일 국내로 봉환했다. 그리고 선생께서 꿈에 그리던 고국 땅 서울 현충원에 안장됐다.

박정순 시인

○ 전설의 영화 〈아리랑〉과 **나운규**

나운규(羅雲奎) 선생

[1902년 5월 4일 ~ 1937년 8월 9일]
함경북도 회령 출생으로 본관은 나주(羅州)이며 호(號)는 춘사(春史)이다. 일제 강점기 한국의 독립운동가이자 영화인이다. 대한민국 영화계의 선구자로 그가 만든 영화에는 독립에 대한 열망과 이를 위한 실천이 깔려있다. 대한민국 정부는 그의 공로를 기려 1993년 8월 건국훈장 애국장을 추서하였다.

아리랑의 첫 장면은 "고양이와 개"라는 상징 자막으로 시작된다.
조선 민족을 "고양이"로, 일제를 "개"로 상징하고 있는 것이다.

– 본문 중에서

전설의 영화 〈아리랑〉과 나운규

박정순 시인

국제관계가 급진적으로 냉전시대로 접어들고 있다. 2022년 새해 들어 7번의 미사일발사를 쏘아 올려 긴장의 수위를 높이고 있는 북한이다. 미국이 겉으로는 대화의 공을 북한에 보냈다고 하지만 바이든 행정부는 "북한과 대화를 위한 그 어떠한 제스처를 취하지 않았다."고 국제 정치학자들은 비판한다. 일본은 미국의 필요성이 무엇인지 감지하고 〈독도〉가 자국의 땅이라는 침략을 한.미.일 외교장관 회의 발표장에서 노골적으로 드러내 미국을 당황하게 했다. 세계 어디에 가서 살아도 한국인들이 잊지 않고 부를 줄 아는 민요 〈아리랑〉처럼 한민족은 어디에 있어도 가슴에 저마다의 독도를 품고 있다. 일제 침탈기하에 잃어버린 동해의 명칭 복원을 해야하듯 한국이 무단 점령했다는 우리의 땅을 일본의 망말을 조금이라도 허락해서도 안될것이며 〈아리랑〉이 중국 조선족의 민요로 대표되어서도 안될 것이다.

어쩌면 국제정치가 냉전구도로 가고 있는 지금이야말로 남북한이 온힘을 합쳐 평화를 위한 아리랑 고개를 넘을 때라고 생각한다. 남북한이 갖고 있는 우리안의 분노와 불안의 복병들에게 휘둘릴 때는 더욱 아니기 때문이다. 2018년 평창 올림픽 개막식을 텔레비전으로 보면서 노 가객이 부른 〈아리랑〉이 나도 모르게 울컥해졌다. 그가 부르는 아리랑에서 타국에 사는 나의 설움도 녹여 있는 것 같았다. 이민자로서 사는 내 삶에 울컥했고 남북한의 화합이 울컥했던 그 뜨거움의 연결고리 아리랑은 올림픽이라는 무대가 그것을 한층 더 분명하게 해주는 것인지도 모른다. 아리랑. 아리랑, 아라리요. 우리에겐 아직도 넘어야 할 아리랑 고개가 여전히 남아 있다. 팔순의 노가객은 세계인들을 향해, 그렇게 울음을 삼키면서, 우리의 한(恨)을 전했듯이 나운규가 영화〈아리랑〉을 통해 토해낸 민족의 아픔, 일본에게 대항하고자 하는 그의 항일정신은 그것을 본 사람들이면 똑같이 그 설움을 함께 했기에 〈아리랑〉이 어느새 우리민족의 노래가 되었다. 아리랑의 기원은 정확히 언제인지는 알 수 없으나 거슬러 올라가면 삼국시대의 언어를 발견할 수 있다고 한다. 즉 아리랑의 아리는 ①'고운' '아리따운'의 뜻과 ②가슴이 '아리'도록 '사무치게 그리운'의 뜻이 함께 중첩되어 담긴 옛말임을 간단히 논급하였다. 또한 '랑'은 '님'으로서, 한자가 삼국시대에 처음 보급되기 시작할 때 '랑(郎·娘)'으로 이국적 멋을 내어 호칭어로 사용되었다는 점을 밝히면서, 신라 향가의 '죽지랑가(竹旨郎歌)', '기파랑가(耆婆郎歌)'의 예를 증거로 들

었다. 또한 '아라리'는 '가슴앓이' '상사병'의 옛말임을 밝혔었다.[1]

나운규의 1926년 영화 〈아리랑〉은 민요 〈아리랑〉에 민족의식이 깊이 들어간 민족 가요 〈아리랑〉으로 변화를 일으켰다. 노랫말은 나운규가 어린 시절 고향, 회령에서 철도노동자들이 흥얼거리는 기억을 회상하여 영화〈아리랑〉에 접목시켰던 것이다. 이런 한국인의 민요 〈아리랑〉을 "중국의 소수민족의 하나인 조선족의 민요로 유네스코에 등재했다"는 자료를 읽고 너무나 놀랐다. 애국지사기념사업회가 주관하고 독립운동가들을 찾아 쓰고 있는 지사들의 이야기가 그 어느때보다 중요하다는 생각이 든다. 〈아리랑〉은 중국의 소주민족이 아닌, 한반도에 살고있는 한민족의민요이기에 더욱더 우리것을 입증하고자하는 사명감마저 드는 것이다.

조선의 밝은 새 공동체의 영지

나운규(1902-1937)는 대한제국 무관 출신인 나형권의 아들로서1902년 10월 27일 함경북도 회령에서 태어났다. 호는 춘사(春史), 회령보통학교를 졸업 후 간도의 명동중학에서 수학했다.

1) 신용하 〈아리랑 신화에 숨은인물〉

함경북도 회령과 종성에서 유학자로 이름이 높던 문병규(文秉奎), 남종구(南宗九), 김약연(金躍淵), 김하규(金河奎) 등이 1899년 2월 18일 가문을 이끌고 집단으로 이주하여 공동체 마을을 세운곳이 있다. 원래는 '비둘기바위'라는 뜻의 '부걸라재'라고 불렸던 곳이지만, '밝은 조선 민족의 새 공동체'라는 뜻에서 '명동(明東)'이라고 이름을 붙였다. 김약연과 김하규, 남종구의 아들인 남위언은 민족의 인재를 양성하기 위해 1901년부터 각각 규암재, 소암재, 오룡재는 사숙을 열어 교육을 시작하였다. 1906년 이상설(李相卨)과 이동녕(李東寧), 박정서(朴禎瑞), 여준(呂準) 등이 룽징에 근대적 민족교육기관인 서전서숙을 세우자, 김약연은 남위언과 사촌동생인 김학연 등을 보내 신학문을 배우게 하였다. 명동서숙은 1909년 이름을 명동학교로 바꾸고 김약연이 교장이 되었으며, 신민회의 북간도 교육단 실무 책임자로 파견된 정재면을 교사로 초빙하며 기독교 교육과 민족 교육을 결합하였다. 1910년에는 중등교육과정이 설치되었고, 역사학자 황의돈, 한글학자 장지영, 박태환(朴兌桓) 등이 교사로 초빙되었다.[2]

1911년에는 또 연변에서의 첫 여자민족학교를 세우기에 이른다. "기골이 장대하고 힘이 무진장했던 김약연은 무슨 일에나 앞장섰다 한다. 나무를 메도 세사람 몫을 담당했고 기와나 벽돌을 구울 때에도 힘든 일을 남먼저 하면서 기술을 제자와

2) 네이브 백과사전

마을사람들에게 남김없이 배워주었다. 후학들의 교육사업을 위하여 자신들의 토지가운데서 십분의 일의 제일 좋은 토지를 학전으로 바쳐 공동소유로 하게 하였는데 1930년대에는 8만평으로 늘어났다. 그는 자기의 재산을 거의 전부 공동체에 바쳤다."[3]

교육의 중요성

나운규가 다녔던 명동학교는 수 많은 애국지사와 독립운동가를 배출한 민족의 학교이다. 1919년 3·1만세운동을 회령에서, 만세운동을 주도한 명동학교 학생들은 일본 경찰의 수배를 받았다. 나운규 또한 이로 인해 일본 경찰의 수배를 피해 연해주로 피신하였다. 수배를 피해 머문 연해주에서 러시아 백군[4]의 용병으로 입영했다가 용병생활에 대한 회의로 다시 간도로 돌아왔다. 그곳에서 은사였던 박용운을 만나 독립군의 도판부에 가입하였다.항일투쟁을 위해 도판부에서 폭파 작업을 하는 것보다 더 큰 항일투쟁을 위해 학문의 길을 선택하는 것이 옳다고 생각한 나운규는 연희전문학교 예비학생으로 입학한다. 도판부는 독립군이 간도에서 회령으로 진격하기 전 터널이나 전신주를 파괴하는 임무를 띤 독립군의 결사대였다.

---

3) 김철호 -우리 력사 바로 알고 삽시다-에서
4) 백군은 볼세비키 혁명의 붉은 군대와 싸워 패함으로 처형되거나 국외로 피신함

1920년 8월 일제는 '간도지방 불령선인 초토계획'을 훈춘사건을 사주하게 된다. 훈춘사건이란 간도는 중국땅이었으므로 어떻게든 일본 군대를 보낼 구실을 만들기 위해 1920.10월 일제는 만주 마적 수령 장강호를 매수하였다. 마적수령 장강호에게 "훈춘지역을 습격하라"고 명했으며 마적단 400명이 훈춘지역을 습격해서 일본영사관을 방화하고 일본경찰관을 살해하고 도망가버림으로서 일본은 이 습격이 "조선 독립군의 소행"이라고 누명을 씌웠다. 간도에 일본군의 파견을 필요로 했던 구실을 이렇게 조작된 사건으로 그들의 목적을 이룬 것이다. '훈춘사건'[5]을 일으켜 북간도로 출병한 일본은 독립군 부대인 도판부 관련 비밀문서를 획득했다. '청회선(청진-회령)터널' 폭파 미수사건으로 나운규의 스승이며 도판부 책임자인 박용운을 체포하고 이어 서울에서 연희학교에 예비입학한 나운규를 비롯한 관련자들을 체포했다. 나운규는 보안법 위반으로 2년형을 언도받고 1921년 3월부터 1923년 3월까지 청진형무소에서 복역했다.

종합 예술의 길로 가다

　　1900년도쯤에 조선에 영화가 들어왔다. 1910년 한일병합

---

5) 1920년 봉오동 전투에서 패배한 일본이 중국의 마적을 매수하여 일본 영사관을 공격하게 하고 이를 구실로 독립군 기지를 공격함.

조선에서 영화는 대중들 사이에서 점차 뿌리를 내리게 되었다. 영화는 과학과 예술, 철학과 자본이 결합된 총체적인 예술로서 그 나라의 정치 수준과 경제력. 문화를 가늠하는 잣대가 될 수 있다. 아놀드 토인비(Arnold J.Toynbee. 1889-1975)는 영화를 현대가 낳은 문명의 창조적 유산이라고 정의하였다. 침략을 강행한 일본의 손에 의해 영화가 소개되었고 일제의 지배 아래 검열을 받았던 것이다. 그럼에도 불구하고 나운규의 〈아리랑〉을 정점으로 민족정신에 입각한 항일유산으로 이어 받은 것은 더없이 값진 일이었다.

나운규의 〈아리랑〉은 1926년 그의 나이 22세에 〈조선 키네마 프러덕션〉의 3회 작품으로 제작 되었다. 제작당시 일제의 검열을 피하기 위해 나운규는 원작자를 일본인 쓰모리에게 김창근이라는 가명으로 일제의 검열을 피할 수 있었다. 일본은 영화를 제작하기 이전부터 검열을 위한 제도적 장치를 마련하였다. 아직 국내에 영화가 제작되기 전이어서 수입한 외국영화에 대한 검열을 실시하기 위해서 마련하였던 것이지만 이 법은 영화가 성장하면서 점차 개악을 거듭하게 된다. 검열에 있어서 그들은 영화업자가 각도에 산재되어 있는 경찰서에서 상영예정 작품들에 대한 설명대본을 첨부하여 허가신청을 해야했다. 이를 검토한 후 해당 경찰서 보안과에서 작품의 내용을 검열한 후 경찰서장의 검열인을 찍음으로써 허가를 하였다. 이러한 불합리 외에도 영화가 상영되는 시점과 장소에 따라 재검열을 받아야 하는 복잡한 절차를 갖고 있었다. 또한 영화가 상영 중에는 극장 내에 임검석을 두어 극장의 질서와 분위기를 단속하였다. 서울의 경우는 총독부 산하에 직접 영사기를 설치하여 흥행예정 작품을 상영, 내용, 변사의 대사까지 검열을 실시 하였다

나운규의 영화 〈아리랑〉의 시나리오를 쓴 작가이며 영화를 만든 감독이며 또한 영화속의 배우였던 것이다. 상징은 무기력한 조선인의 좌절이 아니라 낫으로 상징되는 무장투쟁과 조선인의 강한 저항의 갈등구조는 영화를 본 사람들의 집단적 카타르시스화를 가져왔다. 영화의 표현방법은 당시 에이젠슈타인(Eisentstein)을 비롯한 러시아의 영화인들이 사용한 몽따쥬(Montage)[6]기법을 사용하여 주목을 받았다. 아리랑의 첫 장면은 "고양이와 개"라는 상징 자막으로 시작된다. 조선 민족을 "고양이"로, 일제를 "개"로 상징하고 있는 것이다. '개와고양이' 자막에 이어 변사의 해설이 시작된다.

"평화를 노래하고 있던 백성들이 오랜 세월에 쌓이고 쌓인 슬픔의 시를 읊으려고 합니다. 서울에서 철학 공부를 하다가 3·1운동의 충격으로 미쳐 버렸다는 김영진(金永鎭)이라는 청년은……"

정신 이상자인 영진의 눈에는 기호와 다투는 친구의 격투가

---

6) 자막은 대조와 상징과 비유로서 처음으로 시도된 영화 촬영기법 이었다.

마치 장난처럼 느껴져 히죽히죽 웃기만 한다. 그러던 영진은 환상을 본다. 사막에 쓰러진 한쌍의 연인이 지나가는 상인에게 물을 달라고 애원한다. 그러자 상인은 물 한 모금 대신 여자에게 성폭행을 시도한다. 그 순간 영진이 낫을 번쩍 들어 후려치자 상인은 사라지고 영진의 낫에 찔려 쓰러진 것은 기호였다. 영진은 기호가 흘린 피를 바라보며 충격을 받으며 정신을 되찾는다. 영진이 수갑에 차인채 마을 사람들을 보며 말한다.

"여러분, 울지 마십시오. 이 몸이 삼천리강산에 태어났기에 미쳤고 사람을 죽였습니다. 지금 이곳을 떠나는, 떠나려는 이 영진은 죽음의 길을 가는 것이 아니라 갱생의 길을 가는 것이오니 여러분 눈물을 거두어주십시오……."

이러한 변사의 해설과 함께 영진은 일본 경찰에 끌려가면서 주제가 〈아리랑〉이 흐른다.

(민족문화 대백과사전) 중

아리랑 아리랑 아라리요/아리랑 고개로 넘어간다/나를 버리고 가는 님은/십리도 못가서 발병나네/아리랑 아리랑 아라리요/아리랑 고개로 넘어간다/청천 하날엔 별도 만코/우리네 살림사린 말도 만타/아리랑 아리랑 아라리요/아리랑 고개로 넘어간다

영상의 기법을 설명한다면 사막 한가운데서 갈증에 지친 젊은 남녀는 일제의 착취와 억압 아래서 신음하고 있는 민족이

가련한 모습을 상징한 것이다. 이런 상황 속에서 출현한 상인은 목이 마른 젊은이들에게 물과 여자를 교환하자는 장면은 민족혼을 빼앗고 무조건적인 복종만을 강요하는 일제의 잔인한 모습을 상징한 것이다. 즉, 이 사막의 환상장면은 한국영화가 최초로 시도한 몽따쥬였다.

이경손은 '아리랑에 대한 회고'에서 "우리나라 흑백 무성영화 시대의 획기적인 작품으로 서울 장안을 설레게 했다. 〈아리랑〉이야말로 (중략) 마치 어느 의혈단원이 서울 한구석에 폭탄을 던진 듯한 설레임을 느끼게 했다"고 말했다. 민족의 정서가 더없이 절절한 '아리랑'을 삽입함으로써 줄거리의 감동을 더해주었다고 한다. 주제가 〈아리랑〉을 들으며 관객은 나라 잃은 국민의 설움을 뼈저리게 느끼면서 영진과 더불어 뜨거운 눈물을 흘려야 했다.이로부터 아리랑은 우리 민족의 정서를 대표하는 노래로 자리매김하였다. 당시 동아일보부장이었던 주요섭의 극찬으로 조선일보는 판매금지를 당했다고 하니 그 열기를 짐작할 만 하다.[7]

조선키네마프로덕션에서는 〈아리랑〉의 성공으로 나운규에게 곧바로 다음 작품을 만들 기회를 주었다. 나운규는 1926년 〈풍운아〉를 주인공은 나운규가 연기한 니콜라이 박이었다. 시베리아 방랑시절의 나운규를 연상시키는 듯 시베리아에서 건

___
7) 주간 조선일보

너온 인물로 세탁소를 운영하며 고학생들을 돕고 악한을 응징하는 영웅적인 인물이다. 민족의 고된 현실, 자기의 땅에서 소외 당하고 뿌리 뽑힘 당한 현실과 민족의 독립이라는 이상 속의 괴리를 묘사한 항일정신으로 조국의 현실을 자각시키고자 한 것이다. 이 작품 역시 큰 성공을 거두었으며 시나리오 없이 촬영이 진행되었고 이로 인해 함께 했던 동료들과 갈등을 빚는다. 결국 나운규의 독선적인 행동을 이유로 주인규 등은 조선키네마프로덕션을 탈퇴한다.

전설이 된 나운규

성공의 화려한 불빛뒤의 어둠의 그림자는 길고 짙게 드리워졌다. 나운규의 절제하지 못하는 생활과 절망에 빠져 유랑극을 따라 다니는 것을 보고 영화인들과 친구들은 우려와 불안의 충고를 아끼지 않았다. 특히 심훈은 "천인비봉 千仞飛鳳 기불탁속 饑不啄粟(봉황은 천 길을 날며 배가고파도 조 따위는 먹지 않는다)"라며 나운규의 몰락을 안타까워했다. 아리랑을 만들기 전, 나운규는 어느 신문에 실린 무명작가의 소설을 읽고 영화로 만들어 보고 싶다는 생각을 한 적이 있었다. 소설가 이태준이 무명 시절에 쓴 〈오몽녀〉였다. 소설의 내용은 〈오몽녀〉라는 여인의 새로운 삶을 찾는 과정이다. 즉 가난하기에 돈에 팔려 간 여인이 고난 끝에 어부 총각과 새로운 삶을 위해 탈출하는 상승구조의 이야기이다. 또한 그녀의 애정 이면에는 식민지 치하여 일본 순경들의 조선여인을 성폭행또한 현실비판으로 적용했다고 볼 수 있다. 당시 이태준은 병으로 성북동 집에서 정양 중이었으며 나운규 역시 폐병으로 고생하고 있었으며 병중이지만 영화에 대한 애정은 그 어느때보다 뜨거웠다. 이태준은 나운규의 요구를 승낙했고 일본의 검열을 고려하여 고칠 부분을 이태준과 상의하고 영화제작에 착수했다.

촬영은 강원도에서 진행되었으며 병든 몸으로 힘들게 완성한 〈오몽녀〉는 1937년 1월 20일 단성사에서 개봉되었다. 건강이 완쾌되지 않았음에도 불구하고 무성영화로 제작했던 〈사랑을 찾아서〉를 발성판으로 바꾸기 위해 일본을 다녀옴으로 그의 병은 더욱 악화되었다. 1937년 8월 9일 나운규는 향년 36세로 작가이며 배우였던 천재감독은 그렇게 전설처럼 다시 돌아오지 않는 먼 길을 떠났다. 영결식은 11일 〈아리랑〉이 개봉되었던 단성사에서 열렸다.

나운규는 영화감독으로 시나리오 작가로 그리고 배우로 활동한 15년 동안 29편의 작품을 남겼고 26편의 영화에 출연했다. 〈잘 있거라〉(1927), 〈옥녀(玉女)〉(1928), 〈사랑을 찾아서〉(1928), 〈사나이〉(1928), 〈벙어리 삼룡〉(1929)등의 영화를 만들었다. 이중 〈사랑을 찾아서〉는 〈두만강을 건너서〉라는 원래 제목이 검열에 문제가 되어 제목을 바꾸어야 했던 작품으로 독립군으로 활약하던 시기의 경험이 바탕이 되었다. 또한 〈벙어리 삼룡〉은 나도향(羅稻香)이 쓴 동명의 소설을 각색한 문예영화였다. 그의 작품 목록(필모그래피 filmography)은 한국영화의 성장과정이 되었고, 그의 천재적인 재능은 영화계에 전설같은 삶을 살다 36세에 병으로 생을 마감하였다.

〈민족문화대백과사전〉의 '나운규' 항목은 다음과 같은 최상의 찬사로 마무리된다.

"온갖 악법과 법에 앞선 무력에 의한 상시적인 억압에도 불구하고 민족영화는 각기 다른 내용과 형식을 갖고 민족의 독립이라는 주제를 형성시켜 나갔다. 정치적 영향력이 생활의 미세한 부분까지 관철되는 암울한 식민지 시대에 오락으로서의 영화에서 항일의 무기, 해방의 도구로써 영화를 제작하고, 표현에 있어서도 예술적 창원으로까지 향상 시킨 아리랑은 암흑시대에 민족영화의 새로운 지평을 열었음을 확인할 수 있었다. 아울러 민족이란 그 지역적 기반과 함께 문화적 기반이 없이는 형성되지 않는다는 일반론에 기초하여 생각해 볼 때 민족영화의 기반도 유구한 역사 속에서 형성된 문화적 전통이라는 맥락아래 배태한 것임을 확인할 수 있었다. 많은 신생국들이 외세에 대한 저항 투쟁을 중심으로 새로운 국가이념을 갖고 자주의식을 배우며 선열들의 정신을 계승하는 교육을 실시하고 있음에 비추어 이러한 민족영화의 유산은 영화세대가 꾸려나가는 영화에 입장에서나 민족적인 입장에서 더없이 고귀한 일이 될 것이다. 더불어 일제 아래서의 민족영화의 의미와 성과는 결코 어느 한 시대에 국한된 일과적인 것은 아니다. 통일을 지향하는 현단계로부터 통일 이후의 미래에 이르기까지 민족영화의 성과와 전통은 때로는 자극제로써 촉매제로써, 때로는 부담으로써 우리 앞에 자리매김하게 될 것이다"[8]

그가 우리에게 남긴 항일정신을 〈아리랑〉을 통해 한민족에겐 언제 어느곳에 있어도 이용가치 때문에 사랑하는 것이 아니라 우리 것이기 때문에 사랑하는 것, 그것이 〈아리랑〉이고 또 저마다 가슴에 하나씩 품고 사는 〈독도〉이다. 그가 남긴 〈아리랑〉 1926년 작, 1930년 작, 그리고 1936년 작(발성영화)로 제작되었지만 모두 필름의 행방을 알 수 없다고 한다. 향후 더 많은 연구가들에 의해 그의 잃어버린 필름을 찾기를 희망해본다. 나운규는 1993년 건국훈장 애국장을 추서 받았다.

〈이 글은 본회의 편집방향과 다를 수 있음을 밝혀둡니다. 아울러 이 글에 대한 모든 권한은 필자에게 있습니다.〉

---

8) 민족문화대 백과사전

손정숙 수필가

○ 유관순 열사의 스승 **김란사** 선생

김란사(金蘭史) 선생

[1872년 9월 1일 ~ 1919년 3월 10일]
평양 출신으로 미국의 오하이오 웨슬리언 대학교에서 한국여성 최초로 문학사 학위를 취득했다. 일제강점기의 교육자, 여성운동가, 독립운동가로 활동하다가 의문의 죽음을 맞았다. 대한민국 정부에서는 그의 공을 기려 1995년 건국훈장 애족장을 추서했다.

이화학당장 룰루 프라이(Lulu E. Frey)에게 "저에게 부디 빛을 찾을 수 있는 기회를 주십시오"라고 간청했던 김란사 선생은 제자인 유관순에게 "조선을 밝히는 등불이 되어다오"라고 당부했다.

– 김란사의 말

유관순 열사의 스승 김란사 선생

손정숙 수필가

등불을 밝히러 떠나는 귀부인의 여정

청일전쟁의 포화가 조선반도를 혼절시키던 1894년 어느 날 밤이었다. 누군가 서울 이화학당의 문을 세차게 두드렸다. 학당장 룰루 프라이(Lulu E. Frey)가 문을 열고 나가 보니 뜻밖에도 하인을 거느린 귀부인이 서 있었다. 귀부인은 학당장에게 입학허락을 간청했다. 그러나 기혼자에겐 입학을 허락 할 수 없다고 거절했다. 그러자 귀부인은 하인이 들고 있던 등불을 낚아채어 입으로 훅 불어 끄더니 이렇게 말했다.

"우리나라가 이렇게 암담합니다. 저에게 부디 빛을 찾을 수 있는 기회를 주십시오. 어머니들이 배우고 알아야 우리 자식들을 가르칠 수 있지 않겠습니까?"

이렇게 간곡하고 당찬 설득 끝에 학비를 자비로 부담한다는 조건으로 귀부인은 룰루 프라이 교장으로부터 입학을 허가를 받아냈다. 이 귀부인이 바로 우리나라 최초의 여성 유학생이었던 독립운동가 김란사 선생이다.

김란사는 고종 9년인 1872년 평양의 전주김씨 문중의 김병훈과 이씨 부인 사이에 1남 1녀 중 장녀로 태어났다. 어린 시절에는 서울 평동 32번지에서 살면서 부모님으로부터 한학을 배웠다. 그러다가 무역업자인 아버지를 돕기 위해 인천으로 이사했다.

1893년 17살 연상의 인천항 감리서 고위관리이며 독립운동가인 하상기(河相驥)와 결혼했다. 하상기는 전 부인 조씨와 사별하고 김란사와 재혼했지만 김란사에 대한 애정은 한결같았다. 이화학당에 입학하는데도 남편의 응원이 큰 힘이 된 것이 물론이다. 김란사는 그런 남편을 존경했다. 그 증거로 외출할 때는 항상 남편의 얼굴이 새겨진 배지를 착용했다고 한다.

이화학당에 입학한 김란사는 고종 31년인 1894년 이화학당의 1년간의 과정을 마쳤다. 이화학당에서 영어와 신학문을 배우고 개신교 신자가 되어 낸시(Nancy)라는 세례명도 받았다. 본명은 밝혀지지 않고 있으나 '란사'로 개명했다. 성씨가 김 씨이므로 김란사가 된 것이다. 항간에는 하란사라는 이름이 떠돌고 있으나 이는 착오이다. 미국에 입국할 때 입국심사관에게 남편의 성이 하씨라고 하여 붙여진 이름에서 연유된 것이다.

이완용에게 관비유학 청원

이화학당을 마친 김란사는 1895년 3월 한국여성 최초로 일본유학길에 올랐다. 처음에 자비(自費)로 게이오의숙(慶應義塾)에서 공부하였는데 5월에 100여명의 관비유학생들이 파견된 사실을 알게 되어 학부대신 이완용에게 자신도 관비유학생들과 같은 감독을 받기를 원한다고 청원하였다.

이완용이 김란사의 청원을 수용하고 외부대신 김윤식에게 청원내용을 알렸으며, 이를 다시 일본공사에게 전달하여 결국 김란사는 관비유학생들에 준하는 대우를 받게 되었다. 그렇게 게이오의숙에서 1년간의 과정을 마치고 1896년에 귀국하였다.

미국유학, 한국 여성 최초로 문학사가 되다

김란사 부부는 정동교회에서 서재필의 '미국의 남녀 평등한 활동'이란 강연을 듣고 1897년 미국 유학길에 올랐다. 이 때 남편의 성을 따르는 미국 관습에 따라 입국신고서에 하란사

(Nansa Ha)로 기재하였다. 그 후로 김란사는 하란사로 알려지게 되었다. 훈장증과 공훈록에도 하란사로 기재되었다가 유족의 요청으로 2018년 정정되었다.

김란사는 1898년부터 워싱턴 D.C.의 하워드 대학교에서 2년간 신학(神學, theology)을 공부하고, 워싱턴에 있는 데코네스 학원에서도 수학했다. 1900년에는 오하이오 웨슬리언 대학교(Wesleyan University) 문과에 입학하여 6년 과정을 이수하고 1906년에 대망의 졸업을 하면서 한국 여성 최초로 문학사(신학) 학위를 수여받았다.

김란사는 당시 웨슬리안 대학교에서 수학하고 있던 의친왕 이강을 만나 인연을 맺게 되었다. 이것이 계기가 되어 고종황제가 파리강화회의에 의친왕과 김란사를 밀사(密使)로 파견하였다고 한다.

귀국, 그리고…

김란사는 광무 10년인 1906년 10여년의 미국유학생활을 마치고 귀국했다. 귀국 후 남대문 상동감리교회에서 스크랜튼(Mary F. Scranton) 대부인이 설립한 영어학교의 교사가 되었다. 이 학교는 불우한 형편의 여성들, 배움의 기회를 얻지 못했던 기혼여성들을 위해 설립한 학교로 이후 감리교협성여자신학교에서 지금의 감리교신학대학이 됐다.

스크랜톤 대부인은 1885년(고종 22)에 조선에 입국했다. 김란사와의 인연은 1894년(고종 31)에 김란사가 이화학당에 입학하여 스승과 제자로 만남으로 시작됐다. 김란사는 스승인 스크랜톤 대부인이 과부, 기생, 첩, 궁녀 등 불우한 여성들을 위해 설립한 영어 학교에서 영어와 성경을 가르치면서 여성문제에 대하여 본격적으로 관심을 가지게 되었고, 민족문제에 대해서도 관심을 가지게 되었다.

1907년부터 그는 이화학당(梨花學堂)의 총교사(현재의 교감에 해당됨) 및 기숙사 사감으로 재직하면서 학생들을 엄격히 지도하였다. 그리고 같은 해 이화학당 교사였던 이성회가 조직한 이문회(以文會)라는 학생단체를 지도하면서 민족의 현실과 세계정세를 학생들에게 가르쳤다.

"조선을 밝히는 등불이 되라"

1900년 전후, 이화학당은 전교생들이 모두 하나 이상의 학생단체에 가입해 리더십을 기르고 활발하게 봉사활동에 참여하고 있었다. 김란사, 이성회 선생이 주도한 이화 최초의 학생

자치단체 '이문회'가 대표적이다.

'이문회'라는 명칭은 증자의 '이문회우 이우보인'(以文會友 以友輔仁 -학문을 통해서 벗을 모으고 벗을 통해서 자신의 덕을 키운다)에서 가져온 것이다.

이곳에선 매주 금요일 정기집회를 통해 민족의 현실과 세계 정세에 대한 지식을 나누고, 학생들이 한국 여성 특유의 수줍음을 극복하고 사회지도자로서 성장할 수 있도록 발표력과 토론능력을 기르는 데 활동의 중점을 뒀다.

당시 이화여자보통고등학교생으로 1920년 옥중 만세시위를 주도했다가 일제의 고문으로 서대문형무소에서 운명한 류관순(1918, 이화학당 보통과 졸)도 이문회 출신이다. 김란사는 유관순에게 이문회 가입을 적극 권했다. 그러면서 "조선을 밝히는 등불이 되어다오"라고 당부했다.

조선을 밝히는 등을 점등시킨 교사 김란사

1909년 경희궁에서 대한부인회, 자혜부인회, 한일부인회, 서울시내 각 여학교가 연합하여 외국에서 유학하고 귀국한 김란사, 박에스더, 윤정원을 위한 성대한 환영회를 개최하였다.

그 때 각계인사들이 참석한 가운데 고종황제로부터 은장을 수여받았다.

1910년 9월 이화학당 안에 대학과가 신설되면서 여성을 위한 고등교육이 실시되었을 때 김란사는 한국인으로서 유일하게 교수로 취임하여 4년 동안 혼신의 힘을 다하여 학생들을 가르쳤다.

한편 부인성서강습, 교회활동, 어머니 육아교실 운영에도 적극적으로 참여하였을 뿐만 아니라 앨버슨과 함께 학생들을 지도하여 거리와 농촌으로 나가 전도하는 활동도 열심히 하였다.

1911년부터는 매일학교, 애오개여학교, 종로여학교, 동대문여학교, 동막여학교, 서강여학교, 왕십리여학교, 용머리여학교, 한강여학교에서도 지도교사를 맡아 학생들을 가르쳤다. '호랑이 선생님'으로 불릴 만큼 교육에 있어 엄격했다는 김란사는 남편이 하인을 보내 끼니를 챙길 정도로 신여성 교육에 대한 열정이 대단했다. 그의 여성 교육의 목적은 단순히 여성의 사회적 지위를 높이려는 것이 아니라, 슬기로운 어머니, 나라를 위해 자식을 훌륭하게 키울 수 있는 어머니, 능력 있는 여성을 배출하는 데에 있었다. 그리고 더 나아가서는 조선의 미래를 밝혀나갈 등불인 여성 독립투사를 양성하는 데에 있었다.

할 말을 했던 신여성 김란사

당시 윤치호란 사람이 있었다. 그의 아버지 윤웅렬은 조선 말기에 군부대신과 법부대신을 지낸 후 일제로부터 남작 작위를 받아 '친일반민족행위자'로 분류됐다. 윤치호의 숙부인 윤영렬의 6남 3녀 중 4명, 손자 1명 등 5명이나 친일인명사전에 올라가 있다. 윤치호와 그의 아버지까지 합치면 그의 집안에 친일파가 7명이 되는 셈이다.

윤치호는 1880년대와 1890년대 초반에 일본, 중국, 미국에서 유학생활을 보냈다. 그는 독립협회와 대한자강회의 회장을 지낸 개화·계몽주의자의 핵심 인물이었고, 한국 최초의 미국 남감리회 신자이자 YMCA운동의 지도자였다. 그런 그가 1883년부터 1943년까지 60년 동안 쓴 일기장에 친일로 변화한 자신의 인생을 적나라하게 기록했다. 그의 친일은 일제가 원자폭탄을 맞아 폭삭 망했을 때까지도 대한독립을 결사반대할 정도였다.

그는 "일본에게 덮어놓고 불온한 언동을 부리는 것은 이로운 일이 못된다.", '내선일체만인 살 길이다', "동양의 정원이자 세계의 정원인 축복받는 일본에서 살고 싶다."고 했다. 그런 골수 친일파가 김란사에게 시비를 걸었다가 망신을 당했다.

윤치호는 1911년 7월, 그가 자주 기고하던 'The Korea Mission Field(한국선교현장)'라는 영문선교잡지에 'A Plea For Industrial Training(직업훈련을 위한 간청)'이라는 제목의 글을 기고했다.

그는 그 기고문에서 1910년 미국 방문 당시 목격한 미 공교육의 직업교육체계를 소개하면서 "(미국) 터스키기(Tuskegee)학교에서는 여성들에게 방을 빗자루 질하는 간단한 기술에서부터 여성용 모자를 만드는 정교하고 복잡한 기술까지 가르친다."고 소개했다. 이어 국내 신학교 여성교육의 불만사항 여섯 가지를 나열하면서 "(신)여성들이 요리, 바느질, 빨래, 다림질을 할 줄 모른다."고 비판했다. 한 발 더 나아가 여성들이 "시어머니에게 순종적이지 않다", "학당에 다니는 여성들은 그렇지 않은 여성들에 비해 육체노동을 꺼린다."는 등의 '여성 혐오발언'도 서슴지 않았다. 그러면서 한복 만들기, 설거지, 다림질, 요리, 자수, 뜨개질, 빗질, 먼지 털기 등이 "평균적인 여성들에게 필요한 것들"이라며 열두 가지 교육과정을 제안하기도 했다.

윤치호의 이 같은 불편한 심정은 당시 신여성 교육을 받은 여성들이 앞날이 캄캄한 조선의 등불로 점등되어가는 현실이 두려웠던 것이리라. 친일파다운 발상이고 행동이었던 것이다, 한편 조선의 미래를 위해 불철주야 신여성 교육의 중심에 서있던 김란사 입장에서는 또 다른 의미에서 불편한 심기를 감출 수 없었으리라.

김란사도 할 말은 해야 직성이 풀리는 성격이었다. 그래서 같은 선교지 12월호에 윤치호의 속이 들여다보이는 비판을 거침없이 반박하는 글을 'A Protest'(항의)라는 제목으로 기고했다.

김란사는 항의문에서 "그가 슬프게도 정보를 잘못 알고 있거나 맹목적인 편견을 갖고 있다는 확신이 든다"고 전제한 뒤, "이화학당이나 정신여학교 졸업생들이 요리할 줄 모른다고 해서 비난 받아서는 안 되며, 옷감 재단, 바느질, 빨래, 다림질을 모르는 것에 불만을 가져서는 안 된다"고 지적했다. 나아가서 "미국이나 유럽에서도 고등학교 졸업생들이 요리와 바느질을 잘하지는 않는다는 것을 깨달아야 한다."면서 여성교육의 목적이 윤치호의 주장처럼 '집안일 잘하는 가정주부, 순종적인 며느리'를 기르는 데 있지 않다고 반박했다. 이어 윤치호가 이전의 서양교육과 교화에도 불구하고 여전히 전통적인 동양적 여성관에 머물러 있다는 점을 분명히 지적했다. 논쟁은 그것으로 끝이었다. 윤치호가 어떤 이유에선지 침묵했기 때문이었다.

다시 밟은 미국 땅에서 김란사는

1916년 미국 뉴욕 주 사라토가에서 열린 세계 감리교 총회에 신흥우 박사와 함께 참석하였다. 1개월간의 회의가 끝난 이후에도 홀로 남아서 순회강연을 하며 해외 교포들에게 독립사상을 고취시켰다. 1918년에는 20여 년 동안 친분관계를 맺어왔던 도산 안창호의 도움을 받아 순회강연에서 모금한 돈과 하와이 교포들의 주선으로 파이프 오르간을 구입하여 정동교회에 기증하였다.

일본 시카고 영사가 1917년 9월 19일 본국 외무대신에게 보낸 기밀문서에 김란사가 1917년 9월 20일 의친왕의 처남 김춘기를 비롯하여 조선인 청년 수명(數名)을 인솔하고 귀국길에 오를 예정이라고 다음과 같이 보고하였다.

"21세 때 김춘기는 미국에 건너가 네브라스카주 오마하로가 연합태평양철도회사에서 서기로 1년 동안 근무하다가 캘리포니아주 포클리시 캘리포니아 관립대학교 상과에 입학하여 1년간 수학하였고 대정(大正) 6년 10월 13일 경성으로 돌아와 원적지로 돌아갔다." 김춘기는 의친왕의 최측근으로서 2년 후에 추진하는 의친왕 망명 미수 사건에도 깊이 관련되었던 인물이다.

왕의 밀명을 받고 떠난 여정

김란사는 경술국치 이후 국권회복을 위하여 독립운동가들과 긴밀한 연락관계를 유지하였다. 또한 능통한 영어실력으로 여러 선교사들과 특별한 친분관계를 유지했다. 그 뿐만 아니라 궁궐에 자주 입궐하면서 고종황제의 통역도 하였고, 엄귀비와도 친분이 두터웠다.

김란사는 엄귀비에게 대한제국이 국권을 회복하기 위해서는 일본을 멀리하고 미국과 친분을 맺어야 한다고 주장하였다. 특히 여성교육을 위하여 근대적인 학교를 많이 세워야 한다는 점을 역설하여 엄귀비가 진명, 숙명여학교를 설립하는데 중요한 역할을 하였다.

고종황제는 1918년 6월 의친왕과 김란사를 파리강화회의에 극비리에 밀사(密使)로 파견하여 일본의 조선 침략에 대한 부당함, 조선의 억울함 등을 알리고, 민족의 독립의지를 표명하려는 계획을 세웠다. 그리고 정동교회 담임목사를 역임하였던 손정도 목사를 비롯하여 현순 목사와 최창식에게 두 밀사를 파리까지 안전하게 안내하라는 밀명을 내렸다.

그런데 고종황제가 1919년 1월 21일 덕수궁 함녕전에서 뜻밖에 붕어(崩御)하는 불행한 사건이 발생하면서 이러한 계획은 중단되었다. 그러나 김란사는 국권회복을 위한 투철한 사명감을 가지고 손정도 목사를 만나러 베이징(北京)행을 단행하기로 결심하고 기회를 엿보던 중, 1919년 1월말에 국경을 넘어 2월에 베이징에 도착하였다.

비극으로 끝난 여정

때를 맞추어 손정도 목사도 상하이에서 김란사를 만나러 베이징(北京)으로 갔다. 그런데 갑자기 건강이 악화되어 합달문내(哈達門內)에 감리교회에서 운영하는 가영병원에 입원을 하게 되었다. 그래서 두 사람은 결국 만나지 못하게 되는 안타까운 일이 발생하였다. 갑작스런 소식에 망연자실하고 있을 때 동포들로부터 만찬초대를 받았다. 그런데 이건 또 무슨 변고란 말인가?

김란사가 동포들이 마련해준 그 만찬회에서 먹은 음식으로 인해 3일 만에 베이징 협화의원(協和醫院)에서 급서하는 일이 벌어지고 만 것이다. 1919년 4월 10일, 향년 45세로 의문의 죽음을 맞이한 것이다.

당시 장례식에 참석하였던 미국 성공회 책임자 베커와 김란사의 남편은 시신이 검게 변해 있었다고 증언했다. 또한 당시 일본 외무성 기밀문서 '제120호'에 김란사의 죽음을 '극약을 먹고 자살한 것'이라 추측한 점 등을 보아 김란사는 일제에 의해 독살된 것이 분명해 보인다. 그런데도 보훈처 공훈록에는 감염병에 의한 사망으로 설명하고 있다. 하지만, '일제 밀정에 의한 독살'이라는 설이 아직까지도 제기되고 있다.

암울한 시대에 태어나 자신과 조국의 앞날에 불을 밝히고자 신학문을 배운 김란사. 그는 마침내 스스로 조선 여성의 등불이 되었고 제자 유관순을 민족의 등불로 키웠다.

국가보훈처는 김란사가 "여성의 애국정신을 고취했다"는 공로를 인정, 1995년 건국훈장 애족장을 추서했다.

[특집·1]

문학박사들의 애국지사 이야기

문학박사, 시인, 한일문화어울림연구소장
이윤옥

인물로 보는 여성독립운동사

문학박사, 시인, 문학평론가
심종숙

독립운동가 만해 한용운의 '님'

이윤옥
문학박사, 시인, 한일문화어울림연구소장

한국외대 문학박사. 일본 와세다대학 객원연구원, 한국외대연수평가원 교수를 역임했으며 한일문화어울림연구소장으로 활동 중이다. 지은 책으로는 『인물로 보는 여성독립운동사』, 『46인의 여성독립운동가 발자취를 찾아서』, 시와 역사로 읽는 『서간도에 들꽃 피다』(전10권), 『여성독립운동가 300인 인물사전』 등 여성독립운동 관련 저서 19권 외 다수.

인물로 보는 여성독립운동사

이 윤 옥 문학박사, 시인, 한일문화어울림연구소장

1. 머리말

필자는 지난해(2021)《인물로 보는 여성독립운동사》라는 제목의 책을 한 권 펴냈다. 독립운동사에서 구태여 '여성독립운동사'를 구분할 필요가 있냐고 누군가가 묻는다면 나는 단호히 '그렇다'고 말하고 싶다. 왜냐하면 그간 나온 '한국독립운동사' 책에는 같은 사건이라도 여성의 활약상이나 이름 등이 거의 등장하지 않고 있기 때문이다. 그래서 오래전부터 여성들의 활약상을 드러내는 '여성독립운동사'를 쓰고 싶었다. 주지하는 바와 같이 독립운동이 남녀노소, 빈부귀천, 학식의 높고 낮음과는 무관하게 펼쳐졌음에도 '독립운동사'는 주로 '남성 위주, 학식이 있는 사람, 직업을 가진 사람들' 위주로 쓰였다. 따라서 이 책에서는 시대별로 일어난 사건을 서술하되 특히 여성들의 활약상에 초점을 두고 집필했다. 한국독립운동사의 도도한 물줄기 속에서 여성들은 과연 어떠한 역할을 했는지 이번 『애국지사들의 이야기·6호』에서는 각 시대별 여성들의 활약상을 중심으로 간략히 소개하고자 한다.

2. 각 시대별 여성들의 활약

(1) 1910년대 여성독립운동

1) 3·1만세운동과 여성의 활약

"우리도 비록 규중에서 생활하며 지식이 적고 신체가 연약한 아녀자의 무리이나 다 같은 국민이요, 양심은 한가지다. 용기가 월등하고 지식이 높은 영웅 도사도 뜻을 이루지 못하고 억울하게 세상을 마친 사람이 허다하건만, 비록 지극히 어리석은 아녀자라도 정성이 극도에 달하면 반드시 원하는 것을 이루는 것은 소소한 하늘의 이치이다."

이는 1919년 2월, 중국 길림에서 발표된 대한독립여자선언서로 1,290자의 순 한글로 작성되었으며 김인종·김숙경·김옥경·고순경·김숙원·최영자·박봉희·이정숙 등 대표자 8명의 이름이 또렷이 새겨져 있는 여성이 만든 독립선언서다. 1919년 3월 1일, 이 땅에서 일어난 3·1만세운동은 독립운동사 가운데 가장 위대하고 중요한 겨레의 외침이었다. 민족의 사활을 걸고 들불처럼 일었던 3·1만세운동은 3월 상순까지 서울을 비롯하여 경기도·황해도·평안도·함경남도 등에서 종교인·청년·학생·시민이 중심이 되어 확산되어 갔다. 중순부터는 남부지방으로 확산하면서 농민·노동자 등이 광범위하게 참가하였으며 3월 하순에서 4월 상순까지 더욱 확대되어 최고조에 달하였다.

3·1만세운동의 위대성은 일부 특수계층만의 참여가 아닌 조선 민중 전체의 참여라는 점을 꼽을 수 있다. 그 가운데 여성들의 참여 또한 눈부셨다. 3·1만세운동에 참여한 여학생은 약 1만여 명이며, 총 기소인 9,411명 중 여자가 587명이고, 제1심 유죄 판결자 8,471명 중 여자는 153명, 제3심 유죄 판결자 7,816명 중 여자가 129명이었다. 이처럼 여성들의 활동이 두

드러졌지만, 독립운동사에서 여성들의 활약은 크게 다뤄지지 않았다. 그나마 위안이 되는 부분은 국민의 관심을 독차지한 여성으로 유관순 열사를 꼽을 수 있다. 그러나 같은 시기에 만세시위로 잡혀 들어간 여학생은 유관순 열사 말고도 헤아릴 수 없이 많다. 유관순 열사가 잡혀 들어간 서대문형무소의 경우만 하더라도 10대 소녀들의 구속 상황은 58명에 이른다. 필자는 국사편찬위원회 소장 일제감시대상인물카드(서대문형무소카드) 6,264장을 일일이 조사하여 이러한 사실을 확인했다. 그러나 유감스럽게도 10대 수감자 58명 가운데 국가로부터 독립유공자로 포상을 받은 사람은 유관순, 노순경, 동풍신 등 29명에 불과하고 나머지 29명은 아직도 미포상 (2022년 2월 25일 현재)상태다.

김순호, 김의순, 김진현, 남의현, 노숙인, 노순경, 동풍신, 문상옥, 민금봉, 민인숙, 박경자, 박성녀, 박소순, 박신삼, 박양순, 박진홍, 박하경, 석경덕, 성혜자, 소은명, 소은숙, 손영희, 송계월, 송봉우, 신명례, 심계월, 안옥자, 안임순, 안희경, 왕종순, 유관순, 윤경옥, 윤옥분, 이남규, 이병희, 이수희, 이순옥, 이신도, 이신천, 이영자, 이예분, 이용녀, 임순득, 임춘자, 전숙희, 정갑복, 정형길, 조금옥, 조숙현, 지은원, 최경창, 최난씨, 최승원, 최윤숙, 최정옥, 최화순, 한수자, 허분적, 허연죽

표1. 국사편찬위원회 소장 일제감시대상인물카드, 필자 조사, 밑줄 부분이 미포상자임 (2022.2.25. 현재)

특히 김성재 지사를 포함한 배화여학교 학생들은 전국적으로 일어났던 1919년 3·1만세운동에 참여하지 못하고 이듬해 1주년이 되는 해인 1920년에서야 참여하였다. 이들이 3·1만세운동 1주년 때에서야 참여하게 된 까닭은 당시 스미스 교장 선생의 철저한 감시 때문이었다. 거족적인 1919년 3·1만세운동을 앞두고 배화여학교 학생들은 서울 시내 학생들과 연대하여 만세시위를 주도하기로 작정하고 비밀리에 착착 준비하고 있었다. 그러나 이들의 행동을 눈치챈 스미스 교장 선생은 학생들이 3·1만세운동에 참여하여 모두 잡혀갈 것을 염려하여 당일 아침, 기숙사 문을 봉쇄해버리고 말았다. 오도 가도 못하게 된 학생들은 발만 동동 구르다가 안타깝게도 그만 1919년 3·1만세운동에 참석할 수 없었다. 그러나 1920년, 3·1만세운동 1주년 때는 상황이 달랐다. 이들은 1919년 만세시위에 참여 못 한 것을 만회하기 위해 대대적으로 참여했으며 이 일로 24명의 여학생이 잡혀 들어가는 초유의 사태가 일어났다.

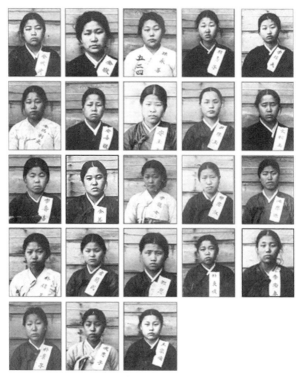

표2. 서대문형무소에 수감되었던 배화여학교 학생 23명, 이름 순서는 맨 윗줄부터 다음과 같다.
(수감된 24명 중 박하경 지사의 사진은 없다)
맨 윗줄: 김성재, 김경화, 손영선, 한수자, 이신천
둘째 줄: 김마리아, 안희경, 안옥자, 윤경옥, 문상옥
셋째 줄: 이수희, 김의순, 이용녀, 소은숙, 지은원
넷째 줄: 박신삼, 최난씨, 소은명, 박양순, 이남규
맨 밑줄: 박경자, 성혜자, 왕종순

2) 1910년대 항일여성구국단체

일제의 무자비한 조선 침략이 노골적으로 행해지자 경향 각
지에서 비밀결사 조직을 만들어 일제에 저항하기 시작하였다.

여성들의 비밀결사단체 1호는 1913년 평양에서 조직된 송죽회를 꼽을 수 있다. 이 밖에도 3·1만세운동 결과 수립된 상해임시정부를 지원하기 위하여 국내외에는 많은 항일구국단체들이 조직되었는데 그 가운데 부녀들에 의하여 조직된 대표적인 단체가 서울 중심의 대한민국애국부인회와 평양 중심의 대한애국부인회다. 또한 평남 강서의 반석대한애국여자청년단, 평남 순천의 대한국민회부인향촌회, 평남 안주의 부인관찰단, 평남 대동군의 대한독립부인청년단, 평남 개천군의 여자복음회, 평양 숭의여학교 졸업생으로 조직된 결백단 등도 눈부신 활약을 이어갔다.

① 최초의 여성독립운동단체 송죽결사대

송죽결사대(松竹決死隊)는 송죽회(松竹會)라고도 불렸으며 1913년, 평양에서 조직한 최초의 여성단체다. 송죽회는 평양 숭의여학교의 교사였던 김경희, 황애시덕, 안정석 등이 중심이 되어 애국심이 투철한 학생 박현숙, 황신덕, 채광덕, 이마대, 송복신, 김옥석, 최자혜, 서매물, 최의경, 이혜경 등 20명을 뽑아 숭의여학교 기숙사에서 조직한 것이 시초다. 송죽회는 철저한 비밀을 유지하는 점조직으로 구성하였으며 안정적인 중년층과 활동적인 젊은층을 조화롭게 조직하여 나이 든 회원을 송형제(松兄弟)라고 하여 핵심 위원으로 삼고 그 아래 젊은층을 죽형제(竹兄弟)라고 하여 하부조직으로 삼았다. 이 조직은 비밀 유지를 위해 회원명부도 만들지 않을 정도로 철저한 비밀결

31살로 숨진 초대 회장 '김경희' 지사의
추모사가 실린 기사(독립신문, 1920.2.14.)

사 조직으로 운영되었다. 회원의 입회는 회원 1명의 추천으로
전원의 찬성이 있어야 가능하였다. 이들은 3·1만세운동 이전
에는 매주 1회씩 모여 애국가를 부르며 독립 쟁취 방법을 토론
하는 한편 월 30전의 회비 및 자수와 수예품 판매 사업을 통해
만주 등 국외 독립운동가들에게 자금을 보냈다. 3·1만세운동
당시에는 이 조직을 크게 활용하여 독립선언서·태극기 등을 전
달하고 평양 등 각 지역의 만세시위에 참여했다. 대한민국부인
회 조직과 활동에 있어서도 송죽회의 기여가 컸다.

② 대한민국애국부인회(서울 중심)

대한민국애국부인회의 전신인 혈성단애국부인회(血誠團愛國

婦人會)는 1919년 3월 중순, 오현주(훗날 변절)·오현관·이정숙 등이 3·1만세운동 투옥지사에 대한 옥바라지를 목적으로 조직한 단체다. 같은 해 4월에는 최숙자·김희옥 등이 대조선독립애국부인회를 조직하였다. 두 부인회는 그해 6월 임시정부에 대한 군자금 지원을 위해 통합하였으나 활동이 부진해지자 정신여고 출신의 김마리아를 주축으로 재정비하였다. 종전의 애국부인회는 주로 군자금을 모금하여 임시정부에 보내는 일이 중심이었으나 새로 출발한 대한민국애국부인회는 서울에 본부를, 지방에 지부를 조직하고 본부 부서를 대폭 개편하였다. 대한민국애국부인회는 종래에 없던 적십자부장과 결사부장을 각 2명씩 두어 일본과의 독립전쟁에 철저히 대비하기 위한 전열을 가다듬었다.

애국부인회사건으로 옥고를 겪은 여성독립운동가들.
1.김영순 2.황애시덕 3.이혜경 4.신의경 5.장선희 6.이정숙 7.백신영 8.김마리아 9.유인경

③ 대한애국부인회(평양 중심)

대한애국부인회는 평양에서 장로교계 부인회와 감리교계 부인회 이름으로 각각 임시정부를 지원하는 활동을 하고 있었는데 임시정부의 권유에 따라 1919년 11월, 대한애국부인회로 통합되었다. 이에 앞서 장로교계 애국부인회는 1919년 6월 하순 한영순 지사를 중심으로 뭉쳐 부인들도 남자와 같이 독립을 위해 일어나야 한다고 선언하였다. 한영신 지사는 "금일의 시세는 남자에게만 독립운동을 맡기고 부인이라 해서 수수방관함은 동포 의무에 어긋날 뿐 아니라 남자에 대해서도 수치다. 그런고로 우리 부인은 애국부인회를 조직하여 조선독립을 위해 노력하여야 한다"는 내용으로 부인들의 궐기를 북돋웠다.

연합 과정에서 ① 본부는 평양에 두고 지회는 각지에 둔다. ② 본부의 임원은 양쪽 부인회에서 공평하게 선임한다. ③ 기존 각 부인회는 모두 지회로 한다. ④ 지방교회 부인 유지를 권유하여 지회를 설치한다. ⑤ 회비 외로 군자금을 모집한다. 등의 사항에 대해 협의하였다. 대한애국부인회 총재는 오신도, 회장은 안정석, 부회장은 한영신이었다. 이들은 동지를 모으고 지회를 증설하였으며, 군자금을 모아 임시정부에 송금하는 등 항일사상을 드높이는 일에 적극적으로 뛰어들었다.

④ 대한국민회부인향촌회(평남 순천)

대한국민회부인향촌회는 상해 임시정부를 지원할 목적으로

1919년 10월 9일, 평안남도 순천군 제현면 문창리에서 예수교 장년부인들 중심으로 조직되었다. 대한국민회부인향촌회는 대한국민회 순천군회(順天郡會) 하부조직으로 회장 윤찬복, 회계 최복길·정찬성·김화자를 선출하였다. 이 조직의 주요 활동은 군자금 모집과 임시정부의 선전에 있었다. 군자금모집은 주로 회원의 의연금으로 충당되었으며 회원 1인당 4원씩 의연금을 모아 상해임시정부에 보냈다. 그러나 이들의 활동은 일경에 의해 1921년 1월 회원 모두가 검거되는 사태를 맞았다. 당시 독립운동단체의 활동에 대한 일본의 감시가 얼마나 심했는지는 1921년(대정10년) 2월 28일자 '대한국민회부인향촌회 검거건(大韓國民會婦人鄕村會檢擧件)'을 조선총독부경무국장이 내각총리대신을 비롯하여 경찰총감, 경시총감, 관동군사령(關東軍司令官), 각법원장, 봉천, 길림, 하얼빈, 천진, 상해는 물론이고 간도각영사(間島各領事) 앞으로 보내 공유하고 있음을 통해 알 수 있다.

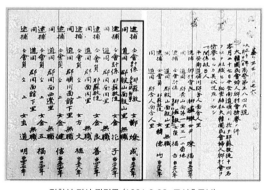

정찬성 지사 판결문 (1921.2.28. 조선총독부)

(2) 1920년대 여성독립운동

1920년대 여성독립운동의 특징은 제1기인 1920년에서 1924년까지는 주로 교육을 통한 여성의 지위 향상을 꼽을 수 있는데 이는 기독교, 불교, 천주교 등 종교와 관련된 민족운동 시기이기도 하다. 제2기인 1924년에서 1926년까지는 사회주의 사상이 바탕을 이룬 시기였으며 제3기는 민족운동과 사회주의가 통합된 성격의 근우회 활동 시기로 꼽을 수 있다. 1920년대 여성 계몽 교육운동을 선도한 서울의 대표적 여성단체로는 조선여자교육협회, 조선여자청년회, 반도여자청년회, 사회주의 여성단체인 조선여성동우회, 경성여자청년동맹 등을 들 수 있다.

1) 조선여성동우회

조선여성동우회는 1924년 5월 창립된 한국 최초의 사회주의 여성단체로 1920년대부터 유입된 사회주의의 영향을 받아, 경성고무·인천정미소 여성노동자 파업 등으로 이어졌다. 조선동우회는 박원희·정종명·김필애·주세죽 등을 중심으로 조직되었다. 이들은 "여자는 가정과 임금과 성의 노예가 될 뿐이오, 생활에 필요한 각 방면의 일을 힘껏하여 사회에 공헌하였으나 남성들이 여성에게 주는 보수는 교육을 거절하고 모성을 파괴할 뿐이다. 더욱이, 조선 여성은 그 위에 동양적 도덕의 질곡에서 울고 있다. 비인간적 생활에서 분기하여 굳세게 굳세게 결속하자"는 취지를 내세워 종래의 계몽적 여성교육론을 비판, 지양하고 사회주의적인 여성해방론을 주장하였다.

조선여성동우회 강령은 ① 사회진화 법칙에 의한 신사회의 건설과 신여성운동에 설 일꾼의 훈련과 교양을 기함 ② 여성해방운동에 참가할 여성의 단결을 기함 등이다. 창립 초기에는 사회주의여성운동에 대한 사회적 호응이 극히 미약하여 발대식에는 발기인 외의 여성참석자는 거의 없었다. 그러다가 창립 2년여 만에 회원이 70여 명으로 늘었다. 조선여성동우회는 무산계급 의식을 드높이는 강연회를 여는 등 활발한 활동을 펼쳐나갔다. 1925년 사회주의계의 파벌분쟁과 연결되어 경성여자청년동맹과 경성여자청년회로 분파되어 활동이 약간 주춤했으나 1926년 민족유일당운동이 추진되는 가운데 동경유학생 황신덕·이현경·정칠성 등이 귀국하여 여성동우회를 중심으로 사회주의 여성운동을 통합하여 점차 활성화되어 갔다.

사회주의를 통한 독립운동을 한 정종명 지사, 서대문형무소 수감 사진(1931)

2) 여성운동 변화의 기폭제가 된 근우회

1920년대 중반, 전국 규모의 여성운동 조직 가운데 괄목할 만한 단체가 근우회다. 1931년 해체될 때까지 사회주의와 민족주의를 아우르는 여성 조직으로 활동했다. 근우회 창립에 앞서 2월 15일에 사회주의, 민족주의 세력들이 결집해서 남성들이 창립한 신간회(新幹會)에 소속되어 여성분과를 만들자는 논의도 있었으나 여성들이 처한 특수한 상황을 해결하기 위해서는 독자 조직이 필요하다는 쪽으로 결론이 나서 근우회를 조직하기에 이른 것이다. 여성이 처한 특수한 상황이란 일제의 식민지 상황과 더불어 구태의연한 봉건적인 관습으로 고통받는 여성들의 삶의 질을 향상시켜야 한다는 의식이 작용했다. 근우회를 창립한 여성 발기인들은 각계각층에서 활약하는 당시 대표적인 지식 여성으로 직업별로는 의사, 교사, 기자, 작가, 종교인, 실업인 등 다양한 신분의 여성들이었다.

근우회 조직은 서울에 본부를 두고, 전국 각지 및 일본·만주 등 국내외에 지부를 두었다. 본부에는 서무부·재무부·선전조직부·교양부·조사부·정치연구부 등을 두었다. 해마다 지회가 늘어나서 1930년까지 전국에 걸쳐 60여 개의 지회가 설립되었다. 지회에도 본부와 비슷한 부서를 두고 활동했으나, 각 지회의 특수성에 따라 학생부·출판부 등이 추가되는 곳도 있었다. 회원은 만 18살 이상의 여성으로, 근우회의 강령과 규약에 찬동하며 회원 2명 이상의 추천을 받아야 입회할 수 있었다.

입회금 1원과 매달 20전 이상의 회비를 납부해야 했다. 1929년 5월에는 총 40여 개의 지회에 회원 수가 2,971명에 이르렀다. 회원들의 직업을 살펴보면 가정부인 1,256명, 직업 부인 339명, 학생 194명, 미혼여성 181명, 노동 여성 131명, 농촌 여성 34명 등이었다.

대 성황리에 근우회 간담회를 종료했다는 기사 (동아일보.1927.7.4.)

3) 광주학생독립운동

광주학생독립운동은 1929년 11월 3일 광주에서 일어난 항일 학생운동으로 그 발단은 광주 시내에서 일어난 일본 학생의 한국 여학생 희롱사건에서 기인한다. 이 문제로 한국 학생과 일본 학생 간 충돌이 일어났으며 11월 12일 광주지역 학생들의 시위를 거쳐, 호남지역 일대로 확산하였다. 1929년 10월 30일 오후 5시 30분, 통학 열차에서 내려 개찰구를 빠져나가던 한국인 여학생의 댕기머리를 일본인 남학생이 잡아당기며 희롱했다. 이에 격분한 남학생들이 뛰어들어 한·일 학생 사이에 난투극이 벌어졌다. 3·1만세운동, 6·10 만세운동과 함께

광주학생독립운동을 주도한 이광춘과 박기옥 지사

일제강점기 때 3대 민족운동으로 꼽히는 광주학생독립운동은
이렇게 시작됐다. 이날 일본인 남학생에게 희롱당한 댕기머리
소녀들은 박기옥, 이광춘, 암성금자였는데 당시 이광춘 지사는
광주여고보(전남여고 전신) 5학년으로 '소녀회'의 핵심 구성원
이었다. 광주학생독립운동은 전국 194개 학교에서 5만 4,000
여 명이 민족 차별과 식민지 노예교육 철폐를 요구했고 만주·
중국·일본의 동포도 호응했다. 이광춘 지사는 이 사건으로 퇴
학 처리되었으며 당시 고등계 형사들은 어린 학생들에게 가혹
한 고문을 했다.

그러나 광주학생독립운동은 일제의 보도관제 때문에 단 한
번 신문보도에 게재되었을 뿐 한국민이나 학생들에게 그 전말
이 잘 알려지지 않고 있었다. 하지만 이 사건 소식이 구전으로
차차 전국 각지로 전파되고 일제의 탄압이 가혹하여 학생들이

신음 속에 허덕이고 있다는 소식이 알려지게 되자 그때까지 참아왔던 식민지 체제의 분노가 일시에 분출되어 항일 민족운동으로 점화되었다. 특히 여성독립운동 단체인 근우회는 광주학생독립운동에 적극적인 지원을 아끼지 않았다. 근우회는 신간회, 조선청년동맹, 조선노동총동맹 등과 연대하여 1930년 1월 중순 서울의 각 여학교에서 만세시위가 일어났을 때 이를 적극적으로 도왔다. 1929년 12월 2일 밤부터 3일 새벽에 이르는 사이 시내 각 공립, 사립학교를 비롯한 여러 단체에서 격문을 배포하였는데 일경은 이와 관련된 관련자 80여명을 검거하였으며 이 가운데 근우회 간부인 정종명, 박호진, 허정숙, 유덕희, 박차정 등도 있었다.

당시 학생 시위의 격문을 보면 "조선청년학생대중이여! 제국주의적 침략에 대한 반항적 투쟁으로서 광주학생운동을 지지하고 성원하라! 우리는 이제 과거의 약자가 아니다. 반항과 유혈이 있는 곳에 승리는 역사적 조건이 입증하지 않았던가? 조선학생대중이여! 당신들은 저 제국주의 이민배의 광만적 폭거를 확문하였을 것이다. 이것은 광주조선학생 동지의 학살 음모인 동시에 조선학생에 대한 압살적 시위다.(가운데 줄임) 그들의 언론기관은 여기에 선동하였으며 그들 횡포배들은 일본인의 생명을 위하여 조선인을 죽이라는 구호 밑에 소방대와 청년단을 무장시켰으며, 재향군인연합을 소집하여 횡포무도한 만행이 있은 후에 소위 그들의 사법경찰을 총동원하여 광주학생

광주학생독립운동 시위에 나섰던 시내 여학생 판결 기사(동아일보 1930.3.23.)

동지 400여 명을 참혹한 철쇄에 묶어 넣었다. 여러분! 궐기하
라. 선혈의 최후까지 조선학생의 이익과 약소민족의 승리를 위
하여 항쟁적 전투에 공헌하라."는 구호를 외쳤다.

(3) 1930년대 여성독립운동

1920년대의 여성독립운동이 동우회와 근우회라는 큰 조직
에 의해 움직였다면 1930년대의 여성운동은 20년대와는 조금
다른 양상으로 전개되었다. 이러한 결과를 낳은 것은 '일제의
극심한 탄압과 감시' 때문이었다. 이에 여성들은 각기 다른 전
략으로 여성운동의 방향을 틀어야 했다. 1931년 초에 일어난
제주 해녀들의 항일 투쟁을 시작으로 30년대를 특징 짓는 흐
름은 노동운동을 꼽을 수 있다.

1) 제주 해녀들의 항일투쟁

생계를 위해 거센 물결을 가르고, 깊은 바닷속으로 몸을 던져 해산물을 채취하여 살아가는 제주 해녀들의 삶은 고되기 짝이 없는 일이었다. 하지만 자신들이 캐어 올린 해산물을 팔아 가족을 부양할 수 있다는 사실에 위안을 받으며 해녀들은 그 어떤 고난도 참고 견뎌왔다. 그러한 인고의 시간을 감내해온 해녀들에게 돌아온 것은 힘겹게 채취한 해산물을 헐값으로 넘겨야 하는 현실이었다. 해결책이 더 이상 보이지 않자 해녀들은 생산자로서 자신들의 정당한 경제적 요구를 쟁취하기 위해 결집했다. 제주 해녀들의 독립운동은 노동력 착취에 대한 저항에서 시작하여 독립운동으로 옮겨간 특수한 역사성을 갖고 있다. 1932년 1월, 제주도 해녀들의 일제에 저항한 투쟁이야말로 1930년대를 특정하는 여성독립운동사에서 주목해야 할 사건이다.

해녀들의 투쟁 역사는 채취한 해산물의 공동판매 때에 거듭되는 가격산정 시비와 등급검사 조작 등 어용 해녀조합의 부정에서 출발한다. 이러한 사실은 이미 1920년대부터 태동하고 있었다. 1920년, 해녀의 권익 보호 등을 이유로 만든 해녀 조합은 관제 조합으로 변질하여 해녀의 이익 대신 해산물을 싸게 사려는 일본인 무역상이나 해조 회사의 이익을 대변하고 있었고 공판 부정이나 자금 횡령 등이 횡행하고 있었다. 그러한 사실을 더는 좌시할 수 없었던 해녀들은 1930년 9월 투쟁을 시작으로 1930년 11월, 제주도 해녀 조합에 대한 격문 살포 등 으로 이어졌고 마침내 1932년 1월 7일, 제주 해녀 역사상 가 장 조직적이고 대규모적인 투쟁이 펼쳐졌다. 1931년 말부터 하도리 출신 해녀들이 중심이 된 투쟁의 요구 사항을 보면 다 음과 같다.

① 일체의 지정 판매 절대 반대

② 일체의 계약 보증금은 생산자가 보관

③ 미성년과 40살 이상 해녀 조합비 면제

④ 병, 기타로 인하여 물질 못한 자에게 조합비 면제

⑤ 출가증 무료급여

⑥ 총대는 리별로 공선

⑦ 조합재정공개

⑧ 계약 무시하고 상인 옹호한 마쓰다 서기 즉시 면직

⑨ 위선적 우량조합원 표창 철폐

⑩ 악덕 상인에게 금후 상권을 절대·불허

⑪ 가격등급은 지정한 대로할 것

해녀들의 투쟁에 맨 앞에 서서 동료들을 진두지휘한 것은 부 춘화, 김옥련, 부덕량 지사 등이었다. 1931년부터 1932년 1 월까지 계속되었던 제주도 해녀 투쟁은 연인원 17,000여 명 의 참여와 연 230회에 달하는 대규모 시위였다. 이 사건은 표 면적으로는 제주도 해녀들이 해녀 조합의 횡포에 저항하였던 생존권 수호 운동이지만 그 밑바닥에는 일제의 식민지 수탈정책에 적극적으로 저항하였던 민족 울분 표출의 거대한 항일운동이었던 것이다. 제주 해녀항일운동은 무오법정사 항일운동(1918. 10. 7.), 조천 만세운동(1919. 3. 21.)과 더불어 제주지역 3대 항일운동으로 여성들이 주도한 대표적 여성 항일운동으로 평가받고 있다.

제주 해녀 3인방 여성독립운동가, 부춘화, 김옥련, 부덕량(왼쪽부터)

2) 노동운동과 항일투쟁

1930년대 여성들의 독립운동을 파악하기 위해서는 먼저 이 시대의 노동운동을 파악하는 것이 급선무다. 이 시대의 활동가들은 1920년대 말부터 1930년대 초까지 학내에서 독서회 활동을 통해 의식화되고 동맹휴업 등의 투쟁 경험을 통해 단련된 여성들로 여학교를 졸업한 뒤 대중 속으로 투신하여 혁명적 노동운동에 종사하였다. 이들 노동자가 1930년대 여성 노동자 운동의 핵으로 성장하게 됨으로써 여성독립운동도 새로운 국

감금된 700명 여직공의 석방을 요구하는 기사(중외일보.1939.1.31.)

면을 맞이하게 된다. 1930년대, 여성 공장 노동자의 수는 지속
해서 증가하였으며 특히 여성 노동자가 집중되어 있었던 곳은
방적·고무·식료품공업이었다. 1931년 말 방적공업에서 전체
노동자(10인 이상 공장) 중 여성 노동자의 비율은 20.7%(동일
업종 전체에서 78.8%), 전체 여성 노동자의 59.0%, 방적 여공
중 15살 이하 여공은 24.2%였다. 고무공업으로 대표되는 화학
공업에서는 4.5%(29.6%), 식료품공업에서는 7.8%(30.0%)였
다. 이 분야에 종사하는 여성 노동자는 이 무렵 전체 공장 노동
자 중 35.6%에 이르렀다. 1930년대 일제의 혹독한 탄압과 감
시 속에서도 여성노동자의 대중투쟁과 여성 노동자의 조직화
등을 통해서 여성 노동운동은 일단의 변화와 발전이 있었다.
여성 노동자들의 자발적 투쟁은 물론 1920년대의 여학생과 여
성 운동가들이 노동 현장 속으로 들어갔으며 노동운동에서도

평양 을밀대 지붕에 올라가 '임금 인하 반대' 투쟁을 벌이는 평원고무 여성 노동자
강주룡 지사(동아일보.1931.5.29.)

여성 노동자 조직이 노동운동의 발전에서 중요하다는 인식을
강하게 갖게 되었다.

　여성 노동자들은 1930년대 부산 조선방직·평양고무공장 총
파업을 통해 폭발적인 힘을 분출하면서 그들의 특수 요구를 명
확히 제기하기 시작했다. 특히 여성 노동자의 요구가 잘 드러
난 것이 1930년 8월에 일어난 평양지역 고무공장 총파업이었
다. 1930년 8월에는 평양의 10개 고무공장의 1,800여 명의
노동자들이 총파업에 들어갔다. 1930년 8월 29일까지 공장
습격 횟수는 16회, 습격 참가자는 5,000여 명이나 되었으며
그에 앞서 8월 26일까지 구속당한 인원은 63명이었다. 특히
평양고무공장 총파업에서 여성 노동자들의 활약은 괄목할만한
것이었다.

이 무렵의 두드러진 인물로는 강주룡 지사를 들 수 있다. 그는 노동쟁의를 위해 평양의 을밀대 지붕에 올라갔던 독립투사로 요즘으로 치면 우리나라 최초의 고공(高空) 시위를 했던 분이다. 1931년 6월 2일자 동아일보 2면에 큼지막하게 나온 기사 제목을 보면 '유치(留置) 중인 강주룡, 단식 74시간, 을밀대 위에 올라갔던 여직공, 감임취소(減賃取消)해야 취식(取食)한다.' 는 내용이 시선을 끈다. 서른한 살의 강주룡 지사는 어째서 단식 74시간에 들어갔던 것일까? 74시간이라면 만 3일하고도 2시간 동안 곡기를 끊었다는 이야기다. 당시 강주룡 지사의 단식 사건은 신문에서 대서특필할 정도로 사회적 관심을 보였는데 강주룡 지사는 1931년 5월, 평원 고무공장 파업을 주도하던 중 일경의 간섭으로 공장에서 쫓겨나자 을밀대 지붕에 올라가 무산자의 단결과 노동생활의 참상을 호소했다. 더 나아가 고용주의 비인도성을 거세게 비판하며 74시간이라는 유례 없는 단식투쟁을 벌였다.

강주룡 지사는 1931년 5월, 평원 고무공장 파업 주도를 하면서 일제의 민족차별에 반대하는 노동운동을 펼치다 체포되어 옥고를 겪었다. 여장부로 신문 지상의 주목을 받던 그는 투옥 중 극심한 고문으로 보석 출감되었지만 고문 후유증으로 출옥 두 달 만에 서른한 살의 나이로 숨을 거두었다.

(4) 1940년대 여성독립운동

1) 한국혁명여성동맹

한국혁명여성동맹은 1940년 6월 17일, 중경에서 결성되었다. 한국혁명여성동맹은 통합 한국독립당 산하단체로 조직되었으며, 임시정부 활동 지원과 동포 여성 및 자녀들에 대한 교육에 힘을 쏟았다. 1940년대에 주의·이념을 초월하여 각 당파에서 모두 임시정부를 지지 옹호하자, 여성들도 이러한 흐름에 적극 참여하여 민족통일전선을 이루는 데 앞장섰다. 독립운동계가 좌파와 우파로 나뉘어 노선을 달리하여 갈등하고 있음을 지켜보던 여성들은 더 이상 민족통일전선으로 통합하는 일을 미룰 수 없었다. 한국광복진선에 동참한 여성동지들은 항일역량을 강화하여 조국광복을 앞당기기 위해서는 강력한 여성조직이 필요하다는 데 인식을 같이하고, 오랫동안 이를 위한 준비 작업을 진행하였다. 한국혁명여성동맹은 '한국광복진선의 새로운 활력소가 될 것으로 믿어 의심치 않으며 한국광복군에 대한 협조와 지원을 아끼지 않고, 1천 5백만 한국여성동포들의 민족정신과 애국심을 일깨워 한국혁명에 힘을 보탤 때, 반도에 태극기가 휘날릴 날이 더욱 가까워질 것'임을 선언하였다. 이때 방순희 지사는 '한국혁명여성동맹'의 집행위원장 겸 서무부주임으로 임명되어 통일전선운동을 주도하였다. 그 외에 집행위원으로 오광심(재무부주임 겸직), 정정화(조직부주임 겸직), 김효숙(훈련부주임 겸직), 김정숙(선전부주임 겸직), 감찰위원으로 최형록, 최소정, 이순승이 참여하였다. 한국여성은 혁명여성임을 자처하며 조국 독립 완성과 세계 평화실현을 위해 역량을 집중하고 중국 여성과 전 세계 피압박 민족 여성들과 연계 분투하겠다고 다짐하였다.

한국혁명여성동맹 회원들(1940년 6월 17일, 중국 중경)
앞 줄　왼쪽: 이현경. 정정화. 이국영. 김효숙. 방순희. 김정숙. 김병인. 유미영
둘째 줄 왼쪽: ○. 조용제. 오영선. 송정헌. 정현숙. 오건해. ○. 김수현. 노영재
맨 윗줄 왼쪽: 윤용자. ○. 이숙진. 최선화. 오광심. 연미당. 최형록. 이순승

2) 재건 대한애국부인회(중경)

한국혁명여성동맹의 창립과 활동을 기반으로 하여 1943년 2월 23일 각 정파의 여성 50여 명은 중경 임시정부 집회실에 모여 한국애국부인회를 재건하였다.(일명 재건대한애국부인

회) 3·1만세운동 이후 국내는 물론 미주와 상해 등지에서 결성된 애국부인회의 애국 활동을 계승하고 남녀평등의 여권 확장을 통해 민족통일전선운동에 적극적으로 동참하고자 애국부인회를 재건한 것이다. 이제 여성들도 남성의 지원, 남편에 대한 내조 차원이 아닌 민족해방운동의 전사로서, 그리고 조국 광복과 민주주의 국가 건설에 주체로서 임시정부를 중심으로 민족통합과 조국 독립을 달성해 나가야 할 역사적 임무를 수행하고자 했다. 이 대회의 주석에는 김순애, 부주석에는 방순희 지사가 뽑혔다.

재건대한애국부인회(1943) 회원, 최선화, 김현주, 김순애, 권기옥, 방순희 지사(왼쪽부터)

3) 한국광복군 창설과 여자 광복군

한국광복군(약칭 광복군)은 1940년 9월 17일 중국 중경에서 조직된 대한민국임시정부의 정규 국군이다. 광복군의 연원은 만주지역 무장투쟁을 계승하여 창설된 무장조직이었다. 만주지역은 1910년대 이래 무장투쟁의 주요 근거지였다. 그러나 1931년 일제가 점령한 이후 항일세력에 대한 대규모 토벌 작전이 감행되면서, 만주에서의 무장투쟁은 사실상 어렵게 되었다. 이 과정에서 만주독립군들은 중국관내로 이동하였고, 대부분 임시정부에 참여하였다. 광복군은 바로 이들을 주축으로 하여 중국군관학교 출신의 한인 청년들을 소집하여 창설한 것이었다. 한편 총사령부성립보고에서 "대한제국의 군대가 해산된 날이 광복군의 창군일(創軍日)"이라 하여 광복군의 그 정신적 맥락을 대한제국 국군에 두고 있음을 알 수 있다.

광복군은 창설 직후 총사령부와 3개 지대를 편성하였으며 총사령부는 총사령 지청천, 참모장 이범석을 중심으로 구성되었고, 제1지대장 이준식, 제2지대장 공진원, 제3지대장 김학규 등이 임명되어 단위부대 편제를 갖추었다. 총사령부는 약 30여 명 내외의 인원으로 구성되었으며 초기 여자 광복군으로 지원한 사람은 오광심, 김정숙, 지복영, 조순옥, 민영주, 신순호 등이다. 이들은 주로 사령부의 비서 사무 및 선전사업 분야에서 활동하였다. 광복군은 각지에 흩어져 활동하던 한인 항일 군사조직을 흡수하여 통합하는 데에 힘을 쏟았다. 1941년 1월에 한국청년전지공작대가 편입되었으며, 1942년 7월에는 김원봉이 이끌던 조선의용대의 일부가 흡수되었다. 이로써 광복군은 지청천 총사령과 김원봉 부사령 밑에 3개 지대와 제3전구공작대, 제9전구공작대, 토교대를 두게 되었다. 또한, 중국 각지에 징모분처를 설치하고 한국청년 훈련반과 한국광복군 훈련반이라는 임시 훈련소를 운영하였으며 기관지 〈광복〉을 펴냈다. 1941년 2월 1일자로 창간호를 낸 〈광복〉의 편집은 김광이 맡았으며 원고 작성과 번역 등은 오광심, 지복영, 조순옥 등 여자 광복군이 맡았다. 〈광복〉은 한국어와 중국어로 간행하였으므로 원고 집필과 편집에는 모국어와 중국어에 능통한 사람이 필요했는데 여자 광복군들은 중국학교에서 교육을 받은 인재들이었다. 대한민국임시의정원 문서에 따르면 1945년 4월 당시 광복군의 총 군인 수는 339명이었으며, 같은 해 8월에는 700여 명으로 성장하였다. 광복군 가운데 2022년 2월 현재, 국가로부터 국가유공자로 서훈을 받은 사람은 남성이 543명이고 여성은 오광심 지사를 포함하여 32명이다.

순번	이름	포상년도	포상훈격
1	김봉식	1990	애족장
2	김숙영	1990	애족장
3	김영실	1990	애족장
4	김옥선	1995	애족장
5	김정숙	1990	애국장
6	김정옥	1995	애족장

7	김효숙	1990	애국장
8	민영숙	1990	애국장
9	민영주	1990	애국장
10	박금녀	1990	애족장
11	박기은	1990	애족장
12	백옥순	1990	애족장
13	송영집	1990	애국장
14	신순호	1990	애국장
15	신정숙	1990	애국장
16	안영희	1990	애국장
17	오광심	1977	독립장
18	오희영	1990	애족장
19	유순희	1995	애족장
20	윤경열	1982	대통령표창
21	이옥진	1968	대통령표창
22	이월봉	1990	애족장
23	임소녀	1990	애족장
24	장경숙	1990	애족장
25	전월순	1990	애족장
26	전흥순	1963	대통령표창
27	정영순	1990	애족장
28	조순옥	1990	애국장
29	지복영	1990	애국장
30	최이옥	1990	애족장
31	한영애	1990	애족장
32	한태은	2020	애족장

〈표3〉국가보훈처 공훈전자사료관 독립유공자 공훈록을 참조하여 필자 정리(2022.2.현재)

한국광복군제2지대 여군 반장 시절 이월봉 지사, 뒷줄 동그라미 안

3. 맺는말

"당신은 나를 만남으로 편한 것 보다 고(苦)가 많았고 즐거움 보다 설움이 많았을 것입니다. 속히 만날 마음도 간절하고 다시 만나서는 부부의 도를 극진히 해보겠다는 생각도 많습니다만 나의 몸은 이미 우리 국가와 민족에게 바치었으니 이 몸은 민족을 위하여 쓸 수밖에 없는 몸이라 당신에 대한 직분을 마음대로 못하옵니다." -1921년 7월 14일 당신의 남편(안창호)-

이는 안창호 선생이 부인 이혜련 지사에게 보낸 편지글의 일부다. 이들 부부는 독립운동으로 뿔뿔이 흩어져 지내느라 결혼생활 35년 가운데 함께 산 기간은 13년 밖에 되지 않는다고 한

다. 어디 이들 부부 뿐이랴. 남편 안창호 선생이 집을 떠나 중국 등지에서 독립운동에 뛰어든 동안 부인 이혜련 지사는 아이들 양육과 동시에 가정의 경제를 책임져야했다. 그러한 가운데서도 1919년 3월, 미국 로스앤젤레스에서 조직된 부인친애회를 비롯하여 1944년 대한여자애국단 활동에 이르기까지 남편 못지않은 활동에 전념하였다. 그러나 한국 독립운동사에서는 이혜련 지사와 같은 여성독립운동가에 대한 언급이 거의 없다. 머리말에서 밝혔듯이 필자는 지난해《인물로 보는 여성독립운동사》를 썼고 여기에서 조목조목 여성들의 활약상을 밝혔다. 이번호에 소개한 것은 제1장 시대별로 본 여성독립운동의 일부분만을 소개했을 뿐 제2장 신분별로 본 여성독립운동과 제3장 해외에서 활약한 여성독립운동은 지면상 다루지 못해 무척 아쉽다. 다음 기회를 기다려본다.

심종숙(沈終淑)
문학박사, 시인, 문학평론가, 문학박사

전 샘터문학 평생교육원 시창작학과 주임교수, 전 샘터문학 주간
현재 샘터문학 평생교육원 시창작학과 교수, 샘터문학 시창작분과 위원장
현재 한국외대 일본연구소 초빙연구원, 현재 평화통일시민연대 기획위원장
전 민족작가연합 사무총장, 전 한국외국어대학교 일본학부 외래교수
전 대림대학교 평생교육원 문예대학 시창작학과 강사, 전 보훈뉴스 논설위원

1968년 경북 청송 출생
2012년 「동방문학」시 부문 등단
2013년 「동방문학」평론 부문 등단
2016년 평론집 『니르바나와 케노시스에 이르는 길』(신세림)출간
2019년 첫시집 『역驛』(메아리)출간
2021년 두 번째 시집 『그루터기에 햇순이 돋을 때』(신세림) 출간
1998년 『바람의 교향악』(열린) 번역 출간
2004년 『은하철도의 밤』(북치는 마을) 번역출간
2005년 한국외국어대학교대학원 비교문학과 박사과정 졸업(문학박사)
　　　　〈미야자와 겐지와 한용운의 시 비교연구−주체의 분열과 소멸, 복권을 중심으로〉
2007년 「만해학연구」에 「미야자와 겐지와 한용운 문학의 個와 全體』
　　　　−타고르 사상의 수용과 근대 주체의 종말」게재.
2013년 『바람의 마타사부로/은하철도의 밤』번역 출간(지식을 만드는 지식)
2021년 『일본명단편선』(지식을 만드는 지식) 공역

한국예술평론가협회 심사위원, 황금찬시문학상 심사위원, 한용운문학상 심사위원, 공무원
문인협회 심사위원 등 역임.

청소년신문 시부문 문예대상 수상

폰번호:010-4210-9984
이메일:kokayaa@hanmail.net
주소: 서울 강북구 인수봉로 72길 31−44 유앤아이빌리지 402호

독립운동가 만해 한용운의 '님'

심종숙 문학박사, 시인, 문예평론가

만해 한용운

만해 한용운(1879-1944)은 일제 식민지하의 조국독립이란 민족적 과제 아래에서 3·1운동을 주도하였고 그 후에도 불교 청년회를 통하여 독립운동가로서 초지일관하였다. 1913년 발행된 「조선불교유신론」(불교서관)은 일본의 정토종, 조동종, 일연종 등에 의해 잠식당하고 있었던 조선의 불교를 보호하고 조선불교 내의 새시대적 요구와 부합하지 않는 부분을 유신하기 위한 불교 개혁운동의 지침서라 할 수 있다. 그리고 1918년 9월에 그 자신이 편집자겸 발행인이 된 『유심』지를 통해 불교 대중, 민족 대중에게 독립사상과 불교개혁사상을 펼쳐나갔다. 이 『유심』지는 2회를 끝으로 일제 당국의 검열에 의해 폐간당하나 그 성격에 있어서 종합지적 성격을 가진다. 또한 문예작품을 현상 공모한 것도 그 시대에 드문 일이었고 무엇보다 중요한 점은 그가 이 잡지에 타골(R. Tagore)의 『생의 실현』을 연재했다는 점이다. 한용운은 『님의 침묵』에서 『타골의 시 동산직이(THE GARDENISTO)를 읽고』라는 시를 쓰고 있어 타골의 『원정(The Gardener)』과 『생의 실현(Sadhana)』과의 관련이 밀접함을 말해주고 있고 그것은 여러 타골 수용자 중에서 비로소 한용운에 와서야 그 뿌리를 내리고 있다고 평가되고 있다. 불교의 선사이며 시인이자 독립운동가로서의 만해에게 있어 '님'은 바로 일제에 빼앗긴 나라요 민족이다. 그러므로 만해의 시집 『님의 침묵』(1926년 회동서관 간행)의 간행 이유는 피식민 백성을 '님'이라 부르면서 민족적 주권과 부재하는 민족을 다시 원래의 자리로 존재케 한다는 데에 목적이 있었다고 생각된다.

 데리다가 '욕망은 자아를 지우고 남을 통하여 자기를 다시 보려는 인간 심리의 원초적 성향을 가리킨다.'[1]라고 했을 때, 타자를 욕망하는 주체는 자아를 지우고 자기를 다시 보아야 하는 필연성에 빠지게 된다. 그러므로 이혜원이 '한용운의 시에서 님은 나의 사랑의 대상일 뿐 아니라 동일시의 대상이다'[2]라고 언급한 것과 같이 주체는 님이라는 타자를 통하여 자기의 내면을 바라본다. 따라서 『님의 침묵』의 전편의 시들은 이 '보여지기'이다.

 님은 갔습니다. 아아, 사랑하는 나의 님은 갔습니다.
 푸른 산빛을 깨치고 단풍나무 숲을 향하여 난 작은 길을 걸어서 차마 떨치고 갔습니다.
 황금의 꽃같이 굳고 빛나던 옛 맹세는 차디찬 티끌이 되어서
 한숨의 미풍(微風)에 날아갔습니다.
 날카로운 첫 키스의 추억은 나의 운명의 지침을 돌려
 놓고 뒷걸음쳐서 사라졌습니다.
 나는 향기로운 님의 말소리에 귀먹고 꽃다운 님의 얼굴에

---

1) 김형효, 『데리다의 해체철학』, 민음사, 1993, 371쪽.
2) 이혜원, 「한용운·김소월 시의 비유구조와 욕망의 존재방식」, 고려대학교 대학원 박사논문, 1996, 56쪽.

눈멀었습니다.

사랑도 사람의 일이라 만날 때에 미리 떠날 것을 염려하고 경계하지 아니한 것은 아니지만, 이별은 뜻밖의 일이 되고 놀란 가슴은 새로운 슬픔에 터집니다.

그러나 이별을 쓸데없는 눈물의 원천(源泉)으로 만들고 마는 것은, 스스로 사랑을 깨치는 것인 줄 아는 까닭에, 걷잡을 수 없는 슬픔의 힘을 옮겨서 새 희망의 정수배기에 들어부었습니다.

우리는 만날 때에 떠날 것을 염려하는 것과 같이 떠날 때에 다시 만날 것을 믿습니다.

아아, 님은 갔지만 나는 님을 보내지 아니하였읍니다.

제 곡조를 못 이기는 사랑의 노래는 님의 침묵을 휩싸고 돕니다.

(「님의 침묵」, 42쪽)[3]

「님의 침묵」에서 '님'은 한용운 시의 궁극적 주제이며 비유의 핵심이다. 박노준·인권환은 '님'이란 다름 아닌 생명의 근원이었고 영환의 극치였으며, 또한 삶을 위한 신념의 결정[4]으로 보았고, 조지훈은 민족과 불(佛)과 시(詩)[5]로, 오세영은 아(我), 즉

3) 『韓龍雲全集』, 제 1권, 신구문화사, 1973.(한용운의 경우 시 본문 인용은 이 텍스트에 의함)
4) 박노준·인권환, 『만해 한용운 연구』, 통문관, 1960, 139쪽.
5) 조 지훈, 「한국의 민족 시인 한용운」, 『사상계』, 1966, 1. 328쪽.

무아(無我)[6]로 설명하였다. 조연현은 불타, 자연, 조국[7]으로 보았고, 조동일은 '조국이 존재함으로써 이루어질 것으로 기대되는 사람, 희망, 이상을 두루 상징하는 말'[8]이라고 그 정체를 밝혔다. 김우창은 '님'은 그의 삶이 그리는 존재의 변증법에서 절대적인 요구로서 또 부정의 원리로서 나타나는 한계의 원리를 의미한다[9]고 보았다. 이상과 같이 '님'의 정체에 대한 다양한 해석이 가능한 것은 한용운이 『님의 침묵』의 서문에 해당하는 「군말」에서 '님만 님이 아니라 기룬 것은 다 님이다'라고 하여 님에 대한 다의적 해석의 가능성을 열어놓고 있기 때문이다.

본글에서는 한용운 시의 출발과 귀결이 결국 님으로 향함을 인정하고 시집 전체를 관류하는 '님의 침묵'이라는 상황에서 님은, 결여의 존재인 주체에게 욕망의 시발점이 되는 존재로 보고자 한다. '님'은 「님의 침묵」의 각 시를 꿰매는 비유의 연쇄 고리를 아우르는 결절이면서 시집 전체에 있어서 중핵적 위치를 점한다. 그러므로 '님'은 주체가 합일하고자 하는 타자이며 또한 주체의 입장과 타자의 입장을 동시에 가지는 존재이기도 하다.

주제시 「님의 침묵」 첫 행은 주체인 '나'의 비탄조의 평범한

---

6) 오세영, 「침묵하는 님의 역설」, 『국문학 논문선 9』, 민중서관, 1977, 126쪽.

7) 조연현, 『한국현대문학사』, 인간사, 1961, 597쪽.

8) 조동일, 『우리문학과의 만남』, 홍성사, 1978, 269쪽.

9) 김우창, 「궁핍한 시대의 시인」, 『문학사상』 통권 4호, 1973. 1. 49쪽.

진술로 시작된다. 이 평범한 진술 속에서 시적 화자는 격앙된 감정을 표출하고 님이 떠나간 상태가 슬픔의 극적 상황임을 암시한다. 이 극적 상황을 '사랑하는 나의 님은 갔읍니다'라고 시적 화자의 비밀을 고백하여 그 내용을 밝힌다. 그리고 님의 떠나간 모습을 '푸른 산빛을 깨치고 단풍나무 숲을 향하여

『님의 침묵』 시집표지

난 작은 길을 걸어서 차마 떨치고 갔읍니다'라고 이별의 장면을 묘사하고 있다. 여기서 '푸른 빛'은 님과 사랑하던 때의 추억을 상징하는 것이라면 '붉은 빛'은 이별의 고통과 절망을 의미한다고 하겠다. 이 '푸른 빛'과 '붉은 빛'은 대립관계로 묶이면서 '사랑-이별'에 이어지는 하나의 계열체를 이루게 된다.

제 3행의 '황금의 꽃'과 '차디 찬 티끌'은 '사랑-푸른 빛'과 '이별-붉은 빛'의 계열을 잇고 있다. '꽃'과 '황금'은 한용운 시의 다양한 이미지 가운데 긍정적인 가치가 부여되는 이미지로 황금이 가진 영원성과 꽃이 가지는 생명성은 금속성과 식물성의 이미지가 얽혀 있으므로 역동적 상상력을 이끌어 내고 있

다. '나의 운명의 지침을 돌려놓고'와 '님은 갔습니다'는 동일한 비극적 상황을 엮어내는 것이며 주체에게 더할 수 없는 고통과 슬픔이 되고 있다. 그러므로 '이별은 뜻밖의 일이 되고 놀란 가슴은 새로운 슬픔에 터집니다'라는 구절로 이어진다. 님이 가버림으로써 주체는 가슴이 터지는 아픔을 경험하고 있다. 그러나 '이별-눈물의 원천'은 '슬픔의 힘-새 희망의 정수박이'와 같이 주체의 의지에 의해 반전을 이루고 있다. '슬픔의 힘'이 담당한 변전의 기능은 '걷잡을 수 없는 슬픔'의 총량을 그대로 '새 희망의 정수박이'로 옮겨 놓음으로써 주체의 운명을 극복할 큰 힘을 얻게 된다. 그래서 시적 화자는 '아아 님은 갔지만은 나는 님을 보내지 아니 하였습니다'라고 비극적 운명을 부정함으로써 주체는 님을 보내지 아니하였다는 진술의 형이상학적 정당성을 확보하는 것이다. 이 시에서 님의 모습은 향기로운 말소리와 꽃다운 얼굴로 묘사되고 있고 또한 '나의 운명의 지침'을 돌려놓는 존재인 것이다.

우주의 중심이며 근원을 이루는 님의 존재를 간파하고 그 중심을 향해 치닫는 존재의 근원에 대한 탐구와 함께 주체인 '나'는 님과의 합일을 하려는 열렬한 자세를 보여주고 있는 것이 시 「알 수 없어요」이다.

바람도 없는 공중에 수직(垂直)의 파문을 내이며 고
요히 떨어지는 오동잎은 누구의 발자취입니까.

지리한 장마 끝에 서풍에 몰려가는 무서운 검은 구름의 터
진 틈으로 보이는 푸른 하늘은 누구의 얼굴입니까.
꽃도 없는 깊은 나무에 푸른 이끼를 거쳐서 옛 탑(塔)위
의 고요한 하늘을 스치는 알 수 없는 향기는 누구의 입김입
니까.
근원은 알지도 못할 곳에서 나서 돌부리를 울리고 가늘게
흐르는 작은 시내는 굽이굽이 누구의 노래입니까.
연꽃 같은 발꿈치로 가이없는 바다를 밟고, 옥 같은 손으
로 끝없는 하늘을 만지면서 떨어지는 날을 곱게 단장하는
저
녁놀은 누구의 시(詩)입니까.
타고 남은 재가 다시 기름이 됩니다. 그칠 줄을 모르고 타
는 나의 가슴은 누구의 밤을 지키는 약한 등불입니까.(43쪽)

시 제목에서와 같이 님은 '알 수 없는' 신비한 존재이며 'A는
누구의 B입니까'라는 물음의 반복 구조를 통하여 그 신비감을
더 강화하면서도 질문 속에 해답의 일부를 내포한 질문 어법을
취하고 있다. 신동욱은 이 질문 어법에 대해 '알 수 없다는 말
의 이면에 확신하고 있다는 사실을 이미 내포하고 있음을 작품
의 내용이 보여주고 있다'[10]고 주장한다. 이것은 시적 화자의
님에 대한 굳은 신념을 보여주는 것으로서 설의법 구문을 통하

---

10) 신동욱, 「〈알 수 없어요〉의 心象」, 『한용운연구』 한국문학연구총서 현대문학 편 5, 새
문사, 1982, 8쪽.

여 님이 지닌 존재의 거대함을 암시하고 있다. 그리고 '오동잎-발자취', '하늘-얼굴', '향기-입김', '시내-노래', '저녁놀-시' 등의 계열관계 속에서 님의 모습은 인격화된 존재자로서 언표되고 있다. 그러나 초월자의 이미지인 님은 「당신을 보았읍니다」에 오면 의미가 확장되고 있다.

> 나는 갈고 심을 땅이 없으므로 추수(秋收)가 없읍니다
> 저녁거리가 없어서 조나 감자를 꾸려 이웃집에 갔더니 주
> 인(主人)은 「거지는 인격이 없다. 인격이 없는 사람은 생명
> 이 없다. 너를 도와주는 것은 죄악이다」고 말하였읍니다.
> 그 말을 듣고 돌아 나올 때에 쏟아지는 눈물 속에서 당신
> 을 보았읍니다. (「당신을 보았읍니다」 58쪽)

이 시에서 님은 신비롭고 품격이 높은 님이 아니라는 점이다. 오히려 '가난에 쫓겨서 병들어 누운 당신'으로 표현되고 있다. 이 구절을 이해하기 위하여 한용운 자신의 말인 시집의 서문격인 「군말」을 보면,

> 「님」만 님이 아니라 기른 것은 다 님이다. 중생(衆生)이 석가
> (釋迦)의 님이라면 철학은 칸트의 님이다. 장미화(薔薇花)의 님
> 이 봄비라면 맛치니의 님은 이태리다. 님은 내가 사랑할 뿐 아
> 니라 나를 사랑하느니라. (중략) 나는 해 저문 벌판에서 돌아
> 가는 길을 잃고 헤매는 어린 양(羊)이 기루어서 이 시를 쓴다.

(42쪽)

   라고 이야기하고 있다. ‘기룬 것은 다 님’이라고 하였고 ‘길을 잃고 헤매는 어린 양(羊)이 기루어서’라고 했다. ‘기루어서’라는 말은 그리워서, 없어서 아쉬워서 등의 의미를 지닌 사투리이다. 가난에 쫓겨 병든 님은 길을 잃고 헤매는 어린 양이다. 어린 양은 기독교적 상상력에서는 목자와 양의 관계에 비유된다. 길을 잃고 헤매는 어린 양은 성경에서 비유한 바와 같이 이리가 와서 흩어버리거나 잡아 먹히는 양으로서 바로 나라를 잃고 흩어지거나 일제의 탄압으로 희생되는 어린양/피식민 백성이다. 이 비유는 그리스도가 착한 목자에 비유되고 그를 따르는 백성이 양무리다. 삯꾼 목자는 바리사이들이고 그들은 양의 안위에는 관심이 없으며 이리가 오면 양무리를 버리고 달아난다. 그러나 착한 목자는 이리로부터 목숨을 바쳐 양의 무리를 지켜낸다. 불승 만해 한용운 스님은 기독교 경전의 ‘어린 양’으로 그가 사랑하는 조선 민족을 비유하였다. 또 ‘어린 양’은 잃어버린 한 마리 양이라도 데려와야 한다는 착한 목자의 선함에 기인한다. 저물녘 길을 잃고 헤매는 어린 양은 바로 나라를 빼앗겨 흩어지고 길을 잃은 백성이다. 구원의 목자의 역할이 더욱 간절했던 시대에 만해 선사께서는『님의 침묵』을 우리 민족에게 선물하면서 목자의 역할을 하는 데에 자기희생(self-secrifice)을 하였다. 선한 목자는 양을 위해 목숨을 바치기 때문이며 만해 스님이 일평생을 나라와 민족을 위해 사셨던 행적에서도 확인할 수 있다.

한용운의 님을 '조국'이나 '불타' '진아(眞我)'로만 볼 경우 전술한 바와 같은 해석은 도출되지 않는다. 물론 가난에 쫓겨 병든 님은 식민지 상황 하의 고통 받는 조국과 그 백성이기도 하다. 또한 가난에 쫓겨 병든 님은 불타이기도 하다. 불타는 법신으로서 거지의 모습으로 현현되기도 한다고 경에서 이야기 되고 있다. 이 '가난에 쫓겨서 병들어 누운 당신'의 의미망을 넓힌다면 곧 중생이다. 또한 중생 안에는 '나'도 포함되며 법신으로서의 불타 또는 초월자이기도 하다. 시적 화자는 '나의 성격이 냉담'하여 즉 주체의 불완전성으로 인해 '님'에게 오히려 소홀하게 되었다는 뼈아픈 후회, 즉 성찰과 참회를 하는 것이다.

시 「後悔」에서의 눈물은 참회의 눈물이며 님에 대한 사랑이 불철저했음을 스스로 고백하면서 흘리는 눈물이다. 그것은 '당신이 계실 때에 알뜰한 사랑'을 못했다는 시구에서 반증된다. 그러므로 시 「눈물」에서 나타난 눈물은 일평생 공간과 시간을 눈물로 채우는 속죄와 보속(補贖)의 눈물이다. 이 점은 「님의 침묵」이 종교시라 생각할 때 구도자가 신과 합일하기 위해 길고 긴 인내를 해야 하며, 주체, 구도자의 내적 투쟁은 죄의 참회와 정화를 시작으로 끊임없이 이어진다. 반면 나라를 잃고나니 '님'에 대한 사랑의 불철저함에 대해 성찰하고 뼈아픈 절체부심의 마음이 된다. 「님의 침묵」은 그러한 과정의 내적 투쟁을 강렬하게 보여주고 있기도 하다.

시 「당신을 보았읍니다」에서 님은 '거지', '인격이 없는 사람'
이다. 그 사람이 겪는 소외감에서 오는 서러운 눈물이다. 이것
은 시 「後悔」에서 님이 가난에 쫓기는 거지와 병자의 모습을
한 것과 동일하다. 이러한 역전이 가능한 것은 '나는 곧 당신
이어요(「당신이 아니더면」, 50쪽.)'에서 알 수 있듯 님은 곧 나
이기 때문이다. 한용운의 시의 특징이 존재론적 역설에 바탕
을 둔만큼 어법도 역설적 어법을 취하고 있으며 그것은 불완전
한 상징계의 언어를 뛰어넘기 위한 것으로 시집 전편에 쓰여지
고 있다. 물론 이 서러움의 눈물은 주인 아닌 주인이 주인 행세
를 하는 시대를 살았던 조선 민족의 서러운 눈물이기도 하다.
구도자로서 '나'의 입장이라면 타인으로부터 겪는 서러움은 더
겸손함으로써 인내하여야 할 투쟁의 대상이 된다. 결국 그 투
쟁은 내면과의 투쟁이다. 즉 적은 바깥에 있는 것이 아니라 바
로 내 안에 있다.

그러나 한용운의 시대는 외부와 내부의 적과 투쟁해야 하는
극한 상황의 시대였다. 또한 3·1운동의 실패 후 한용운이 백담
사에 칩거하여 『님의 침묵』을 집필하게 된 것도 내적 성찰로서
의 투쟁이다. 절치부심하는 시기의 암중모색으로서 조선 민족
은 그가 다시 만나야할 사랑하는 '님'이었고 그 님에 대한 절절
한 사랑고백의 시편들을 썼다. 독립운동가 만해 한용운 시인은

님이 부재하는 흑암의 시기에 님과의 재회를 이 시집의 마지막 시인 「사랑의 끝판」을 통하여 님의 부르심을 받고 기쁘게 달려 나가는 시적 자아의 재회의 기쁨으로 표현하고 있다. 이는 궁 핍한 시대(님이 부재하는 일정 시기)에 곧 조선 민족 부활의 날 이 도래하고 나라를 다시 찾으리라는 희망의 정수박이이며 확 고한 신념의 표현이었다. 이는 오늘날 민족 분단 75년째 되는 현재에도 민족 통일이 멀지 않았다는 민족 구원의 메시지로 다 시 읽을 수 있을 것이다.

우리대한민국

나이어린 학생들의
불꽃같은 나라사랑

전 캐나다 한인은퇴목사회장 **김미자**

전주 3.1만세운동에 불사른 기전여학교 학생들

애국지사 기념 사업회가 발족한지 12년을 맞이하여 애국지사들의 이야기 6번째 책을 발간한다고 한다. 부족하지만 이번 6호에 '후손들에게 들려 주고 싶은 애국지사들의 이야기'를 쓰게 된 것을 하나님께 감사드린다.

애국지사들의 이야기를 하려면 아마도 몇 날 며칠을 이야기해도 시간이 부족할 것이다. 김구 선생님, 안창호 선생님, 유관순 누나, 안중근 의사, 윤봉길 의사, 등등 … 셀 수 없이 훌륭한 분들이 많다. 하지만 오늘은 나이어린 학생들의 불꽃같은 나라사랑에 대한 이야기를 들려주고 싶다.

1919년 3월 13일, 그날은 전주 남부시장의 장날이었다. 그

날따라 일제경찰의 경계태세가 예사스럽지 않았다. 그런 분위기를 소복을 한 여학생들이 조심스럽게 뚫고 지나갔다. 그들은 트레머리가 풀리지 않게 흰 띠로 다시 동여매고 짚신도 벗겨지지 않도록 끈으로 단단히 묶고 채소수레에 무언가를 싣고 일본경찰의 눈을 피해 장터로 향하고 있었다.

장터에 도착한 학생들은 정오 남문에서 울리는 인경소리를 신호로 수레에 숨겨가지고 온 태극기와 독립선언서를 꺼내 주민들에게 배포하면서 대한민국만세!를 외치기 시작했다.

장을 보러왔던 주민들이 하나 둘 학생들의 만세시위에 합세하면서 시위대의 규모는 크게 불어났다. 시위대는 전주 남문시장을 시작으로, 현재 전주완산초등학교, 전동 부근, 중앙동 우체국 등을 지나면서 목이 터져라 대한민국만세!를 불렀다. 그 만세소리가 시오리가량(6Km) 떨어진 이서면(伊西面)에까지 똑똑하게 들릴 정도로 우렁찼다.

일제는 경찰을 출동시켜 무력으로 시위를 진압시키면서 주동자들을 색출하여 체포하기 시작했다. 또한 소방조를 투입시켜 소방펌프와 갈퀴 등으로 시위대를 해산시키려 했다.

당시 14살이었다는 오기준 목사(12회)는 만세시위 과정에서 "한 청년이 만세를 부르다가 소방대의 갈쿠리에 찍혀 즉사하는 것을 보았고, 한 기전 여학생은 헌병에게 붙잡혀 땅에 내동댕이쳐지는 순간 그 자리에서 숨이 지는 것을 보았다."고 당시의 비참한 장면은 증언했다.

그런 무력으로 인해 시위대는 일단 해산되었다. 그러나 시위대가 만세운동을 완전히 포기한 것이 아니었다.

오후 3시 경부터 다시 모인 수백여 명의 시위대는 남문시장에서 중앙동부근으로 대한독립만세운동을 벌여나갔다. 들불처럼 번져나가는 이 시위를 진압하기 위해 일제는 이리(裡里)에 주둔 중이던 헌병대까지 긴급 투입시켰다.

만세운동은 밤에도 횃불처럼 타올랐다. 밤 9시경부터 기전 여학교 학생 김순실, 김나현 등이 중심이 되어 야간 만세운동에 불을 붙였다. 약 250여명의 군중이 전북도청에서 만세를 부르면서 낮에 피체한 사람들의 석방을 요구했다. 남문과 전주천 부근에서도 새벽 2시까지 만세 시위가 벌어졌다.

만세운동은 다음날인 3월 14일로 이어졌다. 오후 3시부터 다시 만세 운동이 일어난 것이다. 시위대는 완산동 용머리고개 인근을 시작으로 현재 중앙동 2가로 만세를 부르며 행진했다. 일본 측은 이 군중들을 진압하기 위해서, 무장대를 투입했다. 무장대의 투입으로 16여명이 검거되었고, 시위대는 강제 해산되었다.

피체된 434명 중 기전여학생이 340명

13, 14일 양일간 만세운동에는 총 5만 여명에 참여(국사편찬위원회, 2020)한 것으로 밝혀졌다. 그중 15명이 부상을 당했고, 434명이 피체됐다. 이 가운데 340명이 기전여학교 학생들이었다.

전주 3.1운동은 서문교회, 신흥학교, 기전여학교의 학생과 교사들의 주동으로 이뤄졌다. 그중에서도 기전여학교 학생들은 만세운동 준비부터 진행까지의 전 과정을 가장 주도적으로 참여했다. 이들의 활동은 전주 3.1운동의 특징과 성격을 확연하게 드러내주고 있다(광복회 전라북도지부, 2019) 그 과정을 한번 살펴보자.

1919년 2월 하순, 서문밖교회에서 충청과 전북도내 장로, 집사들이 성경학교를 마친 날이었다. 이 자리에서 선교사 마로덕(馬路德)목사는 김종곤의 집에서 만든 태극기와 인쇄물을 약 300여명의 장로와 집사들에게 나누어주면서 장날을 택하여 거사하도록 지시했다.

이 인쇄물을 받은 전주의 박태련, 김신극은 전주의 천도교,

기독교와 신흥학교 등 각계 대표들과 만나 장날인 3월13일을 거사결행일로 정했다. 그리고 당일 천도교신자들과 시민들에게 필요한 태극기는 신간회의 총무인 박태련의 집에서 인쇄하기로 하였다.

한편 서울에서 타오르기 시작한 독립만세 소리가 전국으로 울려 퍼지자 전주의 일본 경찰들은 지레 겁을 먹고 각 학교에 강제로 방학조치를 취했다. 거사 5일을 앞두고 이와 같은 만행은 거사에 커다란 장애가 되었다. 당황한 최종삼은 기전, 신흥학교 학생들과 집에서 침식을 같이 하면서 밤에는 신흥학교 지하실에서 태극기와 독립선언서를 만들었다. 이렇게 만들어진 태극기를 거사 당일 기전여학생들이 채소가마니로 위장하여 장터로 싣고 나가 주민들에게 은밀하게 배포했던 것이다.

이날 태극기의 포장과 운반은 기전여학교의 최경애, 최금수, 함연춘, 정복수, 송순이, 김신희, 최요한나, 임영신, 강정순, 김순실, 김나현, 김공순 등과 고형진, 남궁현, 김병학, 등 신흥학교 학생들도 도왔다.

이와 같은 준비과정을 거친 전주의 3·1운동은 3월 중순부터 4월 초까지 근 20여 일간 지속되었다. 학생과 천도교·기독교계 인사들, 시민들이 함께한 시위운동으로 이후 김제.부안.옥구.이리.익산.임실.정읍 등 전주 인근 지역의 3·1운동에 영향을 미쳤다.

일제는 전주의 3·1운동에 참가했던 기전여학교 학생들 중 김공순, 김나현, 김신희, 김인애, 최요한나, 함연춘등이 각각 징역 6월에 집행유예 3년을 선고했다. 한편 대한민국 정부는 기전 여학생 박현숙에게 1980년 건국포장, 김공순에게 1995년 대통령 표창, 함연춘에게 2010년 대통령 표창을 하고 당시 교사였던 박현숙에게는 건국포장을 추서했다.

전주 기전여학교는 1900년 4월 24일, 미국 남장로교 최마태 (Mattie Tate) 선교사가 여학생 6명으로 전주여학교로 개교했다. 이후 전주의 3·1운동을 주도 참여했고, 1937년 일제의 신사참배요구를 거부하고 자진 폐교했다가 광복 이후인 1946년 4년제로 다시 개교해 반제국주의와 민족주의적 교풍을 이어왔다.

기전여학교 학생들의 3·1운동의거는 〈높은 산과 맑은 시냇물/솔잎에 둘러싸인 곳/우뚝 솟은 우리 학교/영원히 그 이름 빛나리/기전 학교 기전 학교/동방의 큰 자랑 우리 학교/많은 영을 뭇 인재 기르니/그 이름 찬양하세〉라는 교가와 같이 "영원히 그 이름(이) 빛나고 있다." 대한민국의 자랑이고 "동방의 큰 자랑"인 기전 여학교, 뭇 인재를 길러내었고 길러내고 있는 기전학교, 그 영원한 이름을 후세들에게 전하고 싶다.

애국지사들의 이야기를
읽으며 느끼는 것들

애국지사기념사업회(캐나다) 홍보이사 **김연백**

토론토 한인회관 로비에는 애국지사들의 초상화가 가지런히
모셔져있다. 애국지사기념사업회(캐나다)가 애국지사들의 숭
고한 조국애와 민족애를 캐나다 동포들과 후손들에게 알리기
위해 제작하여 동포사회에 헌정한 걸작들이다.

토론토 한인회관에 갈 적마다 어김없이 이분들을 뵙게 된다.
그럴 때마다 '아, 이분은 도산 안창호 선생이시고, 그리고 저분
은…'하면서 가슴이 숙연해진다. 아울러 오늘의 대한민국이 존
재할 수 있도록 목숨도 아끼지 않으셨던 애국지사들의 헌신적
인 삶을 널리 알리면서 그분들을 닮아가고 싶어진다.

50년 전, 캐나다에 이민 왔을 때 대부분의 사람들이 한국을
잘 모르고 있었다. 안다고 해야 태권도하는 나라 정도로 알던
시절이었다. 그때는 김치냄새가 날까봐 직장이나 지하철에서

눈치를 봐야했던 때이다.

2008년도인가, 한국관광공사에서 한국을 알리려고 한국홍보 책자, Korea Sparkling을 펴내고, Visit Korea, 관광포스터에 토론토에서 한국의 사진전시회까지 열며 애쓰던 생각이 난다. 그렇게 정부와 국민이 마치 독립운동 하듯 힘을 합쳐 노력한 결과로 한류의 브랜드와 한글의 과학적인 구조로써 용이한 컴퓨터 이용으로 갖가지 산업을 기반으로 오늘의 경제선진국을 단시일에 이루어낸 것으로 믿는다.

현재 일본은 어떤가? 일본이 원자탄을 맞고 항복을 한지 77년이 지났는데도 그들은 변한 것이 하나도 없다. 아직도 일본은 위안부 할머니들에게 사과를 하지 않고 있다. 독도를 자기네 것이라고 우기며 뻔뻔하게 국제여론까지 정치적으로 매수하고 있다. 현실이 이런데 우리가 애국지사들의 후손으로 그냥 앉아서 구경만하고 있어야 하겠는가?

세계적으로 정착되어가는 한류기류에 발맞추어 새로운 항일투쟁에 나설 때이다. 그런 의미에서 일본에게 찬탈당한 국권을 되찾기 위해 우리 애국지사들이 어떻게 싸웠는지, 일본이 우리의 우수한 문화를 말살하려는 정책에 우리 애국지사들이 어떻게 대응했는지 등과 같은 다양한 실전경험을 '애국지사들의 이야기'를 통해 온 세상에 밝히고 본받아서 실행할 때라고 생각한다. 이와 같은 새로운 항일투쟁에 승리하기 위해 애국지사기념사업회(캐나다)가 다음과 같은 사업을 추진했으면 어떨까 생각해본다.

첫째, 앞으로는 '애국지사들의 이야기'를 영문과 한글로 병행하여 발간하였으면 한다. 그리하여 각 나라의 대사관 및 영사관, 그리고 동네 도서관마다 비치하여 전 세계인이 읽어서 진실을 알 수 있게 하는 것이다. 물론 이러한 사업에는 기본적으로 돈과 시간과 노동력이 필요하다. 주저할 필요가 없이 하면 해결된다는 각오로 이 사업을 전개하면 어떨까?

둘째, 사업의 지속적인 성공을 위해 뜻있는 젊은이들을 많이 영입하였으면 한다. 그리하여 그들로 하여금 한류와 애국사업을 접목시켜 성공할 수 있도록 끈기 있게 후원하는 것이다. 젊은이들의 참여의식이 우선되는 이 문제의 성패여하에 따라 애국지사기념사업의 지속성여하가 달려있다고 본다.

셋째, 우리 모두가 타민족이 인정한 우수한 우리문화 지킴이의 모범이 되자는 것이다. 그러기 위해 우리 모두가 서로 돕는 자세로 타민족에게 모범이 되는 생활을 해나가자는 것이다. 그리하여 우리 후세의 자손들이 세계 속에 자랑스러운 한국인이 될 수 있도록 환경을 조성해 나가자는 것이다.

애국지사들을 배우고
알아야하는 이유

수필가 **김재기**

1

Are you a Chinese or a Japanese? 항상 캐네디언들이 나에게 물어봤던 말이다. 아시아는 중국 아니면 일본이 다였고 나머지 변방은 몰라도 되는 그런 시대였다. 그래서 '나는 한국인이다' 하면 한국은 어디에 있느냐고 물었고 나는 또 그걸 떠듬떠듬 설명을 해 줘야했었다. 내가 이민 오던 1970년대 말의 풍경이다.

그러다 조국이 88올림픽을 성공적으로 치렀고 그야말로 발전에 발전을 거듭했다. 2002년도 월드컵도 일본과 공동으로 개최했으며, 한국축구가 본선 4강에 진출함으로써 한국이 전 세계에 알려지게 되었다. 또한 경제적으로도 엄청난 부를 이루었으며 기술적으로도 큰 성공을 거두었다.

그리고 k-pop, K-Drama 등의 한국의 문화가 세계적으로 알려지면서 한국말을 배우려는 사람들이 많다고 하며 세계 각처에서 한국말로 노래를 따라 부르는 사람들을 TV를 통해 자주 보게 된다. 게다가 한국배우가 아카데미상을 거머쥐기까지 했으니 이제는 한국이 어디에 있는지 물어보는 사람은 없다.

한국의 위상이 커지면서 내 위상도 커짐을 느낀다. 예전에는 한국인이라 하면 일 년 365일 가게에서 일 만하는 사람들로 측은하게 보았는데 이제는 한국인들이 워낙 여러 분야에 퍼져있기도 하고 전문분야에 많은 사람들이 포진하고 있어 이곳 캐네디언들이 한국인들을 바라보는 시선이 많이 달라졌다.

2

몇 년 전 터키 해변에 세 살짜리 어린아이의 시신이 하나가 발견되었다. 내전으로 어수선한 정국에 언제 어떻게 죽을지 모르니 시리아를 탈출하던 가족이 배가 뒤집히면서 아이가 파도에 떠밀려 오게 된 것이다. 그의 형도 어린 나이에 같은 사고로 희생이 되었다고 한다. 나라가 자기 국민을 지켜주지 못하니 이러한 일이 생기는 것이다.

얼마나 많은 북한사람들과 아프가니스탄 사람들이 자기 나라를 탈출하려고 목숨을 걸고 있는가. 국가가 국민에게 기본 생활할 것을 제공해 주지 못할 때 즉 인간의 최소한의 필요를 공급하지 못할 때 그 국가는 국가로써 존립할 가치를 잃는다.

그리고 우리는 나라를 잃고 2000년간 방랑하던 유태인들의 수난의 역사를 잘 안다. 그들은 나라가 없었기에 여기저기 떠돌 수밖에 없었고 어디를 가나 그들은 이방인이었다. 그렇게 멸시받고 차별받던 그들이 히틀러라는 희대의 독재자의 출현으로 불과 몇 년 만에 무려 600만 명이 희생되고 말았다. 당시 유럽에 살던 유태인이 900만 명 정도 되었다고 하니 약 2/3에 달하는 유태인들이 몰살을 당한 거다.

나라가 없으니 열심히 살았어도 기반을 잡을 수 없어 그들은 기어코 나라를 만들게 된다. 그렇게 해서 1945년 이스라엘이 건국하게 되었고 대신 그곳에 자리 잡고 살던 많은 팔레스타인 사람들이 쫓겨나게 되었다. 그로부터 이스라엘과 팔레스타인의 영토분쟁은 지난 수십 년간 끊임없이 계속되어 왔으며 아직도 현재진행형이다.

이스라엘이 건국되고 중동에서 강국으로 자리매김을 하며 세계만방에 알려지게 되자 유태인들의 위상이 올라가기 시작한다. '미국의 정치계에서 두각을 나타내는 유태인들이 많아졌고, 세계적으로 유명한 석학들이 끊임없이 배출되었으며, 세계적인 기업들의 실소유주들의 상당수가 유태인들이다. 세계시장에서 유통업계의 중추는 유태인들이 잡고 있다.

유태인들의 이야기는 국가가 나에게 직접적인 도움을 주지 않는다 하더라도 든든한 후광이 되어준다면 내가 발전하고 살아가는데 큰 도움이 될 것이라는 교훈을 준다. 서구인들이 후진국 사람들보다 어디를 가나 더욱 대접을 받는 것은 인종차별이라고 할 수는 있으나 비일비재하게 일어나는 일이다. 우리 또한 힘 있게 생긴 사람에겐 함부로 하지 않는다. 갑질도 약해 보이는 사람에게만 한다.

3

우리는 1910부터 1945년까지 나라를 잃었다. 자기 나라가 있어도 국민을 지켜주지 못할 때, 시리아나 북한 그리고 아프가니스탄과 같은 일이 벌어진다. 국민들은 도망가려하고 국가는 통제하고 그러면서 보호해줘야 마땅한 자기 국민을 사살하는 일이 벌어지는 것이다. 36년간 우리는 그러한 나라들마저 없는 비참한 상태였다. 즉 2차 세계대전 당시의 유태인과 같은 처지였다.

많은 조선인들이 조국을 떠나 만주, 중국 그리고 소련으로 갔다. 나라가 없는 유랑민의 신세가 되어 여기서도 차이고 저기서도 치이며 죽음을 당한 사람도 부지기수이다. 그리고 수십만 명이 스탈린에 의해 중앙아시아로 강제 이주당하기도 했다. 죽임을 당하며 멸시를 당해도 어디 하소연 할 곳 하나 없는 나라 잃은 사람들의 신세, 얼마나 무력하고 서러웠을까.

나라 빼앗긴 것이 그렇게 억울하고 분통이 터졌기에 일어난 선조들이 있다. 당시 일제는 세계 제 일강의 미국과 한판 승부를 벌이는 세계 최강 중에 하나였다. 우리는 무력으로 그들의 상대가 되지 않았고 그리고 정부라는 조직이 없었기에 열악한 상태로 개별적으로 또는 임시정부의 산하에서 일제와 대항했다.

4

나는 예전에 독립운동가라 하면 독립운동만 한 줄 알았다. 그가 일제와 싸우다 집에 오면 먹을 음식이 차려져 있겠는가? 자야할 집이 기다리고 있겠는가? 그들은 자기의 생업도 해가며 독립운동을 해야 했다. 한군데에서 직장을 잡고 살면서 독립운동을 할 수는 없다. 여기저기 떠돌면서 일제와 싸워야했고 간간히 일을 해가며 생계를 유지해야했다.

우리가 잘 아는 안중근의사는 집안이 큰 부자였었다. 그런 그도 이토 히로부미를 암살하는 현장에 갔을 때는 돈이 얼마 없었다. 돈 없이 어떻게 총을 사며 총알을 사겠는가. 그리고 여기저기 들어가는 경비는 어떻게 충당을 하겠는가. 우리는 이 좋은 캐나다에서 한 가지 일을 해가며 살아가는 것도 힘들다고 한다. 우리의 힘듦이 그분들의 힘듦과는 비교조차 불가한 것이다.

독립운동은 총칼 들고 일제와 싸운 것뿐만이 아니다. 목숨을 바쳐 무력으로 대항하신 분들도 있지만 국민계몽으로 우리를 변화시키고자 하신 분들도 있고, 외교로 우리의 처지를 국제사회에 알려 나라의 독립에 이바지 하신 분들도 있다. 이 모든 분들은 자기의 후손들에게 최소한의 나라라도 물려주고자 한 것이다.

5

결국 제2차 세계대전이 연합국의 승리로 끝나자 우리는 독립을 했고 지도자와 국민이 힘을 합쳐 나라를 만들었다. 그리고 나라를 부강하게 만들었다. 우리가 지금 잘 살고 있는 다고해서 결코 그분들의 희생을 잊어서는 안 된다. 나라를 한번 잃으면 되찾기 힘들다는 것도 그리고 나라가 없으면 내가 주위로부터 멸시받는다는 것도 결코 잊어서는 안 된다.

역사를 잊은 민족에게 희망은 없다. 우리가 잘 나갈 때 어떻게 대처했는가! 돈도 중요하지만 우리가 수난을 당했을 때 어떻게 그 위기를 헤쳐 왔는지도 무척 중요하다.

우리는 이런 애국지사님들의 뜻을 받들어 나라를 굳건히 지키고 더욱 발전시켜 나가야 할 것이다. 틈틈이 그분들의 행적을 읽고 배우며 또한 우리 자손들에게도 전달해서 그들이 더욱 나라를 발전시키고 세계에서 1등 국민으로 대접받고 살아가는 그런 사람들이 되었으면 좋겠다.

이 사업을 지속적으로 해 나가시는 애국지사기념사업회의 모든 임원 분들께 감사를 드리며, 더 많은 알찬 사업들을 기대합니다.

2022, 2월 토론토에서

한국말을 할 줄 아는 아이들과 못하는 아이들

한국외국어대학(캐나다)동창회장 **김창곤**

캐나다나 북미에 살고 있는 많은 부모들이 이민을 결심하게 된 이유 중 1순위가 아마도 자녀들의 교육을 위한 것일 것입니다. 아이들이 더 낳은 환경에서 공부하여 성공하길 바라는 마음과, 부모들의 평생 숙제였던 영어를 잘하도록 하기 위해서 일 것입니다. 그래서 이민 후 부모들은 아이들이 어릴 때부터 가능하면 한국 책이나 한국의 TV프로그램보다는 영어로 된 책과 현지 TV프로그램에 익숙해져서 하루빨리 영어가 완벽해 지기를 바라면서 지내게 됩니다.

많은 이민 선배들이 영어는 자동으로 배우게 되니, 한국말 잊어버리지 않도록 하라고 조언을 해주었으나 처음에는 이런 조언이 하나도 귀에 들어오지 않습니다. 그러다가 아이들이 성장하면서 점점 한국어를 잊어가고, 부모들도 아이들과 깊은 대화를 할 수 없는 상황이 올 때쯤에야 부랴부랴 아이들에게 한국

TV프로그램도 보게 하고, 한국말로 대화도 시도해 봅니다. 하지만 아이들은 부모의 말을 제대로 알아듣기도 힘들어 하고, 문화적 차이도 발생해서 한국 프로그램에 흥미를 갖지 않게 되고, 점점 한국어를 할 줄 모르는 아이가 되는 경우를 많이 접하게 됩니다.

이런 문제에 고민하다가 조성준 온타리오 주 노인복지부 장관이 토론토 시 의원이던 시절인, 지난 2009년 "글로벌 유스 리더스(Global Youth Leaders)"라는 청소년 단체를 만들어서 사무총장으로 6년여를 함께 청소년들과 부대끼며 함께 지내던 시절이 있었습니다.

우리가 아이들 교육 때문에 이민을 왔다고 하는데, 1~2년만 지나면 부모들은 생업에 집중하느라 아이들 교육은 제대로 써포트 할 여력이 안 되었습니다. 또 열심히 도와주려 하지만 주류권에 비해 부모들이 가진 네트워크도 부족했습니다. 또한 이곳에서 교육받은 경험도 없어서 제대로 써포트를 못해주는 것이 저부터도 힘들었습니다. 그래서 20여년 이상을 시의원으로 재직하던 조성준 의원(당시)이 가진 다양한 네크워크를 통해 아이들이 봉사활동과 리더십 프로그램을 경험하게 하면 좋겠다는 취지에서 조성준 장관과 함께 '글로벌 유스 리더스(Global Youth Leaders)'라는 청소년 리더십 단체를 만들게 된 것입니다.

이 단체를 통해서 아이들이 덕포드, 죤토리 토론토시장, 제이슨케니 이민성 장관(당시), 연아 마틴 상원의원 등을 만나 자신들의 롤모델을 꿈꾸게 만들었습니다. 또한 스카보로 가난한 동네 아이들의 방과 후 숙제를 도와주는 공부방 운영, 자메이카와 필리핀에 고아원, 양로원, 집짓기 프로그램에 참석하기도 하였습니다. 한국의 강릉시에서 주관하는 "세계 무형문화제 포럼"이 유네스코가 후원하는 국제 행사로 발전하였는데, 이 행사에 초대받아 한국은 물론 체코, 프랑스 등의 다양한 국제 행사에도 참석할 기회를 가지면서 많은 경험을 하게 되었습니다.

이러한 과정을 경험하면서 한국말을 할 줄 아는 아이들과 한국말을 할 줄 모르는 아이들이 어른들에 대한 태도가 너무도 다르다는 것을 알 수 있었습니다. 한국말을 할 줄 아는 아이들은 어른에 대해 좀 더 공손하고, 어른들이 어떤 일을 하고 있으면 자발적으로 다가와서 도움이 필요한지 물어보았습니다. 반면, 영어만 하는 아이들은 사고방식 자체가 서구적이고 좋게 말해서 쿨하다는 생각이 들 정도로 한국인이 아닌 서양 사람을 대하는 것 같았습니다.

이처럼 한국말을 하고 못하는 것의 차이가 아이들의 생각과 태도에 많은 영향을 미치는 것을 경험하면서, 예전부터 들어왔던 "말에 얼(정신)이 담겨 있다"는 것을 몸소 체험하게 되었습니다. 그렇기에 일제 36년 동안 우리 선조들은 일제가 아무리 일본어만 쓸 것을 강요하며, 탄압을 해도 우리말을 지켜내기 위해서 애를 썼다는 것을 실감하게 되었습니다.

영국의 윈스턴 처칠은 "역사를 잊은 민족에게는 미래가 없다"고 했습니다. 우리 선조들이 어떠한 상황에서든 우리말을 지켜낸 것은 우리민족의 얼과 역사를 지켜낸 것입니다. 이런 관점에서 애국지사기념사업회(캐나다)에서 우리말로 매년 발간하는 "애국지사들의 이야기"는 우리 이민청소년들에게 미래를 준비하도록 해주는 지침서임에 틀림없습니다. 이러한 지침서가 우리 2세들에게 널리 알려져서 많이 읽혀졌으면 좋겠습니다. 그리하여 우리 이민 후세들이 모두 한국말을 할 줄 아는 아이들로 성장했으면 좋겠습니다.

애국지사기념사업회(캐나다)는 그동안 어려운 여건 속에서도 방대한 자료들을 모아서 꾸준히 애국지사들의 숨은 이야기를 발굴해서 책으로 만들어내고 있습니다. 이러한 노력들이 우리 2세들에게 한국의 역사를 알고 이해하는 좋은 지침서로 자리 잡아 가도록 우리 모두가 이 책을 알리는데 힘을 모았으면 합니다.

또한 청소년 자녀를 둔 부모들은 이 책을 아이들의 필독서로 삼아 읽게 하고 또 이 책을 읽은 아이들이 서로의 의견을 나누면서 조국을 위한 일, 국가를 위한 일을 하는 삶이 얼마나 가치

있는 일인지를 마음에 새기는 리더로 성장 했으면 합니다.

이를 위해, 한인단체나 공관에서 우리 역사 알기나 "애국지사들의 이야기" 책 시리즈를 읽은 청소년 들을 대상으로 3.1절이나 광복절에 그들의 눈높이와 관심에 맞는 다양한 공모전이나 특별 행사들을 열어서 관심을 갖게 하는 것도 중요한 일이 될 것이라고 생각합니다.

모쪼록 애국지사기념사업회의 값진 노력의 결과물인 이 책을 통해, 우리 청소년들이 독립운동을 한 선조들의 노력과 그들이 바친 목숨 덕분에 우리의 오늘이 있음을 알게 하고, 앞으로 이곳 캐나다와 북미주에서도 한인 뿌리를 가진 것을 자랑스러워하는, 멋진 리더가 되는데 좋은 밑거름이 되기를 소망하며, 책의 발간을 위해 애쓰신 모든 분들께 깊은 감사와 경의를 표합니다.

독립운동사를
가르치려는 이유

다니엘 한글학교 한국사 교사 **이남수**

우울하고 답답한 코로나시대에 나는 한글학교에서 왜 엄혹했던 독립운동사를 가르치려 하는지 자문해보았다. 재미있고 신나는 역사 이야기도 많은데, 이 젊은 신생국가 캐나다에 와서 한국을 떠나와 사는 아이들에게 굳이 아픈 역사를 알릴 필요가 있을까?

5천년의 우리 역사에는 자랑할 만한 역사와 문화유적도 많아서 아이들에게 중요한 내용만 추려서 알려주기에도 사실 시간은 부족할 정도이다. 하지만 역사에는 "if"가 없다. 자랑스러운 역사, 아프고 치욕스러운 역사, 모두가 다 우리에겐 소중하다, 동전의 양면처럼 우리가 모두 보듬고 가야할 우리의 역사이고 유산인 것이다.

우리나라가 국권을 상실했을 때 민족주의 사학자들은 관념적인 민족정신을 강조하였다. 박은식은 한국통사(韓國痛史)에서 "민족의 혼", 즉 국혼 '(國魂)의 중요성을 내세웠다. 혼(魂)이 살아 있으면 나라가 망하지 않았다는 주장이다.

정인보도 〈오천년간 조선의 얼(五千年間 朝鮮의 얼)〉이란 글에서 역사의 근본을 얼에서 구했고, 민족의 정신적인 각성을 강조했다. 한편 단재 신채호는 앞의 두 사람보다 구체적으로 "역사를 잊은 민족은 재생할 수 없다"고 강조했다.

2000년 전 나라를 잃은 유대민족은 대표적인 디아스포라의 민족이었다. 그 오랫동안 그들은 유대인으로서 정체성을 지키기 위하여 그들의 역사와 문화를 잊지 않고 지켜왔다. 그리하여 1700년 전 잃어버린 나라, 이스라엘을 세웠다. 홀로코스트 수용소 앞에 이런 문구가 있다.

"용서하라, 그러나 절대로 잊지는 마라".

일제 강점기의 유례없던 나라를 잃고 겪었던 우리 조부모세대의 시대적 고통을 잊지 않고 기억하는 것이 역사공부의 진정한 의미라고 생각한다. 그리하여 오늘 우리가 누리는 이 자유와 물질적 풍요가 그들의 희생과 고통을 통해서 이루어진 것임을 깨닫고 감사하게 되는 시간이 되었으면 좋겠다.

반만년 우리 역사 속에서 삼천리금수강산을 탐내고 욕심내서 짓밟은 당나라, 수나라, 몽고의 침입이 있었고, 조선시대에는 일본의 임진왜란과 청나라의 병자호란이 있었다. 그럴 때마다 우리 민족은 위로부터 일반 백성들 까지 힘을 합쳐 꿋꿋하게 국난을 극복하였다. 특이하게 "나 보다는 우리"라는 공동체 의식이 강했던 민족이었다.

우리 대한민국에게 일제 강점기는 가장 힘들고 어려운 시기였다. 자칫하면 나라와 한민족이 지구상에서 영원히 없어질 수 있는 초유의 위기 상황이었다. 서세동점(西勢東漸)[1]의 엄청난 제국주의의 세계사적 흐름 속에서 조선왕조 지배층은 자신들의 사익만을 추구하다가 근대화 할 기회들을 놓쳤다. 결국엔 나라를 일본에 빼앗겨, 한민족 역사에 유례없는 엄혹하고도 잔인한 역사를 겪게 되었다.

일제 강점기 독립운동가들은 우리나라를 되찾기 위해 많은 사람들이 무기를 들고 싸우거나, 애국 계몽운동을 통한 교육을 통해서 국민들을 일깨우고 우리 문화를 지켜내기 위해 목숨을 바치고 평생을 헌신했다.

자라나는 아이들에게 안창호 선생의 흥사단정신을 아이들에게 특히 알리고 싶다. 선생은 무실(務實), 역행(力行)), 충의(忠

---

1) 서양세력이 동양을 지배한다.

義)의 겸손과 화합을 강조했던 진실한 인격자요, 교육자이면서 독립운동가였다. 세계사 어딜 봐도 임시정부를 세우고 이만큼 강렬하게 자기나라와 민족을 찾기 위해 분연히 일어났던 역사를 찾아보기 힘들다. 그런데 우리 민족은 달랐다.

안중근 의사의 이토 히로부미 암살, 김좌진 장군의 청산리전투, 김구가 결성한 비밀 결사단체, 한인 애국단 윤봉길의 홍커우공원 투척사건, 이봉창 의사의 일본 천황 폭탄 투척사건 등을 예로 들 수 있다. 이런 항일투쟁을 지켜본 중국의 총통 장개석은 "백만 중국 대군이 못한 일을 일개 조선청년이 해냈다"고 감탄하면서 임시정부 전폭지원을 약속했었다. 그러나 수많은 애국자들이 나라를 구하기 위해 이름도 없이 사라져갔다.

일제와 맞서 싸운 독립 운동가들의 삶이 우리에겐 면면히 흘러오고 있다. 이런 모습을 아이들이 알고 배운다면, 살아가면서 어려움에 직면했을 때 용기를 갖고 헤쳐 나갈 수 있는 삶의 모델로서 긍정적 역할들이 될 것이다. 특히 재외동포 2세, 3세로서 캐나다에 살고 있는 아이들에게 자신들의 뿌리로서 대한민국의 역사를 알아야함은 두말이 필요 없다.

캐나다는 이민을 바탕으로 이루어진 모자이크 사회로서 다문화 민족주의를 지향하고 있다. 성공만을 위해 나아가는 사람의 끝자락은 외로움과 공허함만이 따라오기도 한다. 서양의 많은 젊은이들이 요즘 자본주의 풍요와 번영 속에 알 수 없는 우울과 공허함을 느끼기도 한다. 그래서 마약과 파티에 절어 살면서 인생의 의미를 찾지 못하고 이 세상에 단 하나뿐인 자신들을 소중히 돌보지 않는 경우도 있다. 내 민족과 나라를 위하여 자신의 삶은 바친 사람들은 어찌 보면 가장 자신을 소중히 잘 돌보아서, 더 큰 이웃 사랑으로 삶을 살다간 이 세상의 빛과 소금의 역할이 아니었을까….

세계는 한동안 300년에 걸쳐 이뤄진 서양의 산업화와 민주화를 70년 만에 압축성장한 한국의 선진국으로의 도약을 "한강의 기적"이라고 극찬하였다. 그리고 2000년대 들어서면서부터 서서히 일어난 한류 바람은 이제 코로나 시대 전 세계를 휩쓸고 있다. 하지만 최근의 해외의 한국사 연구들은 단순히 그것이 일제 강점기와 한국 전쟁의 폐허위에서 일어난 기적이 아니라고 보는 견해가 있다.

1960년대 소말리아와 필리핀보다도 더한 최빈국인 대한민국의 오랜 역사와 그 밑에 깔린 문화적 저력의 힘이 바로 오늘날 한국을 세계 역사상 유래가 없는 경제적 번영과 문화성장의 원동력임을 주목하기 시작했다. "우물 밖의 개구리"라고 하는 유투브 채널을 운영하는 하버드 출신의 한국사 연구자 마크 피터슨 교수는 한국사를 바라보는 색다른 시각을 제공한다.

한국의 역사는 문화적으로 가장 성공한 역사의 하나요, 늘 외세의 침략과 전쟁으로 한반도는 평화로운 시대가 없었다는 기존의 한국사 역사인식에 반론을 제기한다. 천년의 신라역사와 고려, 조선의 각각의 500년 역사는 중국과 유럽처럼 빈번하게 나라가 교체되지 않은 평화로운 한반도 역사라고 본다.

그러나 20세기에 와서 일제 강점기와 6,25를 거쳐 한국민은 피해자 의식의 역사관으로서 역사를 잘못 바라보고 있다. 하지만 20세기의 역사일 뿐. 우린 대부분 중국 주변의 많은 민족들이 결국엔 자기 정체성을 잃고 중국화 되어갔지만, 한국민은 한국어를 말한다. "Korean speak Korean", 즉 이말 한마디에 대한민국 역사의식이 그대로 담겨있다. 일제 강점기 일본의 악랄한 민족정신 말살 정책에도 주시경, 이극로, 최현배는 조선어 학회를 조직하여 우리 말, 훈민정음, 즉 한글을 지켜낸 그 정신 속에 모든 게 담겨있다. 우리가 우리만의 언어를 가졌다는 것은 한국인으로서 정체성과 문화를 보존 유지한다는 것이다.

21세기를 맞아 온 지구촌이 하나가 되어 코로나를 겪으면서 다민족 국가인 캐나다에도 아시아 인종차별에 대한 사회문제가 커지고 있다. 분명한 뿌리의식을 갖고 문화의 다양성을 인정하고 자기 권리를 지키고 주장할 수 있어야 한다. 그래서 단순히 이민자로서 주변인으로 살지 않고 주류사회에 들어가서 한인 커뮤니티의 목소리를 높여서 한인들의 영향력을 높혀야

한다. 그 가장 밑바탕에는 우리 역사를 알고 배워서 정체성을 깊이 뿌리내려야 하는 게 제일 중요하다고 생각한다.

  "뿌리깊은 나무는 바람에 흔들리지 않는다."

후세들에게 물려줄 대업

캐나다 한인은퇴목사회장 **이재철**

과거에는 한국에서 외국에 나갈 때마다 발급받아야만 했던 단수여권을 연로하신 분들은 기억하시리라,

1980년대 초 대한민국에서는 해외여행 자유화가 있기 전이다. 외국부흥회 강사로 초대받아 참석할 때마다 여권(단수)을 발급받아야했다.

하나님 말씀을 전해야 하는 것이 사명이라 믿었기에 열심히 기도하면서 자유롭게 해외에 다닐 수 있기를 소망하며 간절히 간구하니 마음 놓고 다니라고 캐나다 땅으로 보내주셨음을 지금도 감사하며 살고 있다.

이민 와서 처음으로 접한 한인단체가 불루어에 있는 '한국 노인회'였다. 원로하신 목사님의 소개로 그곳에서 여러 차례 인생의 삶에 대한 강의를 하면서 하나님을 알지 못하시는 여러

어르신들에게 하나님이야기를 나름 재미있게 전했던 기억이 있다.

그 당시에는 젊기도 했고 봉사하는 것을 좋아해서 시간만 나면 한인회, 노인회 등 여러 단체의 모임에 참석하며 아이들과 봉사하기도 했었다.

1993년 한, 중 수교가 정상화되기 전 중국 땅을 처음 밟았다. 옛날 분들이 만주 봉천이라 불렀던 심양(선양)에 있는 '서탑교회'는 중국에 처음 세워진 조선족교회다.

그 교회와 인연을 맺어 많은 왕래를 하였다. 2000년~2013년까지 중국에 선교사로서 연변, 심양, 할빈 등 여러 곳에서 중국공안들의 눈을 피해 활동을 하던 중 많은 탈북민들도 만났고, 조선족 동포들과 함께 활동을 하면서 선조들이 어떻게 중국에 정착하게 되었는가를 듣게 되었다.

많은 분들이 일제 강점기 때 독립운동을 하던 분들의 자손으로서 해방이 되었어도 귀국하지 못하고 중국에서 3~4세대를 이어왔다는 이야기다. 그 당시에 조선족 동포들에게 한국(남조선)인이란 것에 대해서 부정하거나 싫어하는 마음이 있지는 않지만 어린 세대에서는 한국인이라는 것이 피부에 와 닿지 않은 이름뿐인 말 그대로 한국말을 잘 못하는 젊은이들도 있었다.

우리 이민자의 삶처럼 그들의 세대도 그렇게 선이 생겼던 것이다.

지금, 조선족 젊은이는 자신들이 중국인이라 믿고 있다. 한국과 중국이 스포츠게임을 하면 그들은 거리낌 없이 중국을 응원한다.

6.25전쟁 중 1.4후퇴 때 중국의 인해전술은 조선족 등 소수민족의 어린 청소년들을 총알받이로 내세웠으며 그 와중에 살아남은 이들에게는 중국 정부에서 전쟁영웅 칭호를 줌으로 만족감과 중국인으로서 소속감과 자긍심을 팍팍 심어 주었다. 예전에 한국정부에서 인정과 대우를 받지 못했던 그들의 부모대로부터 중국인으로서의 삶을 선택한 것이 이왕 중국에서 사는 삶에 안주 할 수 있었을 것이다. 어쩌면 물 흐르듯이 자연스럽게 한국인임을 잊어버렸을 수도 있었겠다 싶었다. 안타깝고 슬픈 일이 아닐 수 없다.

대한민국에서 자유롭게 살면서 보호받는 우리네 젊은이들은 어떠한가. 노파심이지만 더 감사해야 하지 않을까? 마음껏 누리는 자유가 거저 얻어진 것이 아닐진대 타국에 떠돌아다니다 본인의 의지와 관계없이 자신이 살고 있는 나라의 영원한 이방민족으로서 고려인이나 조선족이란 이름으로 살고 있으니… 이미 그들은 한국말이 모국어가 아닌 러시아어나 중국어로 살고 있다.

결사 항전으로 생명을 바치며 나라의 독립을 위해 싸웠던 위대한 선조들의 숭고한 애국정신을 애써 외면하며 살아왔던 우리 모두의 삶의 모습을 되돌아보는 기회를 가져보는 것도 결코 무의미한 일은 아닐 것이라 생각되어지는 바이다. 대한민국이 해방되었을 당시 태극기를 흔들며 거리 곳곳에 나와서 만세를 부르셨을 우리 할머니와 어머니를 떠올리면 가슴 먹먹한 느낌을 지울 수 없다. 대 한국인의 피가 끓고 있는 우리는 한국인이다.

한,중 국교 초기 조선족 동포들은 고국이 그리워 귀국하고 싶어도 여의치 않아 애타게 귀국을 그리워하며 불평하기를 조상들은 나라 독립을 위해 생명을 바치고 독립 운동을 하다가 해방 후 귀국을 하지 못해 중국에 눌러 살게 되었는데 왜 고국은 우리를 받아 주지 않느냐고 섭섭해 하면서 격분하는 분들을 보았다. 나라 잃은 서러움에 해방되었어도 현실은 이미 다른 나라 국민이 되어 버린 것이다.

선교 활동을 끝내고 토론토에 돌아와 한인회 모임에 참석하고 봉사하던 중 한인회 건물 2층 복도에 전시된 애국지사 분들의 초상화를 접하게 되어 어느 단체에서 전시하였는지를 알아보았더니 ` 애국지사 기념 사업회(캐나다)에서 준비하여 연차적으로 전시한 것을 알게 되었고, 어떻게 이역만리 먼 땅에서도 모국의 독립을 잊지 않으려고 이리 노력을 하는 분들이 계실까 적잖이 놀랬었다. 자자손손 잊지 않고 대대로 이어가길 바라는 소망으로 이바지한 분들의 그 정신을 존중하며 궁금해 하던 중 "캐나다 한인 은퇴목사회"에서 "애국지사 기념 사업회" 회장으로 봉사하시는 김대억 목사님을 만나게 되어 계속 친분을 이어오고 있다.

현재 동포사회에는 많은 단체들이 활동을 하는데 가끔은 '저 분들이 과연 누구를 위해서 일을 하는가' 하면서 회의감을 품을 때가 있다. 한 민족인 동포들이 서로 유대감을 가지고 필요로 하여 단체를 설립했을 것인데 아마도 처음 설립취지를 잊은 것은 아닌지 돌아볼 필요가 있겠다.

필자가 알기로는 "애국지사 기념 사업회"는 유일하게 동포사회와 우리 2-3세대들에게 모국을 생각하며 매년 책자를 발간하는 캐나다의 애국단체이다. 애국지사 기념사업회와 회장이신 김대억 목사님께 드리고 싶은 말은 더욱 더 힘을 내셔서 어려운 가운데서도 동포사회에 빛이 되는 단체로서 모국 자유통일의 대업에 앞장서 주시고 후세들에게 애국심을 심어주는 귀한 단체로서 명성을 이어가기를 기도할 뿐이다.

"일어나 빛을 발하라" (이사야 60장 1절, 상 반절)

주님의 뜻을 따라 동포사회에 빛이 되는 귀한 단체가 되어 주시길 바라고 응원하며….

독립유공자 후손과
캐나다 한인 2세들의
애국지사 이야기

장성혜
애국지사 장봉기 선생과 증손녀 장성혜의 이야기

최민정
96세 승병일 애국지사

손지후
나의 멘토, 한국의 영웅 안중근 의사

하태은
Yu Gwansun

이현중
마지막 광복군 김영관 애국지사

오세영
아직도 못 쉬고 계신 안중근의사

애국지사 장봉기 선생과 증손녀 장성혜의 이야기

애국지사 **장봉기**(張琫起)선생
기장만세운동 주동자 중 18세로 최연소자

애국지사 장봉기(張琫起)선생

1919년 서울에서 시작된 3·1만세운동이 전국적으로 번지고 있었다. 경남 기장군(機張郡)에는 3월 13일에 독립선언문이 도착했다. 서울에 유학중이던 김수룡이 담임선생으로부터 넘겨받아온 것이다. 김수룡의 독립선언문을 전달받은 기장의 청년들 10여명은 은밀하게 거사를 논의했다. 그 결과 기장 장날인 4월 5일 11시에 만세운동을 벌이기로 결의했다.

주도자들 중 18세로 최연소자였던 장봉기 선생은 거사준비를 위해 구수암, 최기복, 박공표 등 10명과 함께 기장면사무소 등사기로 장군청에서 밤새워 독립선언서 4백장을 등사하면서 구체적인 거사를 논의했다.

거사 당일 장봉기 선생은 아침 일찍부터 대변, 무양, 신암, 서암, 공수, 동암 등 6개 마을의 주민 수백 명을 집결시켰다.

오전 11시, 장봉기 선생이 집결시킨 주민들을 포함 수많은 주민들이 거사에 참가했다. 주동자들은 주민들에게 태극기와 독립선언문을 나눠주면서 시위를 인도했다.

4월 5일에 시작한 기장 독립만세운동은 5일 동안 계속됐다. 기장의 만세운동은 삽시간에 기장 전역을 비롯하여 인근 5개 읍면으로 확산되는 등 계획한 성과를 거두었다. 그러나 주동자 청년들 10여명은 일본 경찰에 체포되어 최고 2년 6개월에서 8월의 형을 받았다. 복역 중 청년들은 일제의 가혹한 몽둥이질과 고문을 받아야했다. 죽을 지경이 되어야 책임을 면하려고 가석방시켰다.

8개월의 수감을 마치고 출옥한 장봉기 선생은 대변항한국청년회장을 지내면서 일본 경찰서에 수시로 끌려가 고초를 당했고, 43t 규모의 선박도 물자수송선으로 일제에 강제로 징발 당했다.

해방 이후 자유당시절에는 민선면장으로 선출되어서 봉사를 하고 있었다. 그런데 민주당최고위원을 지낸 박순천여사와 이종사촌간이고 야당생활을 했다는 이유로 6개월 만에 민선 면

장직에서 내몰렸다. 또한 육사출신인 두 아들도 소령에서 반강 제전역을 당하는 등 갖가지 불이익을 당했다.

1992년에 건국훈장 대통령표창을 받은 장봉기 선생은 기장 3.1 운동 주동자들 중 마지막으로 1997년 3월 10일 타계 기장 군민장으로 장례를 치렀다.

⟨일부자료를 부산일보에서 가져왔음을 밝힙니다.- 편집자⟩

대한독립만세!

애국지사 장봉기 선생의 증손녀 **장성혜**

1

그때 나는 13살의 여름 방학을 할아버지 할머니 댁에서 늘어지게 보내고 있었다.

그날도 나는 야채 써는 도마소리와 TV 소리에 눈을 떴다. 눈을 뜨기가 바쁘게 집안에 가득 퍼진 된장찌개 향이 내 입맛을 돋웠다.

나는 부스스한 얼굴로 할머니한테 달려가서 "할머니, 오늘 아침은 된장찌개에요?"라고 물었다. 그러자 할머니는 미소 띤 얼굴로 "가서 세수하고 밥 먹을 준비 하그라" 고 하셨다. 나는 얼굴만 대충 씻고 다시 할머니한테 달려갔다.

할머니 식사준비를 돕던 나는 할머니에게 느닷없이 "할매, 할매는 왜 할배하고 결혼했어요?"라고 물었다. 그러자 할머니는 오랜 시절을 회상하듯 창밖의 먼 하늘을 바라보더니 이야기를 시작하셨다.

"너한테는 증조외할머니가 시장에서 이상한 소문을 들었다고 하시더라. 그때 내 나이가 지금 너 보다 몇 살 더 많을 때인데, 일본 순사들이 동네 처녀들을 다 잡아간다는 기다. 그때 이 할머니가 얼굴이 뽀얗니, 예뻤다 아이가. 그래서 네 증조외할머니가 내 얼굴에 숯검정을 막 칠하고 머리도 부스스하게 만드는 기라. 그라면서 날을 잡아야겠다고 하시더라. 동네 총각 중에 훤칠하고 괜찮은 사내가 있어서, 그 사람하고 바로 날을 잡아서 시집을 보내버렸다. 그게 바로 네 할아비인 거라"

나는 놀라서 되물었다
"어? 나 그거 아는데, 위안부 얘기하시는 거죠? 그거 학교에서 많이 배웠어요."

우리 얘기를 안방에서 가만히 듣고 계시던 할아버지가 거실로 나오시며 나에게 물으셨다.
"성혜 너 항일투사라고 들어봤나?"
"에이~ 할배, 당연히 항일투사 들어봤죠! 만세운동의 유관순 열사, 도시락 폭탄 윤봉길 의사, 이토 히로부미를 저격한 안중근 의사, 독립운동가들의 수장 김구 선생! 나 다 배웠는데요! 이분들이 있어서 우리가 일본의 손에서 벗어난 거라고, 학교에서 역사시간에 얼마나 공부했는데요!"

할아버지는 자랑스럽게 떠드는 나의 얼굴을 물끄러미 바라보시다가 나에게 다시 물어보셨다.

"성혜 너 만세운동이 뭔지는 아나?"

나는 또 뭘 그런걸 다 물어보시냐는 듯이 큰 목소리로 답했다.

"유관순 열사가 이끌었던 3.1 운동이잖아요! 에이~할아버지는 내가 그런 것도 모를까 봐?"

자랑스럽게 답하는 나의 목소리에 할아버지는 한참동안 무언가를 회상하시다가 이야기를 시작하셨다. 그 이야기를 요약하면 다음과 같다.

2

1919년 서울 파고다 공원에서 시작된 3월 1일 만세운동이 전국적으로 퍼져나갔다. 33인의 독립선언문도 전국으로 퍼져나가고 있다는 소식을 접한 일본 경찰 놈들은 독립선언문이 전국적으로 확산되는 것을 막기 위해 눈에 불을 켜고 있었다. 이 선언문이 곧 부산에 당도 할 것이라는 얘기를 들은 일본 경찰 놈들은 이것을 저지하기 위해 애를 썼으나, 이 독립선언서는 3월 13일 무사히 부산 기장에 전달되었다.

기장에서 만세운동을 이끌었던 11명의 청년들은 혈서로 쓴 "조선 독립 만세", "조선 독립단"이라고 대서특필한 큰 깃발을 들고 장터에 모인 사람들에게 독립선언서를 배포하면서 3·1

운동을 주도하였다. 청년들 중 가장 나이가 어렸던 18세 청년 장봉기 독립투사(나의 증조할아버지)는 대변리를 비롯하여 무양, 신암, 서암, 공수, 동암 등 6개 마을 주민 수백 명을 시위장소인 기장 장터로 집결시켜 시위에 적극적으로 참여하도록 인도하였다. 일본의 억압에 지쳐있던 장터 사람들은 일제히 청년들을 뒤 따르며 "대한독립 만세! 대한독립 만세!"를 목 놓아 외쳤다.

이 운동은 4월 5일, 4월 8일, 4월 10일 그리고 11일까지 이어졌다. 일본 경찰 놈들은 총대와 대검으로 독립만세를 외치는 사람들을 마구잡이로 때렸다. 그러나 청년들은 일본 경찰들의 무력에도 굴하지 않고 태극기를 휘날리며 선봉에 서서 만세운동을 주도해 나갔다. 동네의 경찰로는 치솟는 민중의 불기를 도저히 끌 수가 없을 정도가 됐다. 그러자 관할경찰은 동래 경찰서와 헌병대에 긴급 요청해 군경의 지원부대까지 동원되어 이 운동을 진압하기에 총력을 기울이기 시작했다. 한편으로는 만세운동의 주동자들을 색출하기 시작했다. 결국 나의 증조할아버지를 포함해 11명의 주동자 청년들이 모두 체포되어 옥살이를 하게 되었다. 이들은 옥살이하는 동안 포승에 묶여 여기저기 도보로 끌려 다니는 등 말로 다 할 수 없는 고문과 수치를 당했다.

3

장봉기 독립투사의 아버지인 장두선(나에게는 고조할아버지)님은 파란 눈의 선교사를 일찌감치 만나시어 집안에 모시던 성황당 나무를 베어버리고 기독교로 개종하셨다. 이 뜻을 따른 장봉기 독립투사는 만세 운동으로 인한 8개월의 옥살이를 마치고 풀려나, 중국 무역업과 수산업을 통해 상당한 재력을 구축하여 "대항교회"를 지어 헌납하셨다.

또한 장봉기 독립투사는 일본제국주의 강제점령기에 일본에 저항하고 옥고를 치르신 옥중 목사님들과 일본 경찰들을 피해 당신의 집으로 피신하러 오는 목사님들을 은밀히 숨겨주시며 이들을 지원하는 일들을 계속 하심으로써 독립운동을 이어 가셨다.

이 시기에 일본의 국가 총동원령에 의해 장봉기 독립투사는 갖고 계시던 중국무역선 두 척을 징발당하셨다. 그 두 척이 일본의 운반선으로 사용되었는데, 이 선박이 싱가포르 앞바다에서 미군에 의해 격침되었다는 기사가 동아일보에 실리기도 했다.

광복 후에는 자유당 독재정권에 맞서 싸우는 일에 앞장섰고, 이후 기장 민선 면장에 당선되어 봉사하셨다. 1992년 삼일운동에 대한 공로가 인정되어 건국훈장 대통령 표창을 받고 독립유공자 지위를 받으시고, 1997년 3월 10일 기장면 동부리 자택에서 숙환으로 돌아가셨다. 기장군은 증조부님의 공로를 높이 사 군민장으로 장례를 치렀다. 지금도 기장에서는 기장 광복회가 기장만세운동 주동자들의 유지를 이어받고 그 정신을 지역민들에게 고취시키고 있다.

4

독립 운동가들이 그토록 원했던 것은, 대한민국의 주권을 되찾는 것이었다. 수없이 많은 독립투사들이 목숨 바쳐 갈망했던 것은, 학생들이 학교에 가서 모국어인 "한국어"를 마음대로 사용하고, 어린 처녀들이 일본의 위안부로 끌려가는 일이 없고, 조선 사람들의 잘린 귀와 코로 코무덤을 만드는 일이 다음 세대에 반복되지 않도록 하고, 그들의 후손들이 옥살이를 하며 잔인한 고문을 당하는 것을 막기 위한 것이었다.

일본이 저질렀던 수 없이 많은 악행은 우리 조선인들의 가슴에 피와 눈물이 되었다. 이 만행을 저지하고 나라의 주권을 되찾기 위하여 수없이 많은 독립투사들이 고문을 당하고 주검으로 길거리에 내버려졌다. 누군가는 시신조차 되찾을 수도 없었고, 고문으로 인해 제대로 걷지 못하거나, 평생 장애를 가지고 살아가신 분들이 부지기수였다.

할아버지는 마지막으로 "우리가 지금 한국어를 마음껏 사용하고, 민주국가로서 살 수 있는 것은 독립투사님들의 눈물과 피로 이루어진 결과"라면서 "이를 지금도 기억하고 후손 대대로 알릴 수 있도록 노력해야한다."면서 말씀을 끝내셨다.

5

할아버지의 말씀을 들으면서 나는 내가 독립투사의 후손이라는데 놀라웠고 자랑스러웠다. 아울러 그날 이후 나에게는 새로운 자랑거리와 걱정거리가 나란히 따라다녔다. 그래서 나는 기회가 있을 때마다 아래와 같이 먼저 내 자랑을 하고 난 뒤에 부탁이 아닌 당부를 하는 버릇이 생겼다.

저는 대한 독립만세운동을 이끌었던 독립투사 장봉기님의 후손입니다. 일본의 탄압에서 벗어나고자 만세운동을 주도하셨고 독립운동을 하셨던 많은 운동가들을 물심양면으로 도우셨던 장봉기님의 증손녀입니다 .

그분의 증손녀로서 후대에 부탁드리고 싶습니다.
지금으로부터 100년 후의 우리 후손들이 잔인했던 일본의 총칼과 만행에 희생당한 숭고한 애국정신을 잊지 말고 감사하는 마음을 간직하게 되기를 당부 드립니다.

애국지사기념사업회 같은 단체가 더욱 더 많이 늘어나서, 그분들의 얼과 정신이 헛되게 잊히지 않도록 활동하기를 바랍니다. 또한 상징적으로 남아있는 서대문 형무소가 100년 후에도 그 자리에 그대로 보존되어, 독립 투사분들이 나라의 주권을 되찾기 위해 겪었던 고통과 끔찍한 고문을 우리의 후손들이 잊지 않기를 바랍니다.

할아버지의 말씀처럼 대한민국의 오늘은 그분들의 피와 눈물이 만들어낸 나라입니다. 그런 대한민국의 후손인 우리는 아무리 시간이 지난다 해도, 일본이 우리의 국토를 강제로 침범했던 1910년에서 1945년까지의 악몽 같았던 역사의 시간들을 절대로 잊어서는 안 될 것입니다.

오늘의 대한민국을 만들어주신 독립투사의 후손으로서, 그분들의 투쟁에 감사드리는 마음으로 다시 한 번 목청껏 외쳐봅니다.

"대~한독립 만세!"

96세 '**승병일 독립애국지사**',
그의 소년 같은 미소를 기억하며
존경하는 마음을 담아……

토론토 **최민정**

소년시절에 가지게 되는 왕성한 호기심과 다양한 관심사는 소년들을 꿈꾸게 하고 앞으로 본인이 살아나갈 날들에 대한 목표를 정하는 데에 길잡이가 된다. 자신이 사는 나라가 다른 국가의 식민지가 되어 스스로 통치하지 못하는 안타까운 모습을 보며 살게 된 우리나라의 1940년대의 소년들은, 이러한 조국의 현실을 개선하고자하는 데에 소년들이 지닌 호기심과 관심을 쏟기 시작하였다.

독립애국지사 승병일은 이러한 소년중의 한사람으로 기억할 수 있는 분이다. 그는1926년 태어났고 현재 96 세로 생존하고 계신 우리나라의 자랑스러운 독립애국지사이다.

그는 평북정주에서 오산중학교 재학시절이던 1943년 3월, 친한 친구이던 선우진과 함께 국가를 위한 길을 모색하였고,

본인과 뜻을 함께한 여섯 친구들과 다진 의지를 실천하기위하여 '혈맹단'을 조직하였다. 그는 '국가가 내 목숨보다 위에 있다'라는 신념을 지닌 청년이었다.

열일곱 남짓한 어린소년들은 저마다 직책을 가지고 혈맹단 활동을 하였다. 단장 선우진, 부단장 겸 서기 승병일, 군사부장 장응재, 훈련부장 지세풍, 재무부장 고창정,무기부장 백기풍, 그리고 훈련부 차장은 동호로 구성된 혈맹단 초대단원들은 3·1 독립만세운동과 임시정부의 활동 소식을 전해 들으며 광복군과 접선하여 투쟁에 참여하겠다는 목표를 위한 노력을 기울였고, 투검 연습을 하거나 독서회를 조직하여 금지서 등을 구하여 읽으며 국가의 독립을 위한 지식을 함께 나누었다.

이 어린 혈맹단원들은 방학이 되면 각자의 고향으로 가서 동지들을 늘리는데 노력하였고 그 규모는 나중에 30~40명까지 늘게 되었다. 태어나서 현재까지 내 일상도 버거워하며 평범한 생활을 하며살아가고 있는 나에게 국가에 대한 확고한 애국심을 가슴에 품고 실행하였던 승병일 선생과 그리고 그의 친구들과 같은 소년들에 대한 이야기 그리고 식민지시대의 우리나라에 이들뿐만이 아니라 국가를 위하여 애쓰신 숭고한 희생들의 존재는 정말 놀라운 일이었다. 많은 유명한 애국지사들을 알고 있었고 기억하며 존경하였지만, 열일곱 나이의 용감한 소년들 역시 현재의 우리를 대한민국 국민으로 살게 하여준 위대한 애국지사들인 것이다.

안타깝게도 이 소년들의 혈맹단 활동은 1945년 3월 일본군에 발각이 되었다. 소년은 일본의 취조과정에서 혈맹단원들은 갖은 고초와 고문을 견뎌야했다. 승병일 선생은 그 당시 악독했던 일본의 고문방식과 괴로움을 고스란히 기억하고 있었고 더불어 일본이 조선인을 고문할 때에 조선인을 이용하여 민족 분열을 조장하여 지배력을 공고히 한 일본인들의 반인륜적인 행위에 대하여 비판했다.

3개월의 고초의 시간이 지나고 그는 신의주 형무소로 수감되었고, 재판을 기다리던 와중에 마침내 일본군은 항복을 하였고 조선은 광복의 날을 맞이하였다. 그리고 그는 1945년 8월 17일 신의주 광복만세의 날에 그토록 염원하던 광복된 조국의 국민들과 함께 그 기쁨을 온몸으로 함께 누릴 수 있게 되었다.

승병일 선생은 광복의 날을 추억하며 '숨을 쉬는데 그렇게 시원할 수가 없어요.'라며 감격의 말을 대신하였다. 우리는 쉬이 헤아릴 수 없는 마음이요, 이제는 노인이 된 소년의 너무나 천진하게 내뱉는 이 말에 광복의 기쁨이 그에게 얼마만큼 큰 감동으로 닿았을지 어렴풋이 느껴지는 순간이었다. 그리고 그의 숭고한 국가에 대한 마음에 절로 고개가숙여졌다.

승병일 선생은 또한 우리나라의 슬픈 역사인 6.25전쟁 참전용사이기도 하다. 그는 전쟁이 발발하고 부산에서 피난생활을 하던 중 연락장교를 모집한다는 광고를 보고지원 후, 선발되어 자원입대를 하였다. 이렇게 그는 국가가 고난에 처할 때마다 국가를 위하여 본인이 쓰일 곳이 있는지를 찾아 행동으로 옮겼다.

현재의 승병일 애국지사는 청년들에게 말한다. '여러분의 나라인 대한민국을 지키세요.' 이는 대한민국에서 현재를 살고 있는 많은 이들에게 깊은 울림으로 기억될 것이다. 그의 희생 그리고 그와 함께했던 소년들의 목숨과 맞바꾼 자유와 정의로 우리 대한민국은 새로이 역사를 시작할 수 있었다. 독립애국지 사들이 이루어 낸 피, 땀 어린 독립의 노력이 없었다면 우리와 우리 자손들마저도 나라 없는 슬픔을 겪을 뻔하였다. 승병일 애국지사의 뜻을 기리고 계승하여 지금 우리에게 주어진 평화 의 시대를 보람되고 건강하고 바르게 살아가는 것은 우리의 사 명인 것이다.

나의 멘토,
한국의 영웅 **안중근** 의사…

한글학교 4학년 **손지후**

"하루라도 책을 읽지 않으면 입안에 가시가 돋는다"
도마 안중근 의사의 말씀입니다.

그분은 우리 한국의 영웅이고 나의 정신적인 멘토이십니다.
제가 안중근 의사에게 배운 점은 그분이 나라를 위해 어린자식
과 부모님을 뒤로 한 채 목숨 받친 애국심과 진리를 갈구했던
마음 그리고 독립 운동 때 일본군을 살려준 자비로운 마음과
정을 배웠습니다.

저는 자랑스런 한국의 후손으로서 안중근 의사의 나라를 위
한 애국심 용감한 마음과 올바른 신념, 굳은 의지, 희생정신을
따르고 싶습니다.

하얼빈역에서 이토히로부미를 권총으로 죽인 뒤 체포된 안

중근은 감옥에서도 당당하게 자기를 변호하여 그의 모습을 보고 일본인 재판장과 검찰관까지 모두 감탄했다고 합니다. 그러나 결국 재판 뒤 안중근에게 사형이 선고 되었고 안중근 의사는 마지막 사형집행일까지 당당하게 굳은 결의로 뤼순 감옥에서 순국 하셨습니다.

유언으로 우리나라가 독립이되면 고국으로 옮겨 달라고 하셨는데 일본군은 뤼순 감옥의 공동묘지에 시신을 묻고 그 위치도 알려주지 않아 아직도 정보부족으로 유해를 고국으로 옮기지 못한 안타까운 사연이 있습니다.

이런 훌륭한 독립운동가 안중근 의사님께 감사하고 우리 나라에 태어나 주셔서 정말 고맙습니다. 만약 안중근 의사님이 없었다면 우리는 독립을 못 했을수도 있고 또 우리의 강한 독립에 대한 소원을 일본인들에게 보이지도 못하고 순응하며 사는 어리석은 민족으로 비춰졌을것입니다.

저는 한국을 떠나 토론토에 이민을 왔고 모든것이 낯설고 언어도 힘들고 친구도 없었던 시기에 책을 친구삼아 많은 시간을 보냈습니다. 여러 독립운동가분들의 전기도 그때 접하게 되었고, 그 중 안중근 의사가 제일 저에게는 빛나 보였고 많은 생각을 하게 만들고 나의 멘토로 정하고 싶은 위대한 독립운동가였습니다.

저도 한국을 떠나 이곳에서 열심히 공부하고 성장하여 나중에 한국으로 돌아가 안중근 의사처럼 한국에 보탬이 되고, 나라를 위하여 목숨까지는 아니더라도 나의 능력을 최대한 활용하여 한국을 빛내는 애국자가 되고 싶습니다.

　또한 안중근 의사는 마지막 죽는 순간까지 읽던 책의 마지막 부분을 읽고 싶다는 말을 할 정도로 책을 사랑하였습니다. 저는 이런 점을 배우고 싶고 또 저도 항상 진리를 갈구 하는 마음으로 살아가고 싶습니다.

　마지막으로 존경하는 위대한 애국자 안중근 의사님 진심으로 감사하고 값진 그 희생 또한 잊지 않겠습니다.

　어린 제 마음에 나라를 사랑하는 애국심을 불러 일으켜 주시고, 토론토에서 당당하게 한국인으로서 자부심을 갖고 살아갈 힘을 주신 안중근 의사님에게 깊은 존경심과 감사인사를 드리고 싶습니다.

Yu Gwansun

한글학교 6학년 **Ha Tae Eun(하태은)**

Yu Gwansun, the girl who sacrificed her freedom for others. As an honorable martyr, a Korean Independence activist, and as a rightful Korean citizen, Yu Gwansun left behind a legacy that would make a huge impact on Korean history, and lead to Korea's long-waited independence. She is undoubtedly one of Korea's most famous independence activists, along with activists such as *Ahn Chang Ho, Kim Gu, and An Jung-geun*, who have also made great contributions to Korean independence. Today, I will be talking about Yu Gwansun, the girl who marked the start of the struggle for Korean independence.

Yu Gwansun was born on December 16, 1902, in

the city of Cheonan, in the Chungnam province in South Korea. She was born to Christian parents, and her family attended the *Maebong Presbyterian Church*, which was close to their home. A missionary working at the church, *Alice J. Hammond Sharp recognized* the young and gifted Gwansun, and encouraged Yu to attend the *Ewha Hakdang Mission School*, in Seoul. Following her words, In 1915, Yu left home to attend the Ewha Hakdang middle school. Then in 1918, she graduated from the school, and began the high school program in the hakdang.

A year after Yu Gwansun began her high school studies, the **March 1st movement** (Sam-il movement) was arising and beginning to take place. This movement was about to become one of the biggest demonstrations for Korean independence, and even become a major national holiday in present Korea.

Hearing about the movement, Yu and some other students at the EwhaHakdang decided to join in this big event. On March 1st, Yu and her classmates participated in a rally in *Pagoda Park*, Seoul, shouting out cries of *"Mansei!" and "Long live Korea!"*. These rallies were also held in other places in Seoul, streets filled with Korean people calling for independence.

A few days later, Yu and her classmates joined another rally, this time held by students at the Namdaemun Station on March 5th. Because of the student demonstration and the continued protests for Korean independence, the Japanese government closed down all middle schools and high schools to prohibit any students from participating in the movement. However, this did not stop Yu from spreading word of the movement. After returning home to Cheonan, she informed her family about the Sam-il movement. Together, they organized a demonstration to be held at the *Aunae Marketplace*, in the city of *Byeongcheon-myeon*, on April 1st. Yu spread word of the demonstration around her region, encouraging people to join the movement.

On April 1st, about three thousand people had arrived to join the demonstration. As Yu was leading a crowd of people shouting for independence, Japanese police arrived and shot the crowd, killing nineteen people. Yu was also arrested, and received a sentence in *Gonju Prison*.

She was later moved to the Seodaemun Prison. On the anniversary of the March 1st movement, 1920, Yu organized her last demonstration, leading prisoners and again, crying for independence.

Even in prison, Yu Gwansun continued to fight for independence. However, unlike how we saw Yu Gwansun as a hero, the Japanese authorities tortured and beat Yu for continuing her activism while serving her sentence.

Later on, Yu would die due to her injuries from the beatings. Yu Gwansun died on September 18, 1920. Yu Gwansun was one of the hundreds of activists who served and died for the sake of Korean independence. I think that one of the reasons why Yu Gwansun is one of the most famous Korean Independence activists today, is because of her strong love and dedication to her country despite being so young. You can see her devotion to free her country, as she wrote before her death: *"Even if my fingernails are torn out, my nose and ears are ripped apart, and my legs and arms are crushed, this physical pain doesn't compare to the pain of losing my nation. My only remorse is not being able to do more than dedicating my life to my country."* Yu Gwansun's efforts did not immediately restore Korean independence. However, she formed a Korean national unity among the people, and was one of the many activists who started the fight for Korean independence.

마지막 광복군
김영관 애국지사님

한글학교 7학년 **이현중**

　나는 한국역사에 대해 많이 배워보지 못해서 일본과 한국의
관계에 대해 잘 알지는 못한다. 하지만 한글학교를 다니면서
한국역사에 대해 배울 기회가 있었고 문예공모 글짓기를 준비
하면서 일본이 한국을 점령하여 다스렸던 시기에 얼마나 많은
한국 사람들이 희생되고 고통을 받았는지 자세히 알게 되었다.
그 희망이 없고 힘든 시기에 나라를 위해 싸웠던 많은 사람들
을 독립 운동가라고 불렀고, 그 독립운동가들 중에 마지막 광
복군 김영관 애국지사님에 대해 자세히 알아보게 되었다.

　김영관 애국지사님은 사범대학교를 다니면서 일본군대를 연
기하고 있었는데, 어느 날 일본 정부에서 즉시 군대에 참여하
라는 통지서를 받고 학교선생님에게 도움을 요청했는데, 그 도
움을 거절당했고 김영관님은 어쩔 수 없이 군대에 입대하면서
도 기회가 생기면 일본군을 탈출하고 광복군에게 가기로 결심

했다.

김영관 애국지사님은 아무래도 일본을 위해 싸운다는 것은 도저히 용납할 수 없으셨던 것 같다. 나도 적을 위해 싸워야한 다면 마음이 많이 불편했을 것 같다. 하지만 나라면 무서워서 차마 탈출을 시도할 용기가 나지 않았을 것 같은데, 김영관 애국지사님은 참 용기 있는 분이셨던 것 같다. 애국지사님은 결국 탈출에 성공할 수 있었지만, 그 이후의 기간에도 매우 어려움을 겪으셨다.

약 70일 동안 산속을 헤매고, 음식이랑 물이 충분히 없었고 풍토병에 걸려 고열로 목숨을 잃을 위기도 겪으셨다. 그러다가, 기적처럼 광복군을 만나게 되었고, 그때 태어나서 처음으로 태극기를 보고 너무 감동을 받아 눈물을 흘리고 애국가를 불렀다고 하신다.

그 이후에 광복군에 참여하셔서 우리나라를 위해 용감히 싸우셨고 이후에 나라의 광복을 기쁘게 맞으시고 아직까지도 나라를 사랑하는 마음으로 건강히 살아계시는 마지막광복군이시다.

애국지사님들의 이야기를 들으면 어떻게 그렇게 용감하실 수가 있는지 너무 대단하신 것 같다. 잡히면 고문을 심하게 당하거나 죽을 수도 있다는 것을 알면서도, 탈출을 하셨다는 것이 나는 상상할 수가 없는 일이다. 내가 일본군에 강제 입대하게 되었다면, 나는 그런 용기를 내지 못했을 것 같다. 그런데 그런 애국지사님들이 그 당시에 많이 독립 운동을 하셨고, 그분들의 희생으로 우리나라가 지켜지고 대한민국이 이렇게 많이 발전할 수 있었던 것이다. 그분들 덕분이다. 다시 한 번 그분들에게 감사한 마음을 갖게 되었다.

감사합니다!

아직도 못 쉬고 계신
안중근 의사

한글학교 8학년 **오세영**

안중근의사는 1879년 9월 2일, 황해도 해주에서 태어났다. 어렸을 때 이름은 '응칠' 이었는데 등에 일곱 점이 있어 북두칠성의 기운을 받았다는 뜻이다. 가톨릭 집안이라 16살 때 가톨릭 학교에 입학해 신학을 배울 만큼 독실한 신자였다. 하지만 어렸을 때에는 서당공부를 빼먹고 놀러 다니기 일쑤였다고 한다. 특히 사냥을 좋아하고 사냥꾼들 사이에서도 명사수라고 불릴 만큼 활을 잘 쏘았다. 그럼에도, 이런 일들이 너무 자주 일어나자 보다 못한 안중근의 할아버지께서 좀 더 차분하기를 바라시며 '응칠' 대신 '무거울 중' 자를 넣어 '중근' 이라고 다시 지으셨다.

안중근은 계속 학문을 이어갔지만 통문 9권 까지 밖에 하지 못했다. 1897년 도마(토마스)라는 세례명으로 세례를 받았다. 당시 대한제국은 1905년 을사늑약(을사조약)이 체결되어 외교권을 강제로 빼앗기게 되었다. 안중근은 학교를 세워 아이들을 가르치고 국채보상운동에 가입하여 나라를 살리기 위해 노력했다. 하지만, 국채보상운동은 일본의 방해로 실패로 돌아갔다. 결국, 보다 못한 안중근은 의병을 일으켜 일본을 향한 무력투쟁을 했다.

이듬해 1908년 7월 전제덕의 휘하에서 대한의군참모중장 겸 특파독립대장 및 아령지구 사령관의 자격으로 엄인섭과 함께 100여 명의 부하를 이끌고 두만강을 건너 함경북도 경흥군 노면에 주둔하던 일본군 수비대를 기습 공격하여 전멸시켰다. 그 뒤, 본격적인 국내 진공작전을 계획 및 감행하여 함경북도 경흥군과 신아산 부근의 야산에서 일본군과 교전하여 전과를 올렸다. 그 와중에 일본포로를 잡았는데 안중근은 다른 사람의 우려에도 국제법에 따라 이들을 풀어주었다. 그리고 훗날 이것으로 인해 위치가 노출되어 의병들이 기습당하는 계기가 되었다.

나는 솔직히 아무리 국제법을 따른다지만 이건 좀 아니라고 생각한다. 일본병사가 돌아가면 위치가 발각될 가능성이 너무나도 크기 때문이다. 아무튼 의병이 기습당해 해체되고 다시 의병을 세우려고 했으나 신임을 잃어버린 후였다.

1909년 초, 안중근은 뜻을 같이하는 동지 11인과 함께 동의 단지회를 결성하고 의병으로 재기하기 위해 노력하였다. 안중근은 이때 왼쪽 손의 약손가락(넷째 손가락) 한 마디를 끊어 혈서로 결의를 다졌다. 우리가 아는 안중근의 수인은 이때부터 시작된 것이다.

1909년 10월 26일, 조선을 식민지로 만드는데 가장 앞장선 조선총독부 통감 이토 히로부미가 러시아를 방문하여 하얼빈역에서 내릴 것이라는 소식을 들은 안중근은 서둘러 암살 계획을 세우기 시작했다. 우덕순, 조도선, 유동하가 자원하여 총 4명으로 암살 작전을 실시했다. 이토가 하얼빈과 채카구역에서 내린다는 정보를 입수한 4명은 2명씩 각각 역에서 대기하도록 했다. 그래서 우덕순과 조도선은 채카구역으로 가고 안중근과 유동하는 하얼빈 역으로 갔다. 1909년 10월 26일 9시 이토 히로부미가 열차에서 내리는 순간 안중근은 이토를 향해 다가가 총알 3발을 쏘았다. 이토는 쓰러졌고 안중근은 이토 근처에 있던 사람들에게 남은 총알을 모두 날렸다. 그리고 태극기를 꺼내들어 러시아어로 '코레아우라'를 세 번 외쳤다. 이 말은 '대한독립만세'라는 뜻이었다.

의거 후 체포된 안중근은 자신은 범죄자가 아니라 전쟁포로임으로 국제법을 따르라고 주장하고 이토를 왜 죽였는지 15가지 이유를 증언했다 그 내용은:

첫 번째, 명성황후를 시해한 죄

두 번째, 1905년 11월 한국을 일본의 보호국으로 만든 죄

세 번째. 1907년 정미7조약을 강제로 맺게 한 죄

네 번째, 고종황제를 폐위시킨 죄

다섯 번째, 군대를 해산시킨 죄

여섯 번째, 무고한 사람들을 학살한 죄

일곱 번째, 한국인의 권리를 박탈한 죄

여덟 번째, 한국의 교과서를 불태운 죄

아홉 번째, 한국인들을 신문에 기여하지 못하게 한 죄

열 번째, (제일은행)은행지폐를 강제로 사용하게 한 죄

열한 번째, 한국이 300만 영국 파운드의 빚을 지게 한 죄

열두 번째, 동양의 평화를 깨뜨린 죄

열세 번째, 한국에 대한 일본의 보호정책을 호도한 죄

열네 번째, 일본천황의 아버지인 고메이 천황을 죽인 죄

열다섯 번째, 일본과 세계를 속인 죄 등이다

이런 증언에도 안중근 열사는 사형을 선고 받았다. 그러자 안중근의 어머니 조마리아 여사는 살아서 민족의 치욕이 되느니 차라리 사형을 받아들이라는 편지를 보냈다. 안중근은 이런 어머니의 뜻을 순순히 받아들였다.

안중근을 위해 변호비 모금운동이 벌어지고 외국의 변호사들이 무료 변호를 자처했으나 일제는 모두 거부했다. 안중근

의사는 수감 중에 동양평화론을 저술하기 시작했다. 동양평화론은 '일본, 한국, 중국은 서로 싸우지 말고 평화롭게 지내며 서로 도와 외세의 침략을 막는 것이 진정한 평화'라고 썼는데, 그 말은 일본을 무조건 미워하고 공공의적으로 삼는 것이 아닌 화합해야 한다는 것이다.

나는 이 글에서 안중근의사가 일본을 복수의 대상이 아닌 화합의 대상으로 생각하신 것이 너무 놀라웠다. 만약 나였다면 일본을 공공의 적이자 복수의 대상으로 생각했을 것이다. 하지만, 더 깊이 생각해 보니 일본을 향한 안중근의사의 생각이 더 심오하고 넓으셨던 것 같다. 일본을 단지 없어져야 할 적이고 원수라고 생각하기보다는 죄를 짓고 있어서 불쌍하다고 생각하지 않았을까.

1910년 3월 26일 오전 10시, 안중근의사의 사형집행이 이루어졌다. 죽기 며칠 전 그는 "내가 죽은 뒤에 나의 뼈를 하얼빈 공원 곁에 묻어두었다가 우리 국권이 회복되거든 고국으로 반장해다오. 나는 천국에 가서도 또한 마땅히 우리나라의 회복을 위해 힘쓸 것이다. 너희들은 돌아가서 동포들에게 각각 모두 나라의 책임을 지고 국민 된 의무를 다하며 마음을 같이 하고 힘을 합하여 공로를 세우고 업을 이르도록 일러다오. 대한 독립의 소리가 천국에 들려오면 나는 마땅히 춤추며 만세를 부를 것이다." 라며 자신이 죽을 시 시신을 조선에 묻을 것을 요구 했으나 일본은 시신이 조선에 묻히면 그 중심으로 독립운동이 일어날까 두려워 요구를 모두 묵살하고 뤼순감옥(안중근의사님이 수감되었던 곳)공동묘지에 비석도 없이 묻어버렸다. 아직도 유해를 찾기 위해 많은 노력이 진행 중이지만 뤼순감옥이 있던 곳에는 아파트가 들어서며 유해발굴은 더욱 힘들어질 것으로 예상된다.

많은 독립운동가들이 있지만 내가 이분을 글로 쓴 이유는 안중근의사가 이토를 쏴 죽인 것 말고도 의병활동 등 독립운동을 많이 하였기 때문이다. 그리고 당시 이토를 죽인 것은 매우 큰 일이었다. 한국, 일본은 물론이고 외국 신문에도 크게나왔다. 이것은 외국도 관심을 가질만한 큰일이라는 것이다.

나는 이글을 쓰는 동안 정말 화가 났다. 일본은 변호사도 마음대로 선임 못하게 하였고 안중근이 범죄자라는 말도 안 되는 소리를 지껄였다. 물론 사람을 마음대로 죽여서는 안 되지만 이토히로부미는 그것보다 더 큰 범죄를 저지르지 않았나? 그리고 한국 사람이 한국 땅에 묻히는 것은 당연한 일인데도 무시하고 죽은 사람의 대한 예의도 무시했다.

나는 당시 일본 사람들이 도대체 어떤 생각을 가지고 있었는지 진짜 궁금했다. 아직도 일본은 안중근은 범죄자나 심지어 친일파라고 말한다. 나는 역사의 잘못된 사실을 전 세계로 알려야 하는 책임감을 느꼈고 전 세계 사람들에게 이 사실을 영어로 알리는 활동을 해야겠다고 다짐했다. 그래서 잘못된 역사를 바로 잡고 아직도 사과하지 않고 있는 일본이 사과할 수 있도록 해야겠다.

아름다운 땅
한반도

비전펠로우십에서
보낸 이야기

황환영 장로

조선여성의 빛이 된
평양의 오마니 닥터 로제타 홀(Dr. Rosetta Hall)

"만일 당신이 인류를 위해 봉사하고자 한다면
아무도 가지 않으려 하는 곳에서
아무도 하지 않으려는 일을 하십시오."

로제타 홀
Rosetta Sherwood Hall

조선여성의 빛이 된 평양의 오마니
닥터 **로제타 홀**(Dr. Rosetta Hall)

장로 **황환영**

　애국지사들의 이야기·6호의 출간을 위해 존경해 마지않는 김대억 회장님으로부터 원고의뢰를 받았을 때 사실 필자는 고민을 많이 했다. 우리가 익히 알고 있는 우국충절지사에 관한 이야기는 너무도 많이 알려져 있고, 또한 필자도 존경해 마지않는 많은 위인, 의인, 의사, 열사들이 있다. 또 지난호에 밝힌 바 있는 캐나다의 의인들에 관한 이야기도 알려졌고, 에이비슨 박사에 관한 이야기도 썼었지만, 아직도 내 마음 한구석에 부담처럼 자리잡은 이가 있으니 그분은 닥터 로제타 홀(Dr. Rosetta Sherwood Hall, 하을, 1865. 9~1951. 4)이다. 필자가 비전펠로우십에 몸담기 전까지는 이 분에 대해 알지도 못했지만 막상 자료를 통해 이 분과 그의 가족의 조선백성에 대한 희생과 헌신을 알고 나서는 어떻게 해서든지 이 분들의 행적을 널리 알려야겠다는 사명감에 사로잡혔다.

여기서 이런 의문이 든다. 꼭 조국의 광복을 위해 일제와 맞
싸워 헌신, 희생하신 분들만 애국지사일까? 일제 강점기의 암
울한 시기에 알지도 못하던 땅, 조선에 와서 가난하고, 병들고,
소외된 조선백성들을 몸을 다해, 남편과 자식을 잃어 가면서도
헌신한 분의 일생을 되돌아 보는 것도 애국지사이야기에 한 페
이지를 장식한다 해도 아깝지 않으리라 생각한다. 이 분의 이
야기가 애국지사이야기에 어울리는지, 안 어울리는지는 독자
여러분이 판단하시길 바란다.

닥터 홀 가문 이야기

로제타 홀의 이야기를 하려면 먼저 홀 페밀리(Hall Family)
에 관해 먼저 이야기 하지 않을 수 없다. 로제타 홀의 남편은
윌리엄 홀(William James Hall, 하락 1860. 1~1894. 11)

William James Hall
1860-1894

Rosetta Sherwood Hall
1865-1951

Sherwood Hall
1893-1991

Marian Bottomley Hall
1896-1991

이고, 아들은 셔우드 홀(Sherwood Hall, 1893. 11~1991. 4), 그리고 셔우드의 부인이자 며느리인 메리안(Marian Bottomley Hall, 1896. 6~1991. 9)이며 네명 모두 의사로서 한국에서 봉사한 총 기간은 73년이며, 자녀들 모두 거주한 기간을 합치면 128년이나 된다. 놀라운 일은 이 글을 읽는 독자 뿐 아니라 한국인이라면 모두 이 분들의 혜택을 받지 않은 사람이 한 명도 없다는 것이다.

로제타 홀은 1634년 영국에서 신앙의 자유를 찾아 이민 온 청교도 토마스 셔우드가의 후손 로즈벨트 렌슬러 셔우드와 피비 길더슬리브 셔우드의 3자매 중 장녀로 뉴욕 리버티에서 태어났다. 로제타는 체스트넛 릿지 지역학교와 리버티 보통학교(Liverty Normal Institute)를 거쳐 1883년 오즈웨고(Oswego) 학교를 졸업했다. 그뒤 체스트넛 릿지 지역학교에서 초등학교와 고등학교 교사로 일했다.

병약했지만 정신력은 강인했던 로제타는 어려서부터 척추측 만증이 있었고 결핵성 종양으로 인해 대수술을 받아야 함에도 마취를 거부하고 진통제만으로 수술을 받았고 거울로 자신의 집도장면을 관찰해 집도의가 놀라 자빠질 정도로 대담한 면이 있었다.

1886년, 로제타는 인도 선교에 대한 한 케네스 챈들스 부인 의 강연을 듣고 큰 감명을 받아 필라델피아의 펜실베이니아 여 자의과대학에 들어갔다. 뉴욕 스태튼 아일랜드의 간호병원과 소아과병원에서 6개월간 인턴과정을 거친 그녀에게 감리교 여 전도 기관(Deaconess's Home)은 맨해튼 빈민지역 진료소에 서 일할 것을 권유했고, 로제타는 그 제안을 흔쾌히 받아들였 다.

뉴욕시에서 몇 달 동안 의료 선교사업을 하는 중에 여성들을 위해 마운트 홀요크(Mt. Holyoke) 신학교를 설립한 마리 라이 온스(Mary Lyons)의 연설을 듣고 깊은 감명을 받게 되었다. 그 요지는 이러했다. "만일 당신이 인류를 위해 봉사하고자 한다 면 아무도 가지 않으려 하는 곳에서 아무도 하지 않으려는 일 을 하십시오." 이 메세지는 로제타의 평생을 지탱해준 좌우명 이 되었다.

로제타는 중국, 또는 인도에 가서 의료사업에 헌신하려고 했다. 그러나 하나님의 섭리는 뉴욕 메디슨가 빈민진료소에서 남편감인 윌리엄 홀을 만나게 하신 것이었다.

윌리엄 홀과의 만남, 결혼, 조선으로

윌리엄 제임스 홀은 1860년 1월 캐나다 온타리오주 글렌 뷰엘의 농가에서 5남매 중 장남으로 태어났다. 목수, 교사, 보험 외판원으로 전전하던 그는 온타리오주 킹스턴에 있는 퀸즈대학교 의과대학에 입학해 공부하다가 뉴욕의 벨레뷰병원 의과대학으로 가서 3, 4학년을 마치고 1889년 졸업과 함께 의사 자격증을 받았다. 첫 직장이 바로 메디슨가 빈민진료소였고, 그곳에서 로제타를 만나 첫눈에 반한 것이다.

로제타는 함께 사역하면서 닥터 홀을 깊이 존경하게 됐다. 선교사로서의 삶을 위해 결혼은 예정에 없는 계획이었지만 그해 크리스마스를 시작으로 계속된 홀의 청혼을 받아들여 약혼한 후 조선을 향해 떠났고 이듬해인 1892년 조선 땅에서 결혼에 이르게 되었다.

윌리엄은 중국선교사를 희망하였으나, 약혼녀가 감리교의 명령을 받아 조선으로 떠났는데 배재학당을 열었던 스크랜턴 여사가 똑똑한 로제타를 빼앗기기 싫어 감리교 본부에 손을 써

윌리엄을 조선으로 보내어 둘은 일년뒤에 조선에서 결혼한 최초의 서양인이되었다.

1890년 10월14일, 25세인 로제타는 미국 감리교에서 조선에 파견된 최초의 여의사 메타 하워드(Meta Howard)의 후임으로 이 땅에 발을 들여놓았다. 메타 하워드는 당시 조선사회에서 남녀의 구별로 인해 여성들이 제대로 진료받지 못하는 상황을 이해하고 '여성들을 보호하고 구하는 여성의 집'이란 이름으로 조선 최초의 여성병원 보구여관(保救女館)을 개설했다. 이곳은 현재 서울 정동의 이화여고 부지로 미국 북감리교의 해외여성선교회의 한양 지부(支部)의 본거지였다. 병원과 이웃해서 기숙학교인 이화학당과 선교사들의 주거공간도 붙어 있었다.

1개월 후 로제타는 보구여관의 책임자로 임명됐다. 로제타는 도착한 바로 다음날부터 진료에 들어갔다. 일에 대한 열정이 얼마나 뜨거웠는지를 알 수 있는 대목이다. 로제타는 간호사도 약제사도 없이 환자의 맥박을 재고, 체온을 재고, 진찰을 하고, 약을 조제하고, 수술을 하는 일들을 도맡아 처리했다. 끝없이 몰려오는 환자들이 호소하는 내과, 외과, 산부인과, 소아과, 이비인후과, 피부과, 치과, 정신과 등의 온갖 질병과 씨름해야 했다. 로제타가 행한 수술은 자궁수술을 비롯해 종양 제거, 백내장 수술, 언청이 수술, 종기 수술 등이었다. 로제타는 첫 10개

월 동안 2,359건의 진료를 했다. 왕진이 82건, 입원환자는 35
명이었다. 처방전 발행건수는 6000여 건이었다. 당시 환자의
피부복원을 위해 로제타는 자신의 허벅지 살점을 떼어 피부이
식을 하기까지 헌신했다.

정동에 있던 보구여관

　1893년 3월에 로제타는 동대문 옆에 볼드윈 진료소를 개설
했다. 한양에 온 직후부터 로제타는 낮에 돌아다니지 못하는
여성들을 위해 밤에도 진료소를 열었고, 성(城) 밖에도 진료소
를 개설하고 싶어했다. 동대문 진료소는 성 밖의 가난한 여성
들이 찾아오기에 용이했다. 이 병원은 후에 동대문 부인병원,
해방 후에는 이대부속병원이 됐다

한편 윌리엄은 결혼의 기쁨도 잠시, 여러 차례 평양 등 북부 지역 선교지 개척을 위한 여행에 나섰다. 자연히 함께 있을 수 있는 시간이 적었다. 8월에는 신혼부부의 사정을 감안하지 않은 감리교 감독의 발령에 따라 남편 윌리엄이 평양선교기지 개척자로 임명돼 평양으로 떠났다.

2년 가까운 시간이 지난 1894년 5월4일에야 로제타도 평양으로 갈 수 있었다. 역시 감독의 명령에 따라서였다. 그녀의 품 안에는 태어난 지 6개월 된 아들, 셔우드 홀이 안겨 있었다. 평양 정착을 반대하는 보수세력들에 의해 죽을뻔한 간난신고를 겪고, 겨우 정착했는가 했더니 그해 8월 1일 평양에서 청일전쟁이 일어났고 홀 가족은 서울로 돌아 왔다. 그러나 홀은 가족과 선교부의 반대에도 불구하고 의사로서 전쟁의 참화로 많은 조선백성들이 죽어가고 있음을 보지 못해 평양으로 달려갔고, 환자들을 치료하다 결국 발진티프스에 걸려 서른넷의 젊은 나이에 사망하고 말았다. 조선에 온지 2년 반만에 일이었다. 그는 최초로 양화진 외국인 묘지에 안장되었다.

로제타는 당시 일을 다음과 같이 적었다. "그가 죽기 전 마지막으로 내게 말하려 한 것은, 그가 평양으로 간 것을 후회하지 말라는 것이었다. '나는 그리스도를 위해 그 일을 하였고 하나님이 나에게 갚으실 것'이라는 말도 했다. 나는 내 방으로 가 어린 셔우드를 품에 안고 아이와 나 자신에 대한 하나님의 언약을 간구했다."

윌리엄 홀의 소천, 사역의 짐은 무겁고

남편의 죽음으로 큰 충격을 받은 로제타는 이미 임신 7개월의 몸으로 아들 셔우드와 함께 1894년 12월 리버티에 있는 집으로 돌아갔다. 이때 로제타는 위험한 평양에서도 목숨을 걸고 자신을 도왔던 충실한 여조수 박에스더와 동행했다. 에스더가 그토록 소망하던 의학공부를 할 수 있도록 돕기 위해서였다. 박에스더의 남편 박유산도 함께 했다.

박에스더는 양반집 딸로 본명은 김점동이다. 14세 때부터 이화학당에 다녔고 영어를 잘해 로제타에게는 없어서는 안될 통역사이며, 간호조무사였다. 로제타는 중인이었던 박유산을 중매를 서는 등 신앙심 깊은 조선 처녀에게 큰 애정을 쏟아부었다. 로제타는 박에스더를 볼티모어 여자의과대학에 입학시켰고 우리나라 최초의 서양 의사면허를 취득하게 했다. 졸업 후 조선에 돌아와 광혜여원에서 로제타와 함께 헌신적인 노력을 기울였다. 그러나 1910년, 의사가 된 지 10년 만에 미국에서 자신을 뒷바라지하다 운명한 남편처럼 폐결핵에 걸려 요절하고 말았다.

1894년 미국으로 돌아간 로제타는 며칠후 딸 에디스를 출산했다.
로제타는 박에스더(김점동)를 최초의 서양 의사면허를 취득했다. 오른쪽은 남편 박유산.

로제타는 뉴욕에 있는 동안 딸 에디스(Edith)를 낳았고, 조선
에 있을 때 시각장애인들에게 큰 관심과 사랑을 기울였지만 부
족함을 깨닫고 점자를 공부했다. 후일 귀국해서 맹인들을 위한
점자 보급과 직업훈련을 시켜 훗날 박두성의 훈맹정음을 만드
는데 기여했다.

또, 로제타는 미국에 머물며 남편 닥터 홀의 전기 'The Life
of Rev. William James Hall. M. D.'를 완성했다. 여기서 얻
어진 수익금과 기부금으로 평양에 보내 1897년 2월에 닥터 홀
기념병원을 설립했다. 이 건물은 선교회로부터의 어떠한 지원

도 없이 그의 아내 로제타와 조선의 친한 친구들, 그리고 고국 친지들의 노력으로 세워진 것이었다.

2년간의 미국에서의 생활에 점차 안정을 찾아가던 로제타의 마음 한가운데는 커다란 짐이 놓여 있음을 깨달았다. 기도하던 중 "남편과 함께 이루고자 했던 일을 네가 마무리 지어야 하지 않겠느냐"는 주님의 음성을 듣고 다시 조선으로 건너가기로 결심했다. 1897년 11월, 로제타는 아이들을 데리고 제물포항에 도착했고, 이듬해 5월 1일, 로제타는 부푼 꿈과 두 아이를 안고 다시 평양에 들어갔다. 그런데 짐도 풀기 전에 세 사람 모두 이질에 걸렸다. 로제타와 아들은 회복했으나 딸 에디스는 어린 나이에 엄마의 품을 떠나야 했다. 평양에 도착한지 21일만이었다.

로제타는 찢어지는 고통과 아픔을 잊기 위해 미친 듯이 일에 매달렸다. 곧바로 진료소를 열었다. 개원 직전 평양감사의 부인을 치료해 준 덕에 감사는 광혜여원이라는 이름을 지어 주었다. 기홀병원과 광혜여원은 후에 통합돼 평양연합기독병원이 됐다. 로제타는 이 병원에 에디스를 기념하는 어린이병동을 추가로 건립했고 이곳에서 맹아들을 위한 교육도 시작했다. 1894년 조선 최초의 시각장애아 학교인 평양여맹학교를 세웠다. 1897년 겨울 동안 서울에 머물며 초급 한글 교리서 등을 점자 교재로 만들어 평양에 다시 돌아왔다. 1909년에는 우리

나라 최초의 농아학교를 세웠다. 로제타는 조선 맹아·농아 교육의 개척자일 뿐 아니라 지금부터 100여 년 전 이미 오늘날과 같은 장애인 교육 및 훈련에 나서고 취업제도 마련에 앞장선 개척자라 할 수 있다. 1914년 로제타는 평양에서 세계최초로 '동양 맹아·맹인학교 학술발표회의'를 개최했다. 이 자리에는 조선과 중국, 일본 대표가 참석했다. 대회는 성황리에 끝나 시각 및 청각장애인에 대한 관심을 촉구하는 데 큰 역할을 했다. 로제타는 오지(奧地)를 돌며 의료선교 여행도 다녔다.

조선 여성의 치료, 교육, 전문인 양성

로제타는 딸 에디스가 떠나고 2년 후 친정 어머니마저 세상을 떠나자, 결국 로제타는 신경쇠약으로 쓰러지고 말았다. 미국에서 요양을 하면서 로제타는 조선 여성들이 자립적이고 자주적이며 지혜롭고 총명한데 감탄해 조선여성들의 지위향상에 대해, 전문인으로 양성하기 위한 계획을 세웠다. 일본정부의 반대와 억압 및 조선 남성들의 기득권에 저항하며 많은 일들을 추진했다. 그중에 하나가 여성전문의료인의 양성이었다.

1890년 로제타는 미국을 떠나 조선으로 오는 도중 이 나라 소녀들에게 의학교육을 시키겠다는 계획을 자신의 일기장에 적었다. 그녀는 점동과 오와가를 시작으로 이듬해 겨울부

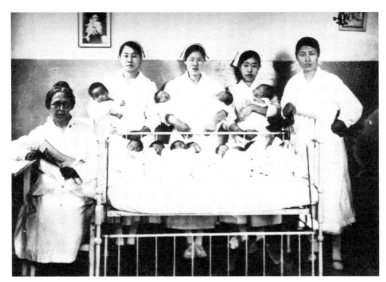

1912년 4월 1일 개원한 릴리언 해리스병원 신생아실의 로제타와 간호원들.
이 병원은 나중에 이대부속병원이 된다.

터 이화학당의 소녀 다섯 명을 데리고 생리학 수업을 시작했고, 곧 약리학 수업을 추가했다. 로제타는 이들을 '내 아이들(my girls)'이라 불렀다. 최초 양의사 박에스더는 이들 중 한 명이었다. 최초 간호사 이그레이스, 진명여고 설립에 크게 기여한 여메례, 선교사역 동반자 노수잔 등이 로제타의 '아이들'이었다.

또, 고향으로 돌아가 요양을 마치고 돌아오는 여행의 동반객 중에는 감리교 첫 정식 간호사 선교사 마거릿 에드먼즈와 함께 했다. 이들은 여행 도중 한국어를 함께 공부하고 간호사 양성 학교 건립도 계획했다.

1903년 말에 마거릿 에드먼즈는 보구여관 간호학교를 개교했다. 첫 학생이었던 이그레이스는 여종 출신으로 다리에 생긴 괴사병으로 주인한테 버림받고 보구여관에 와 로제타로부터 치료를 받고 간호사처럼 일했던 소녀였다. 그녀는 우리나라 첫 정식 간호사가 됐고 후에 광혜여원에서 로제타로부터 산과(産科) 훈련을 받아 의생면허를 취득해 우리나라 최초의 여성 개업의가 됐다. 의생제도는 부족한 의사를 충족하기 위해 총독부가 만든 제도였다.

로제타는 1912년 광혜여원 안에 실습을 병행하며 의학강습반을 열었다. 그리고 이들을 의전(醫專)에 입학시키려 애를 썼으나 선교사들이 세운 세브란스 의전에서조차 여학생 입학을 거부했다. 로제타는 이 일에 크게 실망하고 격분했다. 남자들의 이기심이 문제라고 생각했다. 다행히 총독부에 간청해 경성의전에 청강생을 보냈으나 1926년 이마저 불허하게 되었다. 로제타는 여자의전을 만들기로 하고 한국인 의사들을 설득했다. 그리하여 1928년 60여 명의 조선인 유지들과 경성여자의학교 창립을 발기했다. 이 학교가 발전을 거듭하여 현재 고려대학교 의과대학이 됐다.

1933년 오빠의 병구완을 위해 68세에 43년간 피와 땀과 눈물로 사역한 사랑하는 조선을 떠나 고향으로 돌아간 이후에도 조선의 선교활동을 홍보하고 조선의 문화를 긍정적으로 전파

했다. 로제타는 처음 조선에 왔을 때 조선옷과 한옥에 대해 매우 아름답다고 평가했다. 온돌식 주거문화에 대해서도 매우 위생적이고 편리하다고 했다. 흰옷을 즐겨 입어 소독효과가 있어 결핵 발생률을 낮출 수 있었으며 삶아 빠는 세탁방식도 서양인이 배워야 한다고 역설했다.

로제타는 1951년 한국전쟁의 참혹한 소식을 듣고 밤잠을 이루지 못하고 한국을 위해 기도하다가 4월 5일, 여든다섯 나이로 소천했다. 그녀의 유언에 따라 화장한 후 남편과 딸 곁에 묻혔고, 후일에 그의 아들, 며느리까지 함께 양화진 외국인묘역에 영면에 들었다.

과연 애국, 애족은 무엇인가?

아들 셔우드 홀과 며느리 메리안 홀은 우리가 잘 알다시피, 조선 땅에 결핵을 퇴치하는데 큰 기여를 했다. 모두가 잘 아는 크리스마스 씰을 제작하여 그 기금으로 황해도 해주에 결핵요양병원과 요양소를 건립하고 22년간 사역하다가 일제에 의해 스파이로 몰려 인도로 추방 당했다. 1998년 두 내외가 한국을 방문하여 정부로부터 결핵퇴치의 공로를 인정받아 국민훈장 모란장을 받기도 했다.

1928년 9월 조선에서 처음으로 설립된 여자의학교인 경성여자의학교 개교 기념식.
후일 경성의전, 수도의과대학, 우석대로 바뀌었다가 고려대학교 의과대학이 되었다.

로제타는 '평양의 오마니'로 불렸다. 구시대의 폐습과 일제의
탄압에 시달리던 조선 여성을 해방시켰다 해서 노예를 해방시
킨 링컨에 비유되기도 했다. 그녀가 빛을 들고 이 땅에 와서 어
둠에 갇혀 있던 여성들에게 뿌린 사랑의 씨앗이 싹터 무성하게
자라났다.

기홀병원, 광혜여원, 에디스아동병원, 평양연합기독병원, 평
양외국인학교(현재 대전외국인학교), 평양여맹학교와 농아학
교(현재 대구대학교), 볼드윈진료소(릴리언 해리스병원, 현재
이대부속병원), 조선여자의학전문학교(현재 고려대학병원), 광
성고등학교, 인천여자간호대학(현재 안산대학교), 인천부인병
원(현재 인천기독병원), 또 아들 셔우드 홀 박사와 관련하여 대
한결핵협회, 화진포 김일성별장, 해주결핵요양원 등 그녀가 사

역한 43년 동안 조선땅에 세운 병원, 학교는 감히 한사람이 할
수 있는 일이 아니었다.

그녀는 예수의 마음으로 살려는 높은 이상을 설정했고 지난
(至難)한 노력으로 이를 실천했다. 예수의 마음으로 사는 일은
병들어 신음하는 이들을 아픔에서 구하는 일이었다. 또 어둠
속에 있는 여성들을 교육시켜 하나님 안에서 주체성을 회복하
고 세상에 유용하게 쓰임 받는 존재가 되도록 돕는 일이었다.
닥터 슈바이쳐나 마더 테레사 보다 50여 년 전에 조선 땅에서
남편과 딸을 잃고도 아들, 며느리와 함께 살신성인한 로제타
홀의 삶을 반추하면서 이런 분이야 말로 애국, 애족을 실현한
참 애국지사가 아니면 무엇이란 말인가? 한국인보다 한국인을
더 사랑한 로제타 홀의 거룩한 헌신과 희생정신은 영원히 기억
되고 고양되어야 할 것이다.

ps: 여자란 이유로 이런 거대한 공로가 있음에도 훈장조차 수여하길 거부하는 대한민
국 정부와 보훈처에 각성을 촉구하는 바이다.

[참고자료]
닥터 윌리엄 제임스 홀(로제타 홀 저, 현종서 역, 에이멘)
닥터 로제타 홀(박정희 저, 다산북스)
로제타 홀 일기(로제타 홀 저, 양화진문화원편, 김한수, 김현희 역)
의사선교사 로제타 홀(박정희, 정경조선 2015년 10월 기고문)
로제타 홀의 조선사랑(김홍권, 신동아 2002년 3월호

화보로 읽는
애국지사기념사업회(캐나다) 2021년

2021년도 보훈문예작품공모전 광고 시작〈3월 1일 : 중앙일보, 한국일보, 한인뉴스〉

애국지사들의 이야기 5호 발행
〈4월 30일, 서울 신세림〉
본 사업회 발행 〈애국지사들의 이야기 1~5호〉

이사회: 사업발전에 대한 논의 〈7월 8일, 서울관〉   이사회

애국지사들의 이야기 5호 출판기념회 〈2021년 8월 13일, 서울관〉
– 축사하는 김득환 주 토론토 총영사   – 출판기념회 참가자

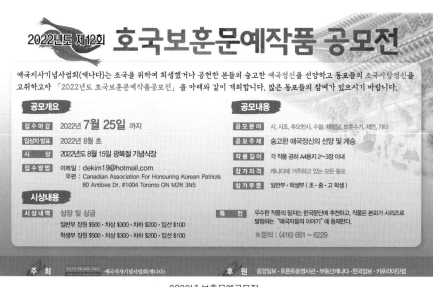

2022년 보훈문예공모전
– 2023년도 원고마감 : 2023년 7월 25일까지

2021 보훈문예공모전 **수상자**

일반부 우수상
장성혜

일반부 준우수상
이남수

일반부 준우수상
최민정

학생부 우수상
신서영

학생부 우수상
이현중

학생부 준우수상
왕명이

학생부 준우수상
홍한희

학생부 준우수상
손지후

보훈문예공모전 수상자 시상 〈2021년 8월 14일, 한인회관〉

2021년도 문예공모 입상자 시상(한인회관)

매월 회보발행 〈한인뉴스〉

애국지사기념사업회(캐나다) 약사 및 사업실적

▲ 2010년

- 3월 15일 한국일보 내 도산 홀에서 50여명의 발기위원들이 참석한 가운데 창립. 초
  대회장에 김대억 목사를 선출하고 고문으로 이상철 목사, 유재신 목사, 이재락 박
  사, 윤택순 박사, 구상회 박사 등 다섯 분을 위촉했다.
- 8월 15일 토론토한인회관에서 거행된 제 65회 광복절 기념식에서 김구 선생(신재
  진 화백), 안창호 선생(김 제시카 화백), 안중근 의사(김길수 화백), 등 세분 애국지
  사의 초상화를 동포사회에 헌정하다.
- 애국지사기념사업의 필요성과 중요성을 동포들에게 인식시킴과 동시에 애국지사들
  에 관한 책자, 문헌, 사진과 기타자료를 수집하다.

▲ 2011년

- 2월 25일 기념사업회가 계획한 사업들을 추진할 자금을 확보하기 위한 모금만찬을
  개최하고 $8,000,00을 모금하다.
- 8월 15일 토론토 한인회관에서 거행된 제 66회 광복절 기념식에서 윤봉길 의사(이
  재숙 화백), 이봉창 의사(곽석근 화백), 유관순 열사(김기방 화백) 등 세분 애국지사
  의 초상화를 동포사회에 헌정하다
- 11월 캐나다에 거주하는 모든 동포들을 대상으로 애국지사들에 관한 문예작품을 공
  모하여 5편을 입상작으로 선정 시상하다. / 시부문 : 조국이여 기억하라(장봉진), 자

화상(황금태), 기둥 하나 세우다(정새회), 산문 : 선택과 변화(한기옥), 백범과 모세 그리고 한류문화(이준호), 목숨이 하나밖에 없는 것이 유일한 슬픔(백경자)

▲ 2012년
- 3월에 완성된 여섯 분의 애국지사 초상화와 그간 수집한 애국지사들에 관한 책자, 문헌, 사진, 참고자료 등을 모아 보관하고 전시할 애국지사기념실을 마련하기로 결의하고 준비에 들어가다.
- 애국지사들에 관한 지식이 없는 학생들이나 그 분들이 조국을 위해 목숨까지 바친 애국정신에 별다른 관심이 없는 동포들에게 애국지사들이 국가와 민족을 위해 무엇을 희생했는가를 알리기 위해 제반 노력을 경주한다.
- 12월 18일에 기념사업회 이사회를 조직하다.
- 12월에 캐나다에 거주하는 모든 동포들을 대상으로 애국지사들에 관한 문예작품을 공모 1편의 우수작과 6편의 입상작을 선정 시상하다.
  우수작 : (산문)각족사와 국사는 다르지 않다.(홍순정) / 시 : 애국지사의 마음(이신실)/ 산문 : 역사를 잊은 민족에게 미래는 없다.(정낙인), 애국지사들은 자신의 목숨까지 모든 것을 다 바쳤다(활규호), 애국지사(김미셸), 애국지사(우정회), 애국지사(이상혁)

▲ 2013년
- 1월 25일 이사회를 개최하여 해당년도 사업계획과 예산안을 확정하다.
- 2013년, 해당년도 사업을 추진하는데 필요한 자금을 확보하기 위한 모금만찬을 개최하고 $6,000,00을 모금하다.
- 8월 15일 토론토 한인회관에서 거행된 제68회 광복절 기념식에서 이준 열사, 김좌진 장군, 이범석 장군 등 세 분 애국지사의 초상화를 동포사회에 헌정하다.
- 10월 애국지사들을 소재로 문예작품을 공모 우수작 1편과 입상작 6편을
선정 시상하다.
- 11월 23일 토론토 영락문화학교에서 애국지사기념사업의 중요성과 필요성에 관해 강연하다.
- 12월 7일 한인회관에서 거행된 '차세대 문화유산의 날' 행사에서 토론토지역 전 한

글학교학생들을 대상으로 "우리민족을 빛낸 사람들"이란 제목으로 강연하다.

▲ 2014년
- 1월 10일 이사회를 개최하고 해당년도 사업계획과 예산안을 확정하다.
- 3월 14일 기념사업회 운영을 위한 모금을 확보하기 위한 모금만찬회를 개최하고 $5,500,00을 모금하다.
- 8월 15일 토론토 한인회관에서 거행된 제 69회 광복절행사에서 손병희 선생, 이청천 장군, 강우규 의사 등 세분 애국지사의 초상화를 동포사회에 헌정하다.
- 10월 애국지사 열여덟 분의 생애와 업적을 수록한 책자 '애국지사들의 이야기·1'을 발간하다.

▲ 2015년
- 2월 7일 한국일보 도산홀에서 '애국지사들의 이야기·1' 출판기념회를 하다.
- 8월 4일 G. Lord Gross Park에서 임시 이사회 겸 친목회를 실시하다.
- 8월 6일 제 5회 문예작품 공모 응모작품을 심사하고 장원 1, 우수작 1, 가작 3편을 선정하다.
  장원 : 애국지사인 나의 할아버지의 삶(김석광)
  우수작 : 백범 김구와 나의소원(윤종호)
  가작 : 우리들의 영웅들(김종섭), 나대는 친일후손들에게(이은세),
  태극기단상(박성원)
- 8월 15일 한인회관에서 거행된 제 70주년 광복절기념식장에서 김창숙 선생(곽석근 화백), 조만식 선생, 스코필드 박사(신재진 화백) 등 세분 애국지사의 초상화를 동포사회에 헌정하다. 이어서 문예작품공모 입상자 5명을 시상하다.

▲ 2016년
- 1월 28일 이사회를 개최하고 해당년도의 사업계획과 예산안을 확정하다.
- 8월 3일 사업회 야외이사회를 개최하고 이사 상호간의 친목을 다지다.
- 8월 15일 거행된 제 71주년 광복절 기념식에서 이시영 선생, 한용운 선생등 두 분 애국지사의 초상화를 동포사회에 헌정하다. 또한 사업회가 제작한 동영상 '우리의

위대한유산대한민국'을 절찬리에 상영하다. 이어 문예작품공모 입상자5명에게 시상하다.

　최우수작 : 이은세 / 우수작 : 강진화 / 입상 : 신순호, 박성수, 이인표
- 8월 15일 사업회 운영에 대한 임원회를 개최하다.

▲ 2017년
- 1월 12일 정기 이사회를 개최하고 사업계획 및 예산안을 확정하다.
- 8월 12일 사업회 야외이사회를 개최하고 이사 상호간의 친목을 다지다.
- 9월 11일 한국일보사에서 제7회 문예작품 공모 입상자 시상식을 실시하다.

　장원 : 내 마음 속의 어른 님 벗님(장인영)

　우수작 : 외할머니의 6.10만세 운동(유로사)

　입상 : 김구선생과 아버지(이은주), 도산 안창호 선생의 삶과 이민사회(양중규 / 독

　후감: 애국지사들의 이야기 1(노기만)
- 3월 7일, 5월 3일 5월 31일, 7월 12일, 8월 6일, 9월 21일, 11월 8일 12월 3일2
　일. 임원회를 개최하다.
- 2017년 8월 5일: 애국지사들을 소재로 한 문예작품 공모작품을 심사하다.

　일반부 | 최우수작: 김윤배 "생활속의 나라사랑"

　우수작 : 김혜준 "이제는 대한민국 만세를 부르자"

　입상 : 임강식 "게일과 코리안 아메리칸", 임혜숙 "대한의 영웅들",

　이몽옥 "외할아버지와 엄마 그리고 나의 유랑기",

　김정선 "73번 째 돌아오는 광복절을 맞으며", 임혜숙 "대한의 영웅들"

　학생부 | 최우수작: 하태은 하태연 남매 "안창호 선생"

　우수작 : 김한준 "삼일 만세 운동"

　입상 : 박선희 "대한독립 만세", 송민준 "유관순"

　특별상 : 필 한글학교
- 12월 27일 정기 이사회를 개최하다.

▲ 2018년
- 5월 30일 〈애국지사들의 이야기·2〉 발간하다.

- 8월 15일 73주년 광복절 기념행사를 토론토한인회관에서 개최하다. 동 행사에서 문예작품공모 입상자 시상식을 개최하다.
- 11일 G. Ross Gross Park에서 사업회 이사회 겸 야유회를 개최하다.
- 9월 29일 Port Erie에서 한국전 참전용사 위로행사를 갖다.

▲ 2019년
- 3월 1~2일 한인회관과 North York시청에서 토론토한인회와 공동으로 3·1절 및 대한민국임시정부 수립 100주년 기념식을 개최하다.
- 1월 24일 정기이사회를 개최하다.
- 3월 1일 한인회관에서 토론토한인회등과 공동으로 3.1절 100주년 기념행사를 개최하다.
- 6월 5일 〈애국지사들의 이야기·3〉호 필진 최종모임을 갖다.
- 6월 20일 〈애국지사들의 이야기·3〉호 발행하다.
- 8월 8일: 한인회관에서 〈애국지사들의 이야기·3〉호 출판기념회를 갖다.
- 8월 15일: 한인회관에서 73회 광복절 기념행사를 개최하다. 동 행사에서 동영상 "광복의 의미" 상영, 애국지사 초상화 설명회, 문예작품 입상자 시상식을 개최하다.
- 10월 25일 회보 1호를 발행하다. 이후 본 회보는 한인뉴스 부동산 캐나다에 전면 칼라로 매월 넷째 금요일에 발행해오고 있다.

▲ 2020년
- 1월 15일: 정기 이사회
- 4월 20일: 〈애국지사들의 이야기·4〉호 필진 모임
- 6월 15일: 〈애국지사들의 이야기·4〉 발간
- 8월 13일: 〈애국지사들의 이야기·4〉호 출판기념회 & 보훈문예작품공모전 일반부 수상자 시상
- 8월 15일: 74회 광복절 기념행사(한인회관)
- 9월 26일: 보훈문예작품공모전 학생부 수상자 시상
- 1월 ~ 12월까지 회보 발행 (매달 마지막 금요일자 한인뉴스에 게재)

▲ 2021년

- 2월 1일: 〈애국지사들의 이야기5〉호 필진 확정
- 4월 30일: 〈애국지사들의 이야기 5〉호 발간
- 7월 8일: 이사모임 (COVID-19 정부제재 완화로 모임을 갖고 본 사업회 발전에 대해 논의.)
- 8월 12일: 〈애국지사들의 이야기.6〉호 출판기념회(서울관).
- 8월 14일: 보훈문예작품공모전 수상자 시상(74주년 광복절 기념행사장(한인회관) :
  일반부– 우수상 장성혜 / 준우수상 이남수, 최민정 등 3명
  학생부 – 우수상 신서용, 이현중, / 준우수상 왕명이, 홍한희, 손지후 등 5명
- 9월 28일: 2021년도 사업실적평가이사회.(서울관)
- 1 ~12월: 매월 회보를 발행하여 한인뉴스에 게재(2021년 12월 현재 27호 발행)

애국지사기념사업회(캐나다)
동참 및 후원 안내

후원하시는 방법/HOW TO SUPPORTUS

Payable to Canadian Association For Honouring Korean
Patriots로 수표를 쓰셔서
Canadian Association For Honouring Korean Patriots
1004-80 Antibes Drive Toronto. Ontario. M2R 3N5로 보
내시면 됩니다.

사업회 동참하기 / HOW TO JOINS

애국지사기념사업회(캐나다)에 관심 있으신 분은 남녀노소 연령에
관계없이 누구나 회원으로 가입하실 수 있습니다.
회비는 1인 년 $20입니다.(가족이 모두 가입하실 수도 있습니다.)
회원가입을 원하시는 분은 (416) 661-6229나
E-mail : dekim19@hotmail.com으로 연락주시기 바랍니다.

『애국지사들의 이야기·1.2.3.4.5.6호』
독후감 공모

『애국지사들의 이야기·1,2,3,4,5,6호』에는 우리나라의 독립을 위해 신명을 바치신 애국지사들의 이야기가 수록되어 있습니다. 이분들의 이야기를 읽고 난 독후감을 공모합니다.

● 대상 애국지사
　본회에서 발행한 애국지사들의 이야기·1,2,3,4,5,6호에 수록된 애국지사들 중에서 선택

● 주제
　1. 조국의 국권회복을 위해 희생, 또는 공헌하신 애국지사들의 숭고한 나라사랑을 기리고자 하는 내용.
　2. 2세들에게 모국사랑정신을 일깨우고, 생활 속에 애국지사들의 공훈에 보답하는 문화가 뿌리내려 모국발전의 원동력으로 견인하는 내용.

● 공모대상
　캐나다에 살고 있는 전 동포(초등부, 학생부, 일반부)

● 응모편수 및 분량
　편수에는 제한이 없으나 분량은 A$용지 2~3장 내외(약간 초과할 수 있음)

● 작품제출처 및 접수기간
　접수기간 : **2022년 8월 15일부터 2023년 7월 30일**
　제출처 : anadian Association For Honouring Korean Patriots
　　　　　　1004-80 Antibes Drive Toronto. Ontario. M2R 3N5
　E-mail : **dekim19@hotmail.com**

● 시상내역
　최우수상 / 우수상 / 장려상 = 상금 및 상장

● 당선자 발표 및 시상 : 언론방송을 통해 발표

본회발행 '애국지사들의 이야기 1~5호'에 게재된 애국지사와 필진

▶ 애국지사들의 이야기 1호

	수록 애국지사	필자
1	민족의 스승 백범 김 구 선생	
2	광복의 등댓불 도마 안중근 의사	
3	국민교육의 선구자 도산 안창호 선생	김대억
4	민족의 영웅 매헌 윤봉길 의사	
5	독립운동의 불씨를 돋운 이봉창 의사	
6	의열투사 강우규 의사	
7	독립운동가이며 저항시인 이상화	
8	교육에 평생을 바친 민족의 지도자 남강 이승훈	백경자
9	고종황제의 마지막 밀사 이 준 열사	
10	민족의 전위자 승려 만해 한용운	
11	대한의 잔 다르크 유관순 열사	최기선
12	장군이 된 천하의 개구쟁이 이범석	
13	고려인의 왕이라 불린 김좌진 장군	
14	사그라진 민족혼에 불을 지핀 나석주 의사	
15	3.1독립선언의 대들보 손병희 선생	최봉호
16	파란만장한 대쪽인생을 살다간 신채호 선생	
17	한국광복군 총사령관의 대명사 이청천 장군	
18	머슴출신 의병대장 홍범도 장군	

 김 구 안중근 안창호

 윤봉길 이봉창 강우규

 이상화 이승훈 이 준

 한용운 유관순 이범석

 김좌진 나석주 신채호

 손병희 이청천 홍범도

 김대억 백경자 최기선 최봉호

▶ 애국지사들의 이야기 2호

	수록 애국지사	필자
1	우리민족의 영원한 친구 스코필드 박사	김대억
2	죽기까지 민족을 사랑한 조만식 선생	
3	조소앙 선생에게 '남에선 건국훈장, 북에선 조국통일상' 추서	신옥연
4	한국독립의 은인 프레딕 맥켄지	이은세
5	대한독립과 결혼한 만석꾼의 딸 김마리아 열사	장인영
6	이승만 전 대통령이 성재어른이라 불렀던 이시영 선생	최봉호
7	극명하게 엇갈리는 이승만 전 대통령의 공과(功過)	

특집〈탐방〉: 6.25 가평전투 참전용사 윌리엄 클라이슬러

김대억　　신옥연　　이은세　　장인영　　최봉호

프레딕 맥켄지　김마리아　이시영　　이승만　윌리엄 클라이슬러　스코필드　　조만식　　조소앙

▶ 애국지사들의 이야기 3호

김대억 김승관 김정만 백경자 손정숙 권천학 윤여웅

김구 김규식 서재필 이동녕 윤희순 이광춘 남자현 박열 후미코

박자혜 오세창 김상옥 프랭크 윌리엄 스코필드 프레드릭 맥켄지 로버트 그리어슨 스탠리 마틴 아치발드 바커

▶ 애국지사들의 이야기 4호

	수록 애국지사	필자
1	항일 문학가 심훈	김대억
2	민족시인 윤동주	
3	민족의 반석 주기철 목사	
4	비전의 사람, 한국의 친구 헐버트	김정만
5	송죽결사대로 시작한 독립운동가 황애덕 여사	백경자
6	민영환, 그는 애국지사인가 탐관오리인가	최봉호
7	중국조선족은 항일독립운동의 든든한 지원군	김제화
8	역사에서 가리워졌던 독립운동가, 박용만	박정순
9	최고령 의병장 최익현(崔益鉉) 선생	홍성자

특집·1 : 민족시인 이윤옥 | 시로 읽는 여성 독립운동가 –서간도에 들꽃 피다
　　　　 김일옥 작가 | 어린이를 위한 특별한 이야기 – 우리나라 최초의 여성의사, 박에스터

특집·2 : 후손들에게 들려 줄 이야기
강한자 : 애국지사들의 이야기 4호 발간을 축하드립니다.
김미자 : 어제와 오늘 그리고 내일을 생각하며
이재철 : 캐나다에서 한국인으로 사는 것
조경옥 : 애국지사기념사업회(캐나다)와 나의 인연
최진학 : 사랑하는 후손들에게 들려줄 이야기

김대억　　김정만　　백경자　　최봉호　　김제화　　박정순　　홍성자

이윤옥　　김일옥　　강한자　　김미자　　이재철　　조경옥　　최진학

심훈　　윤동주　　주기철　　호머 힐버트　　황애덕　　민영환　　박용만　　최익현

▶ 애국지사들의 이야기 5호

김대억　　김정만　　백경자　　이기숙　　최봉호　　황환영　　이윤옥

김미자　　김민식　　김완수　　김영배　　이영준　　이재철　　조준상　　한학수　　홍성자

조국과 민족을 위해 모든 것을 바친

애국지사들의 이야기·6

초 판 인 쇄 2022년 05월 25일
초 판 발 행 2022년 05월 30일

지 은 이 애국지사기념사업회(캐나다)
펴 낸 이 이혜숙
펴 낸 곳 신세림출판사
등 록 일 1991년 12월 24일 제2-1298호

04559 서울특별시 중구 퇴계로49길 14,
　　　　충무로엘크루메트로시티2차 1동 720호
전　　화 02-2264-1972
팩　　스 02-2264-1973
E-mail shinselim72@hanmail.net

정가 18,000원

ISBN 978-89-5800-249-9, 03810